The Years

岁 月（下）

[英] 弗吉尼亚·伍尔夫 —— 著

莫昕 —— 译

中国·武汉

目录

CONTENTS

265　1911年
297　1913年
311　1914年
389　1917年
421　1918年
427　现在

1911年

太阳正在升起。它缓缓地爬上了地平线，抖落出一片光辉。可这天空太广袤了，万里无云，要洒满阳光需要些时间。渐渐地，渐渐地，云朵变成蓝色，森林里树叶开始发光，树下一朵花在闪光，野兽们的眼睛——老虎、猴子、鸟儿，都在闪光。慢慢地，整个世界从昏暗中出现。大海就像一条巨大无比的鱼，不计其数的鱼鳞闪着金光。阳光照到了法国南部犁沟条条的葡萄园，小葡萄藤变成紫色和黄色；阳光穿过白墙上百叶窗的一条条缝隙。玛吉站在窗前，看着下面的庭院，看到丈夫的书被顶上葡萄藤的阴影分割成一道一道；他身边立着的镜子也发着黄光。干活的农民的号子声从开着的窗户传了进来。

阳光穿过英吉利海峡，徒劳地拍击在如厚毯子般的海雾上。光线缓慢地渗入伦敦上空的薄雾，照在国会广场的雕像上，照在旗帜飘扬的白金汉宫上，而国王身上盖着蓝白米字旗,躺在弗洛格摩尔宫的墓室里。天气比往日更热。马儿从水槽里喝水,鼻子嘶嘶地喷着气;它们的蹄子踢踏着,把乡村大道上的路脊踩得如石灰一般又硬又脆。山火撕开荒野,在身后留下烧焦的枝条。正值八月,是度假的季节。宏伟的火车站的球形玻璃屋顶熠熠生辉。旅行者们跟着推旅行箱的行李搬运工,手里牵着狗,眼睛盯着黄色圆钟的指针。在所有的车站里,火车都准备好了向目的地挺进,穿过英格兰,向北部,向南部,向西部进发。列车长举着手站着,这时候手里的旗子往下一挥,茶水锅炉一滑而过。火车摇摆着出发了,穿过修着柏油小径的公园,经过工厂,开进空旷的原野。桥上站着钓鱼的人抬头看着,马儿慢跑着,女人们走到门口,手遮着眼远眺着;火车烟囱冒出的烟,飘过玉米地,一个个大圆环飘落下来,罩到了树上。它们轰隆隆一直前行。

在维特灵的站场上,钦纳里太太的旧马车在等着。火车晚点了,天气很热。花匠威廉坐在箱子上,穿着浅黄色外套,纽扣是镀铜的,正挥手赶着苍蝇。苍蝇很是烦人，在马儿们的耳朵后面聚在一起，褐色的一堆一堆。他挥舞着马鞭，老母马踏着蹄子，摇着耳朵，苍蝇又聚集起来了。天太热了。炙热的太阳晒着站场，晒着推车和等着火车的出租马车、二轮小马车。终于信号发出了，一股烟吹过了篱笆，不一会儿人流就涌入了站场，其中就有帕吉特小姐，手里拿着包和一把白伞。威廉碰了碰他的帽子。

"对不起，晚点了。"埃莉诺对他笑着说。她认识他，她每年都来。

她把包放在座位上，往后坐在了白伞的阴影下。车厢里的皮座面在她背后发烫，太热了，比托莱多还热。他们转进了高街，热度似乎令一切都昏昏欲睡、寂静无声。宽阔的街道上满是行李和推车，缰绳空悬着，马儿也垂着头。见过了国外集市的喧闹，这里显得多么安静！穿长筒靴的男人们靠墙站着，商铺里拉开了遮阳篷，人行道上一条条的阴影。他们要去取包裹。在鱼贩的店铺他们停了停，递给了他们一个湿湿的白包。在五金铺他们停了停，威廉拿回了一把长柄大镰刀。到药铺他们也停下了，不过这次得等着,因为药剂还没有配好。

埃莉诺坐在后面白伞的阴影下。空气似乎都因为热而嗡嗡作响。空气里似乎散发着肥皂和化学制品的气味。英国人真是洗得干净啊,她看着药铺橱窗里黄色、绿色、粉色的肥皂,心想。在西班牙,她几乎没怎么洗过,她就站在瓜达基维尔河边干燥的白石头上,用手帕把自己擦干。在西班牙,所有东西都被烤得皱巴巴的。但这里——她朝高街看去,每一家店里都摆满了蔬菜、发亮的银鱼、黄爪子嫩胸脯的小鸡、水桶、耙子和手推车。人们也那么友好!

她注意到人们总是碰碰帽子、握握手,就在马路中间停下说着话。这时药剂师出来了,拿着一个薄纸包着的大瓶子。瓶子被收到了镰刀下面。

"今年的蠓虫很厉害吗,威廉?"她认出了药瓶,问道。

"太糟了,小姐,太糟糕了。"他碰了碰帽子,说。她知道他的意思,自女王登基五十周年以来第一次这么严重的大旱,不过他的口音、单调的语气,还有多塞特郡特有的说话韵律,让人听不清他说的话。他挥着马鞭,他们继续走着,走过集市的路口,走过红墙带拱门的市政厅,走过一条满是弓形窗的18世纪房屋的街道,那是医生们和律师们的住宅;走过池塘,池边的白柱子间牵着链条,一匹马正在那儿喝水;接着走进了原野。道路上铺满柔软的白灰,树篱上挂着铁线莲编成的花环,似乎也满是尘土。老马渐渐开始机械地稳稳地慢跑起来,埃莉诺靠坐在白伞下面。

每年夏天她都会到莫里斯的岳母家看他。算来已经有七八趟了,但今年不同。今年一切都不同了。父亲过世了,房子关了,她此时和哪里都没联系了。在发烫的街巷中颠簸地穿行着,她昏昏欲睡地想着,我现在该怎么办?在那儿住下吗?她经过一条街当中一栋看上去非常体面的乔治时代风格的别墅,心里想着。不,不能住在乡村,她想;他们慢慢摇摆着穿过乡村。那边的房子怎么样,她看着树丛间一座带阳台的房子。接着她又想到,我会变成一个拿着剪刀剪下鲜花,一家家村舍去敲门的白发老太太。她不想去一家家村舍敲门。而那个牧师——一个牧师正骑着自行车上坡——就会来和她一起喝下午茶。可她不想牧师来和她喝茶。这里一切都那么干净,那么崭新,她想;他们正穿过村庄。一个个小花园明媚灿烂,开着红花和黄花。接着他们开始遇上了村民们,一个小队列。几个女人拿着包裹,婴儿车的盖被上有个东西在发着银光,一个老头把一个毛茸茸的椰子扣在胸前。她猜这里刚刚有一个义卖集会,现在人们正在回家。马车缓缓经过时,他们让到路旁,目不转睛地好奇地盯着坐在绿白伞①下的那位小姐。此时他们来到了一座白色大门前,轻快地跑过一条短短的林荫道,马鞭一挥,在两根细柱子前停下,门口的刮泥刷子就像毛刺耸立的刺猬,门厅的门大开着。

她在门厅里等了一会儿。从明晃晃的路上进来,眼前有些模糊不清。所有东西看起来都灰蒙蒙的,虚化而温和。地上的毯子都褪了色,装饰画也褪了色。就连壁炉上方戴着三角帽的海军上将,也带着一副褪了色的雅致的古怪表情。在希腊,总是令人感觉回到了两千年前。

---

① 与前文中提到的白伞略有出入,应为同一把伞。

在这里感觉总是在 18 世纪。她把伞放在长餐桌上瓷碗的旁边，瓷碗里放着干的玫瑰花瓣。她想，和英国的所有东西一样，过去似乎近在咫尺，熟悉又亲切。

门开了。"噢，埃莉诺！"她的弟妹喊着，穿着宽大的夏装跑进了门厅，"看到你真太好了！你晒黑了！快到这里凉快凉快！"

她带埃莉诺进了客厅。客厅的钢琴上散乱地摆着白色的婴儿服，玻璃瓶里粉色和绿色的水果闪着微光。

"我们太乱了，"西利亚说，陷进了沙发里，"圣奥斯特夫人刚刚才走，还有主教。"

她拿了一张纸扇着风。

"不过太成功了。我们在花园里搞了个集市。他们演出。"她拿着扇风的正是节目单。

"表演戏剧？"埃莉诺说。

"是的，莎士比亚的戏剧。"西利亚说，"是《仲夏夜之梦》，还是《皆大欢喜》？我忘了是哪个。是格林小姐组织的。真高兴天气很好。去年下着大雨。可我的脚太痛了！"落地窗开着，外面就是草坪。埃莉诺可以看到人们正在拖着桌子。

"真是一件大事!"她说。

"是的!"西利亚喘着气说,"圣奥斯特夫人和主教都来了,有打椰子游戏,还有猪;我觉得办得非常成功。他们都玩得很高兴。"

"是为教堂办的?"埃莉诺问。

"是的,要建新的尖塔。"西利亚说。

"真是件大工程!"埃莉诺又说。她看向外面的草坪。草地已经被晒得发黄,月桂树丛看起来也枯萎皱缩着。树丛旁放着桌子。莫里斯拖着一张桌子走过。

"西班牙好玩吗?"西利亚问,"看到好东西了吗?"

"哦当然!"埃莉诺喊道,"我看到了……"她停下了。她看到了许多好东西——建筑、山脉、平原上一座红色的城市。可她该怎么来形容呢?

"待会儿你一定要全都告诉我。"西利亚说,站起身来,"我们该准备了。不过,恐怕,"她说,费劲而略显痛苦地爬上宽阔的楼梯,"要请你当心一些,因为我们非常缺水,那口井……"她停下了。那口井,埃莉诺记得,在炎热的夏天总是会枯竭。她们一起走过宽阔的过道，经过那个黄色的老地球仪，上方挂着那幅令人喜爱的18世纪肖像画，钦纳里家所有的小孩都穿着长衬裤或黄色棉布长裤，围着父亲和母亲站在花园里。西利亚手放在卧室门上停了停。鸽子咕咕的叫声从开着的窗户传了进来。

"这次安排你住蓝色房间。"她说。通常埃莉诺住的是粉色房间。她朝屋里扫了一眼。"希望不缺什么东西了——"她说。

"是的，我确定什么都有了。"埃莉诺说。西利亚离开了。

女仆已经把她的行李都打开了。东西都摆在那儿了，在床上。埃莉诺脱下连衣裙，穿着白色的衬裙洗着脸，有条不紊又小心翼翼地，因为他们缺水。脸上被西班牙的阳光晒伤的地方，现在被英国的阳光晒得刺痛。她的脖颈就像被涂成了棕色，和胸膛被截然分开，她想着，在镜子前穿上了晚礼服。她快速把厚厚的头发扭成一个卷，头发里已经有了白发；她在脖子上戴了首饰，一个红色的水滴形吊坠，就像冷凝的树莓果酱，中间有一粒金色种子;然后瞟了一眼这个四十五年来如此熟悉以至于视而不见的女人——埃莉诺·帕吉特。她正在变老,这是显而易见的,她的前额生出了横纹,以前肌肤坚实的地方长出了沟壑。

我有什么好看的地方呢?她问着自己,再次把梳子梳过头发。眼睛?她看着自己的眼睛,眼睛笑意盈盈地回看着她。眼睛,是的,她想。曾经有人赞扬过她的眼睛。她使劲睁大眼睛,而不是挤在一起。两只眼睛周围都有几条白色的细纹,那是她眯起眼睛为避开雅典卫城、那不勒斯、格拉纳达和托莱多的刺眼阳光而形成的。不过那是过去的事了,她想,有人赞扬过我的眼睛。她装扮完毕。

她站了一会儿,看着晒得焦干的草坪。草几乎变黄了,榆树开始变成褐色,红白相间的奶牛①在凹陷的树篱外面那头啃吃着。可是英国令人失望,她想,它很小,很漂亮,她对她的祖国没有喜爱之情——什么都没有。接着她下

---

① 此为一种含有红色毛色基因的荷斯坦牛。其特征除毛色为红白花外,体型、生产性能均与黑白花奶牛相似。

了楼,她想尽量能单独见到莫里斯。

可他不是一个人。她走进去时,他站起身来,把她介绍给一个穿着晚礼服的微胖的白发老人。

"你们认识,对吧?"莫里斯说。

"埃莉诺——威廉·沃特尼爵士。"他开玩笑似的略微强调了一下"爵士"两个字,埃莉诺一时之间有些困惑。

"我们曾经认识。"威廉爵士说,走上前微笑地握着她的手。

她看着他。这是威廉·沃特尼——许多年前常来阿伯康排屋的老达宾?是的。自从他去了印度,她就再没见过他。

我们都像这样吗?她问自己,看着这个她曾经认识的男孩如今头发斑白、满脸皱纹,脸色发红又发黄——他差不多也秃顶了,又看到弟弟莫里斯。他看上去也秃顶了,精瘦,但毫无疑问他正当盛年,和她一样?或者他们也都突然变成了老古董,就像威廉爵士一样?这时她的侄子诺斯和侄女佩吉跟着他们的母亲一起进来了,于是他们一齐进去用餐。老钦纳里太太在楼上用餐。

达宾是怎么变成了威廉·沃特尼爵士？她想着，看着他。他们吃的是刚才用湿答答的小包带回来的鱼。她最后一次见到他，是在河里的一条船上。他们坐船去野餐，他们在河中心的一个小岛上吃的晚餐。是在梅登黑德，是吗？

他们谈起了义卖集会。克拉斯塔赢了那头猪，格莱斯太太赢了镀银的托盘。

"原来那就是我在婴儿车上看到的东西。"埃莉诺说，"我遇上了义卖集会的人回家。"她解释说。她描述了那队人的情形。然后他们谈论着义卖集会。

"你不妒忌我的大姑姐吗？"西利亚转向威廉爵士，说，"她刚从希腊旅游回来。"

"真的吗？"威廉爵士说，"希腊哪里？"

"我们去了雅典，然后去了奥林匹亚，去了特尔斐。"埃莉诺说，把通常的套路背诵了一遍。他们显然说的都是纯粹的客套话——她和达宾。

"我的小叔子，爱德华。"西利亚解释说，"喜欢去这些令人愉快的地方旅行。"

"你记得爱德华吗?"莫里斯说,"你以前不是和他同级吗?"

"没有,他比我低。"威廉爵士说,"但我当然听说过他。他——我想想看——他是——很了不得的人,对吗?"

"对,他是他那个圈子里数一数二的。"莫里斯说。

他并不妒忌爱德华,埃莉诺想;不过他的语气里有某种含义,她明白他在把自己的职业生涯和爱德华的做比较。

"他们都喜欢他。"她说。她笑了,她看到爱德华在为一队队热诚的女教师们讲课,讲的是关于卫城的课题。她们拿出笔记本,匆匆记下他说的每一个字。他非常宽容,非常善良,一直在悉心照顾她。

"你们见到了大使馆的什么人吗?"威廉爵士问她。接着他纠正了自己,"不是大使馆,对吧?"

"不是,在雅典不是大使馆。"莫里斯说。说到这话题转向了,大使馆和公使馆有什么区别?接着他们开始讨论起巴尔干半岛的局势。

"过不了多久那里就会有麻烦。"威廉爵士正在说。他转向莫里斯,他们讨论起巴尔干半岛的局势来。

埃莉诺的注意力开始游离了。他都干了些什么?她在猜想。他说的某些词、做的某些动作让她回想起三十年前的他。如果眯起眼睛看的话,他身上还是有些曾经的达宾留下来的影子。她半闭起眼睛。突然她记起来——就是他曾经赞扬过她的眼睛。"你姐姐的眼睛是我见过的最明亮的。"他说过。是莫里斯告诉她的。而她把脸藏在报纸后面,隐藏着内心的喜悦,那是在回家的火车上。她又看着他。他在讲着话。她听着。对于这间安静的英国餐厅而言,他似乎显得过于高大,他的声音隆隆响着,发散开去;他要的是一屋子的听众。

他正讲着一个故事。他说的句子短促破碎、紧张有力,就像是被一个环包围着——这是她喜欢的风格,但她没听到开头。他的杯子空了。

"给威廉爵士再倒点酒。"西利亚低声对紧张不安的客厅女侍说。有人对餐边柜上的酒瓶动了些手脚。西利亚不安地皱着眉。埃莉诺回想起,那是从乡村里来的一个女孩,不懂她干的活。故事正达到高潮,但她错过了好几环。

"……我发现自己穿着一条旧马裤,站在一把孔雀花的伞下,所有好人都抱着头蹲在地上。'老天,'我心想,'要是他们知道我觉得自己是个讨厌的蠢蛋!'"他伸出酒杯,等着倒酒,"那时候我们就是这样学会我们该干的活儿的。"他说。

当然,他在吹牛,这是自然。他回到英国之前,统治着一个"和爱尔兰差不多大的"地区,他们总是这么说;之前没人听说过他的消息。她有一种感觉,这个周末她会听到一大把故事,沉着平静,不动声色地说着他的好话。不过他讲得很好。他干过许多有趣的事。她希望莫里斯也能讲讲故事。她希望他能自信地表现自己,而不是靠在后面,把手扶在额头上——有伤疤的那只手。

我是不是不该鼓励他去当律师呢?她想。父亲本来是反对的。可是木已成舟,也就这样了;他结了婚,生了孩子;不管他想不想,他都得继续下去。事情都是如此不可改变,她想。我们做我们的尝试,然后他们尝试他们的。她看着侄儿诺斯和侄女佩吉。他们坐在她对面,阳光照在脸上。他们的脸如蛋壳般光滑,健美,青春逼人。佩吉的蓝色连衣裙裙摆支棱着,就像儿童的棉布连衣裙。诺斯还是个棕色眼睛的板球小运动员。他正听得很专心;佩吉低眉看着自己的盘子。她脸上带着那种不置可否的表情,这是出身良好、教养良好的孩子们听长者说话时常有的表情。她可能觉得有趣,也可能觉得无聊?埃莉诺不确定到底是哪种。

"它来了,"佩吉突然抬头说,"猫头鹰……"她说,碰上了埃莉诺的视线。埃莉诺转头看着后面的窗外。她没看到猫头鹰,看到的是浓密的树丛,在落日的余晖里变成了金色;牛群在草地上一路啃嚼着,缓缓地移动着。

"你可以算好它来的时间,"佩吉说,"它很有规律。"西利亚站起身来。

"我们让先生们谈他们的政治吧,"她说,"我们去阳台喝咖啡?"她们关上门,把先生们和他们的政治留在了身后。

"我去拿我的望远镜。"埃莉诺说。她上了楼。

她想在天黑前看看猫头鹰。她对鸟儿开始越来越感兴趣了。她觉得这是变老的迹象。她走进卧室。她看着镜子,心想,这是一个给鸟儿洗澡、看鸟的老小姐。她的眼睛——它们似乎还是很明亮,尽管周围长了皱纹——那双在火车车厢里因为被达宾赞扬了而被她遮住的眼睛。而现在我已经被贴上了标签,她想——一个给鸟儿洗澡、看鸟的老小姐。他们就是这么想我的。但我不是——我一点都不像那样,她说。她摇着头,从镜子前转开。房间很舒服、阴凉,装饰也体面;不像在国外的那些旅馆里的房间,墙上有人拍死虫子留下的痕迹,男人们在窗下吵吵嚷嚷。她的望远镜在哪儿呢?放在某个抽屉里了?她回头开始找望远镜。

"父亲不是说过,威廉爵士爱过她?"他们在阳台上等着时,佩吉问道。

"这我不知道。"西利亚说,"但我希望他们确实结婚了。我希望她有自己的孩子。然后他们能在这里安居下来。"她说,"他是个非常讨人喜欢的人。"

佩吉没说话。他们都沉默着。

西利亚继续说：

"我希望你今天下午对罗宾逊一家人能礼貌些，虽然他们人不怎么样……"

"他们办的聚会超级帅。"佩吉说。

"超级帅，超级帅。"她母亲笑着埋怨她道，"我希望你不要学诺斯的这些口水话，亲爱的……哦，埃莉诺来了。"她话没说完。

埃莉诺拿着望远镜到了阳台上，坐到了西利亚旁边。天还是很热，还很亮，还能看到远处的群山。

"它马上就回来了。"佩吉说，拉过来一把椅子，"会从那片树篱那儿过来。"

她指着穿过草地的那片树篱黑色的轮廓。埃莉诺调了调望远镜的焦距，凝神等着。

"好了，"西利亚说，倒着咖啡，"我有好多事情想问你。"她停下了。她总是存了一大堆问题要问埃莉诺，自从四月以来她就没见过埃莉诺了。四个月积累了太多的问题。它们一点点地出现了。

"首先,"她开始了,"不……"她否决了这个问题,选择了另一个。

"罗丝是怎么回事?"她问。

"什么?"埃莉诺茫然地说,又调了调望远镜的焦距。"天太黑了。"她说,原野已经模糊不清了。

"莫里斯说她被带上了治安法庭。"西利亚说。尽管没有别人在,她还是微微压低了声音。

"她扔砖头——"埃莉诺说。她又将望远镜对准了树篱。她一直举着望远镜看着,以备猫头鹰又从那个方向过来。

"她会进监狱吗?"佩吉迅速问道。

"这次不会。"埃莉诺说,"下一次——啊,它来了!"她没说完。头顶毛茸茸的鸟儿沿着树篱摇摇摆摆地飞了过来。在薄暮中它看起来几乎是白色的。埃莉诺的镜头捕捉到了它。它胸前有一个小黑点。

"它的爪子里抓了一只老鼠!"埃莉诺喊道。"它在教堂的尖塔里有个鸟窝。"佩吉说。猫头鹰猛地一个俯冲,消失在视野中。

"现在看不到了。"埃莉诺说,她放下了望远镜。她们沉默了一会儿,抿着咖啡。西利亚在想着她的下一个问题,埃莉诺等着她。

"告诉我关于威廉·沃特尼的事,"西利亚说,"我最后一次见到他的时候,他还是一个坐在船里的瘦小伙子。"佩吉大笑起来。

"那肯定是老早之前的事了!"佩吉说。

"也不是很久以前。"埃莉诺说。她觉得有些恼怒。"唔——"她回想着,"二十年——或者二十五年前。"

这对她而言似乎是很短的时间,可是她马上想到,那时候佩吉还没出生呢。而她那时可能才十六七岁。

"他不是很讨人喜欢吗?"西利亚嚷着,"他过去在印度,你知道的。现在他退休了,我们很希望他能在这儿买一栋房子,可莫里斯觉得他会认为这里太无聊了。"

她们沉默着坐着,看向草地那边。牛群朝草地那边啃嚼着,又走远了一些,间或能听到它们咳嗽的声音。一阵奶牛和青草的甜香味飘了过来。

"明天又是一个大热天。"佩吉说。天空光滑温润,像是由不计其数的蓝灰色的原子构成,就是意大利军官制服的那种蓝色;天空延伸到地平线的边缘,那里是一条长长的纯绿色。一切都显得那么安然、寂静、纯净。没有一丝云彩,群星也还未出现。

去过西班牙之后,这里的天空显得那么小,那么整洁,那么可爱;此时太阳已经落山,树木聚集在一起,枝叶连绵,另有一种美丽,埃莉诺想着。斜坡变得更加广阔,更加简洁,渐渐成了天空的一部分。

"多美啊!"她喊道,仿佛在从西班牙回来后对英国做些补偿。

"只要罗宾逊先生不要建那些房子!"西利亚叹息道。埃莉诺记得——他们是本地的瘟疫,是威胁要修建房屋的富人。"我今天在集市上尽力对他们有礼貌,"西利亚接着说,"有人不愿请他们来,但我说在乡村人们应该对邻里友好……"

然后她停下了。"我有许多许多问题想问你。"她说。瓶子又开始倾倒了。埃莉诺顺从地等着。

"阿伯康排屋你有收到过买家的报价吗?"西利亚

问。一滴、一滴、一滴,她的问题倒了出来。

"还没有。"埃莉诺说,"房屋中介想让我把房子分割成公寓。"

西利亚想了想,接着她又继续了。

"现在关于玛吉——她什么时候生孩子?"

"我想是十一月。"埃莉诺说。"在巴黎。"她又说。

"我希望一切顺利。"西利亚,"但是我确实希望孩子能在英国出生。"她又想了想。"她的孩子会成为法国人,对吧?"她说。

"是的,法国人,我想是的。"埃莉诺说。她正看着那条长长的绿色,它正在淡去,正在变成蓝色。夜晚来了。

"所有人都说他是个很好的人,"西利亚说,"但是雷内——雷内,"她的发音不太准,"听起来不太像个男人的名字。"

"你可以叫他里尼。"佩吉说,按英语的发音。

"可这让我想起了罗尼,而我不喜欢罗尼。我们有个小马夫叫罗尼。"

"他偷干草。"佩吉说。她们又都沉默了。"真可惜——"西利亚说,然后又停下了。女仆过来收走咖啡。

"今晚真美,不是吗?"西利亚说,调整话题,以适合仆佣在场,"看起来好像不会再下雨了。这样的话我不知道……"接着她开始唠叨起旱情、缺水来。水井总是枯竭。埃莉诺看着群山,几乎没怎么听。"哦,不过目前还够所有人的用水。"她听到西利亚在说。不知怎么她让这句话在脑中暂停,而没有留下任何印象。"目前还够所有人用水。"她重复道。她听过了那些外国语言,现在这句话在她听来就是最纯正的英语。多么美好的语言啊,她想着,重复着这句最平凡不过的话语,西利亚说得非常简单,其中的发音却有些难以形容的喉音,因为钦纳里一家祖祖辈辈起就在多塞特郡居住。

女仆离开了。

"我刚才在说什么?"西利亚继续道,"我在说,真可惜,是的……"这时突然出现了说话声,雪茄的气味,先生们来了。"噢,他们来了!"她话没说完。椅子被拉了过来,重新安排了座位。

他们坐成半圆形,看向草地那边渐渐隐去的群山。地平线上那条宽阔的绿色已经消失了。天空中只留有一丝色彩。空气变得平和凉爽,他们的心中似乎也有什么东西被抚平了。无须言语。猫头鹰又朝草地飞了过来,他们仅能看见它白色的翅膀映着黑暗的树篱。

"它来了。"诺斯说,吸着雪茄,是威廉爵士带来的礼物。埃莉诺猜这是他第一次吸雪茄。榆树衬着天空,已经变成一团漆黑。榆树的树叶构成了一块格栅图案,就像上面有孔眼的黑色蕾丝。透过一个孔,埃莉诺看到了一颗星星的一角。她抬起头来,还有一颗。

"明天又是一个晴天。"莫里斯说,把烟斗在鞋上磕了磕。在远处的一条马路上有马车的车轮在咯咯作响;接着传来合唱的声音——是乡里人正在回家。这就是英国,埃莉诺暗自想着;她感觉自己正慢慢地陷入一张很细的细网,织成这网的是晃动的树枝、渐渐变暗的群山,还有如黑色蕾丝镶嵌着星星的垂挂着的树叶。一只蝙蝠突然俯冲到他们头顶。

"我讨厌蝙蝠!"西利亚惊呼道,紧张地抬手护住头。

"是吗?"威廉爵士说,"我倒很喜欢它们。"他的声音很低沉,几乎显得忧伤。现在西利亚要说了,它们会飞到你的头发里,埃莉诺想。

"它们会飞到你的头发里。"西利亚说。

"可我没头发。"威廉爵士说。他的秃头和大脸在黑暗中闪着微光。

蝙蝠再次俯冲而来,掠过他们脚边的地面。一丝清凉在他们脚踝边翻腾。树木已经变成了天空的一部分。天上没有月亮,但星星正在闪现。那儿又有一颗,埃莉诺想着,凝望着前方的一点闪闪微光。可它太低了,颜色太黄,她突然意识到那不是星星,而是另一栋房子。这时西利亚开始和威廉爵士说起话来,她想让他在他们附近安顿下来,而圣奥斯特夫人告诉了她格兰奇的农庄要招租。那是不是就是格兰奇农庄,埃莉诺想着,看着那点灯光,抑或是星星?他们继续说着话。

老钦纳里太太厌倦了一个人待着,提早下来了。她坐在客厅里等着。她穿戴整齐地出现在那里,但屋里没人。她穿着黑缎子的老夫人连衣裙,头上戴了一顶蕾丝帽,坐着等着。她的鹰钩鼻在皱巴巴的面颊边形成一道曲线，一边下垂的眼皮边有一条红色的细纹。

"他们怎么还不进来？"她急躁地对站在她身后的埃伦说。埃伦是个小心谨慎的黑衣女佣。埃伦走到窗边，敲了敲窗玻璃。

西利亚停下了讲话，转过头来。"是妈妈，"她说，"我们得进去了。"她站起身来，把椅子推到后面。

入夜之后，客厅里点着灯，有一种舞台似的效果。老钦纳里太太坐在轮椅里，耳朵上戴着助听器，似乎坐在那儿等着人们向她致敬。她看上去和以前一模一样，一点都没有变老，和过去一样精力充沛。埃莉诺俯身吻了吻她，那是她惯常的动作，生活似乎再一次回到熟悉的轨道。她就像这样，夜复一夜，俯身亲吻她的父亲。她喜欢俯身下去，这让她感觉自己变年轻了。她从心底熟悉这整个过程。他们这些中年人，向垂暮的老人表示敬意，而老人们对他们表示礼貌，接着就是通常的沉默。他们对她没什么可说的，她对他们也没什么可说的。接下来呢？埃莉诺看到老太太的眼睛突然亮了。是什么让这个年届九十的老妇人眼睛变蓝了？是扑克牌？是的。西利亚已经端来了绿粗呢桌面的桌子，钦纳里太太喜欢玩惠斯特牌。可她有自己的礼节，有自己的规矩。

"今晚不玩。"她说，做了个手势，似乎要推开桌子，"我相信威廉爵士会觉得无聊的。"她朝那个高大男人站着的地方点了点头，他站在那儿，好像在这个家庭聚会之外。

"怎么会，怎么会。"他轻快地说，"再没有比这个更令我高兴的了。"他安慰她说。

你是个好人，达宾。埃莉诺想。他们把椅子拉了过来，开始发起牌来。莫里斯对着岳母的助听器说着话，打趣着她；他们玩了一局又一局。诺斯在读书，佩吉漫不经心地弹着钢琴；西利亚做着手工刺绣，打着瞌睡，不时突然惊醒过来，捂着嘴打哈欠。终于门悄悄地开了。那个小心谨慎的黑衣女佣站在钦纳里太太的椅子后面等着。钦纳里太太假装没看见她，但其他人都很高兴终于可以结束了。埃伦走向前去，钦纳里太太顺从地让她把自己推到了楼上的卧室，给老人的密室。她的娱乐时光结束了。

西利亚正大光明地打起哈欠来。

"都是因为那集市。"她说,把手工刺绣活儿卷了起来,"我要上床了。佩吉,来。埃莉诺,你也来。"

诺斯轻快地跳起来打开了门。西利亚点亮了黄铜烛台,脚步沉重地开始爬楼梯。埃莉诺跟在她后面。可佩吉落在了后面。埃莉诺听到她在门厅里和她哥哥说悄悄话。

"佩吉,过来。"西利亚费力地上着楼梯,一面从扶手上方回头喊着。等她到了顶上的楼梯平台,她在那幅小钦纳里的画像前停下来,又回头喊着,这次有些尖锐了:"佩吉,过来。"一阵沉寂。接着佩吉不情愿地上来了。她顺从地吻了吻母亲,但她看起来一点都不困。她样子非常漂亮,脸庞红扑扑的。埃莉诺敢断定她根本不想上床。

她进了房间,脱下衣服。所有的窗户都开着,她能听到花园里的树木在沙沙作响。天还是很热,她穿着睡裙躺在床上,身上只盖了一层被单。蜡烛在她身边的桌上,燃着小小的梨形的火焰。她躺着,迷迷糊糊地听着花园里树木的声响,看着一只在屋里一圈圈打着转的蛾子的影子。"我得起来把窗户关掉或者吹熄蜡烛。"她昏昏欲睡地想。两样她都不想干。她就想一动不动地躺着。在说了那些话,玩了那些扑克牌之后,在半明半暗的屋里躺着,是一种解脱。她还能看见扑克牌落了下来,黑色、红色、黄色;K,Q 和 J,落在绿粗呢桌上。她迷蒙地看着周围。梳妆台上摆了一瓶漂亮的鲜花,在她床边的是擦得发亮的衣柜和一个瓷盒子。她揭开盖子。嗯,四片饼干和一小片巧克力——以备她在夜里肚子饿了。西利亚也准备了书,《小人物日记》、拉夫的《诺森伯兰国家公园游记》,还有一本但丁的珍本,是为她在夜里如果想读书而准备的。她拿起一本书,放在身边的床单上。也许是因为最近一直在旅行,她感觉就像轮船还在海里轻柔地摇摆着,就像火车还在轰隆隆穿过法国,在左右摇晃着。她舒展开身子躺在床上薄薄的被单下面,感觉身边的东西都在倏然而过。不过这次不再是外面的风景,她想,是人们的生活,是他们变换的生活。

粉色卧室的门关上了。威廉·沃特尼在隔壁房间咳嗽。她听到他穿过房间。此时他正站在窗前,吸着最后一支雪茄。他在想些什么,她猜想着——想着印度?——

他是怎样站在一把孔雀花的雨伞下面？接着他开始在房里四处走动，在脱衣服。她能听到他拿起一把梳子，又把它放回梳妆台上。是因为他，她想着，记起他下巴宽宽的线条和下巴下面动来动去的粉色和黄色的印迹，是因为他，我才拥有了那一刻，当她在三等火车车厢的角落里把脸藏在报纸后面，那一刻不只是欢愉。

这时候已经有三只蛾子在围着天花板转来转去了。它们从一个角落冲到另一个角落，一圈又一圈，碰到墙壁发出轻拍声。如果她再任由窗户开着，房间里就会聚满了蛾子。外面过道里一块木板发出嘎吱嘎吱的声音。她倾听着。是佩吉吗，正偷偷逃出去和她哥哥会合？她敢确定他们正在计划着什么。可是她只能听到花园里沉甸甸的树枝在上下摆动，一头牛在低叫，一只鸟在啁啾；接着，她欣喜地听到一只猫头鹰清澈的叫声，它正从一棵树飞到另一棵，翅膀的银光将树与树相连。

她躺着，看着天花板。那儿有一块浅浅的水印，就像一座山。这让她想起在希腊或西班牙的一座非常荒凉的山脉，它看起来似乎自有史以来就不曾有人踏足。

她翻开放在床单上的书。她希望是拉夫的游记或《小人物日记》,结果是那本但丁的书,而她也懒得换了。她随便跳着读了几行。不过她的意大利语很烂,她看不懂其中的含义。但其中一定有含义在,一个钩子似乎在擦刮着她的思想的表面。

> chè per quanti si dice più lì nostro
> tanto possiede più di ben ciascuno.

这是什么意思?她又读了读英语译文。

> 若有更多人言及"我们"
> 则每个人拥有更多的善。

她正看着天花板上的蛾子,听着在树间环绕的猫头鹰清澈的叫声,她的脑子只轻轻地在这词句上掠过,这些话没能散发出完整的含义,却似乎在古意大利语的硬壳里藏着什么卷收起的东西。我总有一天会好好读的,她想,合上了书。等我送走克罗斯比,让她去养老,等我……她该不该再买一座房子?她该去旅行吗?她该不该去印度,终于能去了?隔壁的威廉爵士正爬上床,他的生活已经结束;而她的刚刚开始。"不,我不要再买一座房子,不再要房子。"她想着,看着天花板上的水印。那种感觉再次出现,轮船在海浪里轻柔地摇摆着,火车沿着铁路线左右摇晃着。事情不会无休止地继续下去,她想。事情会过去,会改变,她想,看着头上的天花板。而我们去向哪里?哪里?哪里?……蛾子在天花板上跌跌撞撞地打着转,书滑到了地板上。克拉斯特赢了那头猪,是谁赢了银盘子?她冥想着,强打起精神,转身吹熄了蜡烛。黑暗降临了。

1913 年

时值一月。正在落雪,雪已经下了一整天。天空如灰雁张开的翅膀,羽毛从上面纷纷落下,覆盖了整个英国。这天空就只是一大团骚动、纷落的雪花。街巷被覆为平地,凹坑得以填补,雪阻塞了水流,遮蔽了窗户,在门口堆成了斜坡。空中有一种模糊的低语声,一种轻微的噼啪声,仿佛空气也在变成雪;除此之外,一片寂静,只偶尔有一只绵羊咳嗽,或是雪从树枝上砰地落下,或是一大堆雪从伦敦的某个屋顶上突然滑下。时而一辆汽车从积雪覆盖的马路上开过,一道光就慢慢地扫过天空。渐渐入夜,雪盖住了车辙,把人流车流的痕迹夷为空白,给纪念碑、宅邸和雕像穿上了厚厚的雪外套。

从房屋中介那儿来的小伙子过来看阿伯康排屋时,还在下着雪。雪在浴室的墙上投下冷冷的、耀眼的白光,显露出了瓷釉浴盆上的裂缝和墙上的污渍。埃莉诺站着看着窗外。后院里的树木上压着沉甸甸的雪,所有的屋顶上都覆盖着松软成形的雪块,雪还在下。她转过身来,小伙子也转过了身。对他们两个而言,这光线都不太有利,不过这雪——她透过过道尽头的窗户看到了——落着,非常美。

他们走下楼梯,格赖斯先生对她说:

"现今的情况是,我们的客户对盥洗室的设施要求越来越多。"他说,停在了一间卧室的门外。

为什么他不说"浴盆",这不就完了,她想。她慢慢地下了楼。此时她能看见雪花正穿过厅门的镶板飘了进来。他走下楼时,她注意到他的高领子上方伸着的红红的耳朵,还有他在旺兹沃斯的洗脸池里洗得不太干净的脖子。她觉得很恼怒,他在房子里四处走动,东嗅嗅、西瞅瞅,大谈特谈他们有多干净、多人性化,还用些荒唐可笑的大词。她猜想,他就是靠用这些大词,才爬上了更高的阶层。这时他小心翼翼地跨过正睡着的狗,从门厅桌上拿起帽子,走下前门的门阶,他脚上穿着生意人的带纽扣的靴子,在厚厚的雪垫上留下了黄色的脚印。一辆四轮马车正等着。

埃莉诺转回身。克罗斯比正戴着她最体面的无檐帽,穿着她最体面的斗篷,躲在那边。整个早上她都像只狗似的跟在埃莉诺后面,走遍了整栋房子,这可憎的一刻再也无法推迟了。她的四轮马车等在门口,她们必须向彼此告别了。

"好了,克罗斯比,房子看上去都很空了,不是吗?"埃莉诺说,朝空荡荡的客厅看去。白雪刺眼的白光映在墙上,照出了墙上曾摆放家具、曾挂着画的地方。

"是的,埃莉诺小姐。"克罗斯比说,她也站着看着。埃莉诺知道她要哭了。她不想克罗斯比哭,她也不想自己哭。

"我还能看到你们所有人都围着那桌子坐着,埃莉诺小姐。"克罗斯比说。可桌子已经不见了。莫里斯搬走了这个,迪利亚拿走了那个,所有东西都被分了,分给了不同的人。

"那个烧不开水的茶壶,"埃莉诺说,"你还记得吗?"她想笑笑。

"噢,埃莉诺小姐,"克罗斯比摇着头说,"我什么都记得!"她开始热泪盈眶了。埃莉诺朝稍远那个房间看去。

墙上也有着印迹,摆放书架的地方,摆放写字台的地方。她想起自己坐在那里,在吸墨纸上画着图,戳着洞,计算各种开销账目……她回转身来。克罗斯比正在那儿哭着。各种情感混杂,确实令人痛苦;她很高兴能摆脱所有这些东西,可对克罗斯比而言,这就是一切的结束。

这所凌乱的大房子里的每件橱柜、每块石板、每把椅子、每张桌子她都非常熟悉,不是如他们般离了五六英尺的那种熟悉,而是近在膝头的熟悉,因为是她把它们擦干净、擦光亮。她熟悉每一个凹缝、每一块污渍、每一把刀叉、每一张餐布、每一件橱柜。它们和有关它们的一切就是她的整个世界。而现在她要独自离开了,去往里士满的一个单人房间。

"我觉得你会很高兴终于从那个地下室里搬出来了,克罗斯比。"埃莉诺说,又转身进了门厅。她从没注意到这里有多昏暗,有多低矮,直到和"我们的格莱斯先生"一起看房子时,这让她觉得很丢脸。

"小姐,这里四十年来都是我的家。"克罗斯比说,流着眼泪。四十年!埃莉诺想着,一阵心惊。克罗斯比刚来的时候,才是个十三四岁的小姑娘,看起来拘谨却聪明。

现在她蓝色的小眼睛突出着,脸颊也陷了下去。

克罗斯比俯身把罗弗拴在狗链上。

"你确定要带它走吗?"埃莉诺说,看着这只有些发臭、呼呼地出着气的丑陋的老狗,"我们在乡下也很容易给它找个不错的家。"

"噢,小姐,别让我离开它!"克罗斯比说,哽咽着说不出话来,脸颊上眼泪横飞。埃莉诺自己也是无济于事地抑制不住满眶的眼泪。

"亲爱的克罗斯比,再见了。"她说,弯腰亲吻着克罗斯比。她注意到克罗斯比的皮肤有些干。但她自己的眼泪也落下来了。克罗斯比拉着狗链,开始侧身缓缓地走下湿滑的台阶。埃莉诺扶着门,看着她走出去。这是个可怕的时刻,不幸、混乱、一团错。克罗斯比如此痛苦,而她这么高兴。不过在她扶着门的时候,她的眼泪也挤出了眼眶。他们都曾经在这里住过,她曾站在这儿向去上学的莫里斯挥手告别,那儿是他们过去常常种番红花的小花园。此时克罗斯比的黑色无檐帽上落上了雪花,她怀里抱着罗弗,爬进了四轮马车。埃莉诺关上门,进了屋。

马车沿街缓缓而行,雪还在下着。人行道上有些长长的黄色凹坑,里面的雪被出门买东西的人踩成一摊泥水。雪微微开始融化了,一团团雪堆滑下屋顶,落到人行道上。小男孩们在玩雪球,其中一个扔来的雪球刚好砸在路过的马车上。马车转弯进入了里士满绿地,整个一大片地方全都覆盖着雪。似乎还没人来过这里,一片白茫茫的。草地一片雪白,树木一片雪白,栏杆一片雪白,满眼里唯一的印迹就是树顶上挤成乌黑一团的秃鼻乌鸦。马车继续缓缓而行。

马车在绿地附近的一栋小房子前停下了,这里的雪已经被手推车搅成了一堆发黄的冰雪碴子。克罗斯比抱着罗弗,以免它的脚在楼梯上留下脚印。她走上了台阶。路易莎·伯特正站在那儿迎接她,还有顶楼的房客、曾当过管家的毕晓普先生。他帮她提着行李,克罗斯比跟在后面,向她的小房间走去。

她的房间在顶楼,朝后,可俯瞰花园。房间很小,等她把行李都打开后,她觉得房间里足够舒服了。看起来还很像阿伯康排屋的房间。事实上很多年以来,她就已经在囤积杂七杂八的东西,准备退休之用了。印度象、银瓶、海象——那是她一天早晨在废纸篓里发现的,当时正在为老女王的葬礼鸣枪——全都在这儿了。她把它们歪歪斜斜地摆在壁炉台上,她挂上了帕吉特一家人的画像——有的穿着婚服,有的戴假发、穿长袍,马丁先生穿着制服,摆在正中,因为他是她最喜欢的一个——这样就非常像家了。

不知道是因为搬到了里士满,还是因为在雪天受了凉,罗弗很快就病倒了。它不吃东西,鼻子发烫。湿疹又发了出来。第二天早上,她想带它出去买东西,它翻过身,四脚朝天,像是在哀求把它留下。毕晓普先生不得不告诉克罗斯比太太——她在里士满获得了这个礼貌的称呼——他认为,这个可怜的老家伙(说着他拍了拍它的头)最好还是消失。

"跟我来,亲爱的。"伯特太太说,胳膊抱住克罗斯比的肩膀,"让毕晓普来。"

"它不会受苦的,我保证。"毕晓普先生说,站起身来。在此之前,他已经有不知多少次帮夫人的狗进入梦乡。"它只需要闻一下就好——"毕晓普先生手里拿着他的手帕,

"它马上就上路了。"

"这是为了它好,安妮。"伯特太太说,想把她拉开。

确实,这可怜的老狗看上去非常悲惨。可克罗斯比摇了摇头。它摆了摆尾巴,眼睛睁开了。它活了过来。脸上闪过一丝表情,那是她一直以来都认为的它的微笑。她觉得它依赖着自己。她不会把它交给陌生人。她在它身边坐了三天三夜,她拿勺子喂它吃白兰氏鸡精,但最后它怎么也不肯张嘴了,它的身子变得越来越僵硬,苍蝇爬过它的鼻子也没有抽动。这是麻雀在外面树梢上唧唧喳喳的那天的一大早。

"天可怜见的,总算有什么事让她分分心了。"伯特太太说。克罗斯比正戴着她最好的无檐帽,穿着她最好的斗篷,走过厨房窗口,那是葬礼后的第二天。那天是星期四,她从伊伯里街取回来帕吉特先生的袜子。"它早就该下葬了。"她又说,回到了洗手池前。它的气息已经发臭了。

克罗斯比坐区间火车到斯隆广场,下车后她走路。她走得很慢,胳膊肘往外伸着,似乎在保护自己免受街上可能发生的各种意外。她的样子看上去还是很悲伤,不过从里士满来到伊伯里街让她好受了不少。在伊伯里街她觉得自己比在里士满更自在。她总觉得里士满住的都是平民百姓。而这里的先生女士们和他们才有相似之处。她满意地打量着路过的商铺。当她转进那条昏暗的大道时,突然想起,以前常来拜访主人的阿巴斯诺特将军,就住在伊伯里街。他已经过世了,路易莎给她看过报纸上的告示。他活着的时候,就住在这里。她已经到了马丁先生的住所。她在门阶上停了停,整了整无檐帽。她来取袜子时总会和马丁说说话,这是她最喜欢做的一件事;她也喜欢和他的女房东布里格斯太太闲聊。今天她能和那位女房东高兴地说说罗弗死了。她小心地侧身走下覆着冻雪的湿滑的地下室台阶,站在后门前,按响了门铃。

马丁坐在房间里看着报纸。巴尔干半岛的战争已经结束了,还有更多的灾祸在酝酿之中——对此他毫不怀疑。十分确定。他翻了一页报纸。外面正下着雨夹雪,屋里非常暗。他等着的时候也没心思看报。克罗斯比要来了,他听到门厅里的说话声。她们真是聊得高兴呢!喋喋不休的!他不耐烦地想着。他扔下了报纸,等着。现在她来了,她的手放在了门把上。可他能和她说些什么呢?他看着门把转动着,想着。他放下了报纸。她进来时,他说的还是常说的那句:"唔,克罗斯比,过得怎么样?"

她想起了罗弗,眼泪开始溢满眼眶。

马丁听着她讲罗弗的事,怜悯地皱起了眉头。然后他站起身,走进卧室,回来时手里拿了一件睡衣上装。

"这个你是怎么说的,克罗斯比?"他说。他指着衣领下的一个洞,洞边缘是褐色的毛刺。克罗斯比扶了扶她的金边眼镜。

"是烧的洞,先生。"她确定地说。

"全新的睡衣,只穿了两次。"马丁说,把衣服展开来。克罗斯比摸了摸。她看得出来,是上好的真丝面料。

"啧啧啧!"她摇着头说。

"你能把这睡衣拿到那个什么太太那里去吗?"他接着说,把睡衣伸在面前打量着。他本想打个比方,可又想起和克罗斯比说话时,必须用最简单的语言,用字面意思。

"告诉她另找一个洗衣工,"他最后说,"让前一个见鬼去。"

克罗斯比收起弄坏的睡衣,温和地拥在胸前。她记得马丁先生从来都受不了羊毛接触皮肤。马丁没说话。必须和克罗斯比随便聊点什么,可罗弗死了,他们之间的话题就更不剩下什么了。

"风湿痛怎么样了?"他问。她抱着睡衣,直直地站在门边。他觉得,她的个子变得更小了。她摇了摇头,她说,里士满和阿伯康排屋比起来太粗俗、太下等了。她的脸拉长了。他猜她一定是想起了罗弗。他得让她摆脱那些念头,他受不了别人哭。

"看到埃莉诺小姐的新公寓了吗?"他问。克罗斯比看到了,但她不喜欢公寓。她认为埃莉诺小姐把自己搞得筋疲力尽了。

"那些人不值得,先生。"她说,她指的是茨温格勒一家、帕拉维奇尼一家和科布一家,他们过去常常到后门来要旧衣服。

马丁摇了摇头。他想不出接下来能再说些什么。他讨厌和仆人说话,总是让他觉得虚伪。要么在假笑,要么就是显得热情,他觉得不管哪种,都是在演戏。

"你自己呢,一切都好吗,马丁少爷?"克罗斯比问他,用的是昵称,这是她服务多年获得的一项特权。

"还没结婚呢,克罗斯比。"马丁说。

克罗斯比环视着房间。这是个单身汉的房间,几把皮椅,一堆书上放着棋子,托盘上摆着苏打水吸管。她壮起胆说,她相信一定有数不清的年轻的漂亮女士很高兴能照顾他。

"啊,可我喜欢在床上躺一个早上。"马丁说。

"你总是那样,先生。"她笑着说。接着,马丁可能就会掏出表,快步走到窗前,然后惊呼起来,好像突然记起来他有一个约会。

"我的天,克罗斯比,我得走了!"然后,门砰地关上,把克罗斯比留在了屋外。

这是个谎言,他没什么要干的事。主人总是会对仆人撒谎,他看着窗外想着。伊伯里街上的房屋丑陋的轮廓在飘落的雨雪间显现出来。每个人都撒谎,他想。父亲撒谎——他去世后,他们在他的书桌抽屉里发现了一捆信件,是一个叫米拉的女人写来的。他见过米拉——一个可敬的矮胖女士,找人帮她修屋顶。为什么父亲撒谎?有一个情妇又有什么错？他自己也撒过谎，关于富勒姆路的房子，他和道奇、厄瑞奇过去常在那儿吸廉价雪茄，讲下流故事。这是个糟糕的体制，他想；家庭生活，阿伯康排屋。难怪那房子租不出去。只有一间浴室，一间地下室，而所有那些个性不同的人住在一起，挤在一起，说着谎言。

他站在窗前，看着湿漉漉的人行道上一个个悄悄走着的小小身影。他突然看到克罗斯比从地下室楼梯走了上来，胳膊下夹着一个包裹。她站了一会儿，像个受惊的小动物般，朝四周打量了一番，这才壮起胆去勇敢面对街上的危险。她终于快步走远了。他看到雪落到她的黑色无檐帽上，她走出了视线。他转开头去。

1914 年

这是个明媚的春天,白天阳光灿烂。空气碰到树顶似乎都会发出嗡嗡声;空气震颤着,如涟漪般传开。鲜绿色的树叶锋利硬挺。在乡下,老教堂的钟声粗哑地准点响起;沙哑的声音掠过覆满红色三叶草的原野,秃鼻乌鸦好似被钟声震起一般腾空而起。它们一圈圈打着转,然后在树顶落下。

在伦敦,一切都显得生机勃勃、熙熙攘攘。春天刚刚开始,汽笛鸣响,车流轰鸣,旗帜舒展,就如河流中的鳟鱼。伦敦所有教堂的所有尖顶——梅菲尔区的上流社会的圣徒、肯辛顿的寒酸邋遢的圣徒、城区的白发苍苍的圣徒——都在敲钟报时。伦敦上空似乎是一片起伏不平的声音的海洋,声浪在其中穿梭。这些钟声绝无相同,就如这些圣徒们自己也分了派别。停顿、间歇之后……钟声再次敲响。

这时候在伊伯里街,正从远处传来微弱的钟声。十一点了。马丁站在窗前,看着下面狭窄的街道。阳光灿烂,他情绪很高,他正要去城里拜访他的股票经纪人。事实证明他的投资非常成功。他正想着,曾有一段时间,父亲赚了很多很多钱,然后被他输掉了,后来他也挣钱了,最后发现自己非常成功。

他在窗前站了一会儿,欣赏着对面古玩店里一个戴着一顶迷人帽子的时髦小姐,她正在看一个罐子。那是一个蓝色的罐子,放在一个中式的底座上,后面衬着绿色织锦。罐体匀称的斜面,蓝色的深度,釉面上的细纹,都让他喜欢。观赏罐子的小姐也十分迷人。

他拿起帽子和手杖,出门上了街。他要去城里,准备先走一段路。"西班牙国王的女儿,"他转上斯隆街,哼着小曲,"来看我。只是为了……"他打量着路过的商铺橱窗。里面摆满了夏装,绿色薄纱的可爱小工艺品,还有一顶顶支在细棍子上的帽子。"……只是为了——"他继续走着,哼着,"我的银色肉豆蔻树。"可是什么是银色肉豆蔻树?他不知道。街道那头一架管风琴正演奏着欢快的吉格舞曲。风琴转来转去,摇来摆去,演奏的老头仿佛正随着曲调在跳舞。一个漂亮的小女仆从地下室台阶走上来,给了他一个便士。他那灵活的意大利人的脸挤满了笑容,取下帽子一挥,向她颔首致谢。小女仆笑了笑,又悄悄退进了厨房。

"……只是为了我的银色肉豆蔻树。"马丁哼着,眼光越过台阶栏杆看进厨房里面。他们都在里面坐着,看上去十分舒适,厨房桌上放着茶壶、面包和黄油。他的手杖就像一只高兴的狗儿的尾巴似的,左右摆动。所有人都似乎轻松愉快、无忧无虑,从他们的家里出发,沿着街道大摇大摆地走着,口袋里装着给手风琴演奏者的硬币,也有给乞丐的硬币。每个人似乎都有闲钱。女人们在玻璃橱窗前打堆。他也停下来,看着一只玩具船模型,看着闪着金光的化妆盒里一排排银瓶子。他继续闲逛着,心里在想,究竟是谁写了那首西班牙国王的女儿的歌,皮皮以前拿着一张滑腻的法兰绒布擦洗他的耳朵时,就常常给他唱这首歌。她常把他抱到膝头,吱吱嘎嘎的声音低哑地唱着:"西班牙国王的女儿来看我,只是为了……"然后突然她的膝头一软,他就滚到了地板上。

这时他到了海德公园角,这里的景象一片生机盎然。货车、小汽车、公共汽车,源源不断地开下斜坡。公园里树木冒出了细小的绿叶。小汽车载着身穿浅色连衣裙的愉快的女士们,正纷纷驶入门口。每个人都在四处忙碌着。他注意到有人在阿普斯里宅子的门口用粉色粉笔写了"上帝就是爱"几个字。他心想,要在阿普斯里宅子门口写"上帝就是爱"这几个字,那可要些胆量才行,因为随时都有可能被警察捉住。这时他的公共汽车来了,他上了车。

"到圣保罗教堂。"他说,把铜钱递给了售票员。

在圣保罗教堂的台阶前,公共汽车绕着圈、打着转,就像在永不停息的洪流之中。安妮女王的雕像似乎在主掌这一片混沌,并且成了一个中心点,就像轮子的轮轴一样。这位白衣女士似乎在用她的权杖掌控着车流人流,指挥着戴圆顶高帽、穿圆摆外套的小个子男人们和提着公文包的女人们,指挥着货车、卡车和公共汽车的行驶方向。时而有一两个人影从人流中走出来,走上台阶进了教堂。大教堂的门不停地在开开关关。时而一阵模糊的管风琴乐声飘到空中。鸽子在摇摆而行,麻雀拍着翅膀。刚过正午,一个拿纸袋的小个子老头从阶梯当中他站着的地方动了起来,走去给鸟儿喂食。他伸着的手上拿着一片面包,嘴唇嚅动着。他似乎在说些什么引诱鸟儿们吃食。很快他身边就围了一圈扑闪着的翅膀。麻雀在他的头上和手上栖息着。鸽子摇摆着走到他脚边。旁边聚起了一小堆人,在看他喂麻雀。他把碎面包在身边撒了一圈。这时空中突然传来一阵震颤。大钟、城里所有的钟,似乎齐聚所有的力量;它们似乎在呼呼地发出预响。接着响起了钟声,响亮刺耳的一声。麻雀扑腾着翅膀四散飞走了,鸽子也受了惊,有几只飞到了安妮女王的头边绕了一圈。

当钟声的最后一丝涟漪散去,马丁走了出来,走到了大教堂前的广场上。

他穿过广场,背靠一家店铺的橱窗,抬头看着教堂顶上的圆屋顶。他身体里的所有重量似乎都在漂移。他产生了一种奇特的感觉,仿佛身体里面有什么东西在和这建筑物一同移动,先是恢复了平稳,然后完全停了下来。这令人兴奋——这种比例上的变化。他希望自己是个建筑师。他站着,背使劲贴在橱窗上,想要把大教堂的整个面貌看得更清楚。不过人来人往,要看清楚并不容易。行人们碰撞到他,又从他面前擦身而过。当然了,这时正是拥挤的时候,城里人正出门去吃午餐。他们从台阶上抄近道。鸽子盘旋着飞起,又飞下来。教堂门开开又关关,他走上了台阶。他觉得鸽子很讨厌,把台阶搞得又脏又乱。他慢慢地爬着楼梯。

"那是谁?"他想着,看着一根柱子边站着的某个人,"我好像认识她?"

她的嘴唇嚅动着,正在自言自语。

"是萨莉!"他想。他迟疑着,该和她说话吗?她也算个伴儿,因为他已经厌倦了自己待着。

"你在发什么呆,萨尔!"他说,拍了拍她的肩膀。

她转过头,脸上的表情立刻变了。"我正想起你呢,马丁!"她喊着。

"扯谎!"他说,握了握她的手。

"每次我想到谁,就会碰见谁。"她说。她习惯性地微微抖了抖身子,像只鸟一样,一只羽毛杂乱的家禽,因为她的斗篷已经过时了。他们在台阶上站了一会儿,看着下面街上拥挤的人流。身后大教堂的门开开关关时,一阵管风琴的乐音从里面传了出来。飘渺的教会乐音似乎有些感人,从门口能看见教堂里昏暗的空间。

"你刚才在想什么……"他开口说,但没说完。"一起吃午饭吧。"他说,"我带你去一家城里的小饭馆。"说着,他领着她走下台阶,走进一条狭窄的小巷,里面堵满了小推车,大包小包正从仓库里扔出来,扔到推车上。他们推着旋转门,进入了小饭馆。

"今天人很多啊,阿尔弗雷德。"马丁友好地说。侍者接过了他的外套和帽子,挂在了架子上。他认识侍者,他经常在这儿吃午饭,侍者也认识他。

"人很多,上校。"侍者说。

"好了,"他坐下了,说,"我们吃什么?"

一台送菜车正从一张桌子被推到另一张桌子,上面放着黄褐色的大块腿子肉。

"吃那个吧。"萨拉朝那儿挥了挥手,说。

"喝什么呢?"马丁说。他拿起酒单,仔细看着。

"喝什么——"萨拉说,"你定吧。"她摘下手套,放在一本红褐色的书上,显然是一本祈祷书。

"我来定。"马丁说。他心里想,为什么祈祷书总是把书页镀上红色和金色?他选了红酒。

"你在圣保罗大教堂做什么?"侍者离开后,他说。

"听教堂的礼拜仪式。"她说。她环顾四周。房间里很热,挤满了人。墙上是褐色底板装饰着硬硬的金色叶子。一直有人在他们旁边经过,进进出出。侍者拿来了红酒,马丁给她倒了一杯。

"我不知道你在参加礼拜仪式。"他说,看着她的祈祷书。

她没回答。她还在环顾四周,看着进进出出的人。她抿了一口红酒,脸上有了些血色。她拿起刀叉,开始吃美味的羊肉。他们安静地吃了一会儿。

他想让她说说话。

"萨尔,"他碰了碰那本小书,说,"你学到了什么?"

她随便翻了一页,开始读:

"无限的父,无限的子——"她用正常的声音念道。

"嘘!"他制止她,"有人在听呢。"

她顺从地恢复了一位女士在城里的餐馆和一位先生吃午饭时应有的举止。

"你在圣保罗大教堂做什么呢？"她问。

"正在祈愿我是个建筑师，"他说，"可他们把我送去了陆军，让我讨厌。"他着重地说。

"嘘！"她小声说，"有人在听呢。"

他往四周快速地看了看，然后他大笑起来。侍者正在把果馅饼摆在他们面前。他们无声地吃着东西。他又添满了她的酒杯。她脸颊发红，眼睛发亮。他嫉妒她，一杯酒就能让她获得如世界安康般的整个身心的满足，过去他也会如此。酒是个好东西，能打破障碍。他想让她说说话。

"我从不知道你去礼拜仪式。"他说，看着她的祈祷书，"你觉得这书怎么样？"她也看了看书，然后用叉子在上面敲了敲。

"是他们觉得怎么样，马丁？"她问，"那个祷告的女人和长着白色长胡须的男人。"

"和克罗斯比来看我时想的一样。"他说。他想起老太太站在他房间门口，手臂上搭着他的睡衣，脸上虔诚的表情。

"我就是克罗斯比的上帝。"他说,给她添了些球芽甘蓝。

"克罗斯比的上帝!全能、强大的马丁先生!"她大笑起来。

她向他举起酒杯。她是在笑话他吗?他想。他希望她不会觉得自己太老了。"你记得克罗斯比吧?"他说,"她退休了,她的狗死了。"

"退休了,狗死了?"她重复道。她又转过头望去。在饭馆里谈话简直不可能,说的话都变得支离破碎。总有城里的男人们穿着整洁的条纹西装,戴着圆顶高帽,从他们旁边擦身而过。

"那是个不错的教堂。"她转回头,说。她的话题又跳回圣保罗大教堂了,他想。

"非常雄伟,"他说,"你看到那些纪念碑了吗?"

有个人走了进来,他认出来了,是厄瑞奇,那个股票经纪人。他举起一根手指,向厄瑞奇示意。马丁起身,走过去和他说话。等他回来,她的酒杯已经又加满了。她坐在那儿,看着旁边的人,仿佛是一个被他带来看哑剧的孩子。

"你今天下午打算干吗?"他问。

"四点去圆池。"她说。她敲着桌子,"四点去圆池。"他猜想,现在她已经进入那种催眠式的慈善事业了,去伺候别人享用高级的晚餐和红酒。

"去见谁吗?"他问。

"是的,玛吉。"她说。

他们无言地吃着东西。其他人谈话的片段不时传入耳中。然后之前和马丁说话的男人碰了碰他的肩膀,离开了。

"周三八点。"他说。

"说准了。"马丁说,他在小笔记本上记下了。

"你今天下午打算干什么?"她问。

"该去监狱看我的妹妹。"他说,点了一根香烟。

"监狱里?"她问。

"罗丝。乱扔砖头。"他说。

"红色的罗丝,黄褐色的罗丝,"她说,手又伸向酒瓶,"狂野的罗丝,带刺的罗丝——"

"不行,"他说,手捂住瓶口,"你喝得够多了。"

她有些兴奋了。他必须压住她的兴奋。有人在听着呢。

"关在监狱里,"他说,"可不是闹着好玩的。"

她拿杯子的手缩了回去,她坐着凝视着酒杯,仿佛大脑的引擎突然被断了电。她真像她母亲——除了她大笑的时候。

他本来想和她谈谈她的母亲。但这里没法谈话。太多人在听着,而且都在抽烟。烟混着肉的气味令人窒息。他回想着过去,她突然喊道:

"坐在三条腿的凳子上,嗓子眼里塞满了肉!"

他回过神来。她是想起了罗丝,是吗?

"砰,一块砖头扔了过来!"她大笑着,挥着叉子。

"'卷起欧洲的地图,'男人对奴才说,'我不相信武力!'"她的叉子往下一挥。一粒梅子核跳了起来。马丁四处一看,人们在听着。他站起身。

"我们走吧,"他说,"你吃好了吧?"

她站起身,找着她的斗篷。

"唔,吃得很好。"她拿起斗篷,说,"谢谢你请我吃了一顿好的,马丁。"

他向侍者示意，侍者轻快地跑过来，算好了账。马丁往盘子里放了一枚金币。萨拉开始把手臂往斗篷的袖子里塞。

"我能和你一起去吗？"他帮着她，说，"四点去圆池？"

"好的！"她说，脚尖点地转了一圈，"四点去圆池！"

她往前走，走过那些还在吃午饭的城里人旁边。他注意到她走得有些不稳。

这时侍者送来了找零，马丁收了零钱往口袋里放。他留下了一个硬币作为小费。可正当他要给的时候，突然从阿尔弗雷德的脸上看到了某种诡诈的表情。他一下子翻开账单，下面藏了一个两先令的硬币。这是老把戏了。他冒火了。

"这是什么？"他怒气冲天地说。

"我不知道它在那儿，先生。"侍者结结巴巴地说。

马丁感到血冲到了脑门。他感觉自己和父亲发怒时一模一样，就好像太阳穴那里都冒出了白点。马丁把准备给侍者作小费的硬币也收进了口袋，一把推开他的手，从他面前大步走了过去。那人咕哝着往后面溜走了。

"我们走吧。"他说，催着萨拉走出这拥挤的饭馆，"我们赶快出去。"

他催着她直走到了街上。城市小饭馆那污浊闷热、夹杂着肉味的气味,突然变得难以忍受了。

"我最恨被人骗!"他戴上帽子时,说道。

"对不起,萨拉。"他道歉说,"我不该带你来这儿。这里就是个狼窝。"

他深吸了一口新鲜空气。从闷热潮湿的饭馆出来,街道上的噪声、人们无忧无虑地忙着生意的场景,令人神清气爽。一辆辆推车沿街排着队,货物包裹从仓库里滑进了推车。他们走了出来,再次来到圣保罗大教堂前面。他抬头看着。那个老头还在那儿喂麻雀。大教堂还在那里。他希望自己能再次感觉到那种重量在体内移动又停滞的感觉,可他再也无法感觉到自己的身体和这石头建筑之间的那种奇特的、令人激动的联系。除了愤怒他没有别的感觉。另外,萨拉也让他分神。她正想横穿拥堵的马路。他伸出手止住了她。"当心。"他说。接着他们过了街。

"我们走路去吗?"他问。她点了点头。他们沿着舰队街走去。根本没法谈话,人行道太窄了,他不得不一会儿上,一会儿下,为了和她并排走。他还能感到愤怒引起的不适,可愤怒本身已经平息了。我当时应该怎么做呢?他想,看到自己走过侍者身边,没有给他小费。不对,他想,我不该那样做。人们挤到他身上,让他不得不走下了人行道。不管怎么说,那个可怜的家伙也得谋生。他喜欢为人大方,他喜欢让别人高兴,两先令对他来说算不上什么。可是有什么用呢,他想,已经做了。他开始哼起他的小曲——然后忽地停住了,他记起了他不是独自一个人。

"看那儿,萨尔。"他抓住她的胳膊,说,"看那儿!"

他指着圣殿关的那个张开翅膀的雕像,它和平日一样可笑,又像蛇又像是鸟。

"看那儿!"他重复道,大笑起来。他们停了一会儿,看着几个放平了、显得极不舒服地靠在圣殿关的关卡上的小雕像:维多利亚女王、爱德华国王。接着他们继续往前走。没法谈话,因为人太多了。戴假发、穿长袍的男人们匆匆穿过街道,有的拿着红色提包,有的拿着蓝色提包。

"是法院。"他说,指着那一座冰冷的、带装饰的石头建筑。它看起来非常阴郁悲哀。"……是莫里斯工作的地方。"他大声说。

他仍然对自己刚才发火感到心里不舒服。可这感觉正在过去。只在他心里还留着一点膈应的情绪。

"你觉不觉得我本来应该当……"他开口说,他本来想说"律师","可是我本来应该那么做吗——对那侍者发火?"

"本来应该当——本来应该做?"她问,朝他侧过身子。在车流人流的喧闹中,她没听懂他说的话。没法谈话,但无论如何,他刚才冒火的那种感觉正在慢慢消失。那一点刺痛正在被成功地抚平。接着那感觉又回来了,因为他看到一个乞丐在卖紫罗兰。那个可怜的家伙,他想,因为骗了我所以得不到小费……他眼睛紧盯着一个邮筒。接着他看着一辆汽车。人们这么快就习惯了不用马拉的汽车,真是奇怪,他想。以前这种车看起来怪异可笑。他们经过了卖紫罗兰的女人。她戴着一顶帽子,盖住了脸。他往她盘子里放了一枚六便士,作为给那侍者的补偿。他摇了摇头,意思是,不要紫罗兰;事实上,那些花都蔫了。但他看到了她的脸。她没鼻子,脸上有些白色的疤痕，鼻孔处是红色的。她没有鼻子——她压低了帽子，就是为了遮住脸。

"我们过马路吧。"他突然说。他抓住萨拉的胳膊，推着她在公共汽车间穿行。她一定经常看到这样的景象，他也经常看到，但是从没在一起时看到过——这就不一样了。他催着她上了街对面的人行道。

"我们坐公共汽车，"他说，"来吧。"

他扶住她的胳膊肘，让她走得更快些。可这也不可能了，一辆汽车挡住了道，有人经过。他们快到查理十字街了。这里就像是桥边的码头，只是被吸进去的是男人女人们，而不是河水。他们不得不停下来。报童举着海报，用膝盖支撑着。男人们在买报，有的休闲地看着，有的一把抓在手里。马丁也买了一张，拿在手里。

"我们在这儿等着，"他说，"公共汽车马上就来。"一顶旧草帽，上面系了一条紫色丝带，他翻开报纸时想着。这景象仍在眼前。他抬起头来。车站的钟总是走得快，他安慰一个急着去赶火车的人。总是走得快，他心里想着，翻开了报纸。可这里没钟。他翻着报纸，读着爱尔兰的新闻。

一辆辆公共汽车停下来,又猛地开走了。他没法专心看爱尔兰的新闻,他抬起头来。

"我们的车来了。"他们要坐的车来了,他说。他们上了车,并排坐在比司机稍高的位置上。

"两个人,去海德公园角。"他说,拿出一把银币。他翻看着晚报,可这是前一天的报纸。

"上面什么都没有。"他说,把报纸塞到座位下。"现在——"他开始填烟斗。他们正平稳地沿着皮卡迪利街下坡。"那是我父亲过去常去的地方,"他朝俱乐部的窗户挥了挥烟斗。"……现在——"他点起一根火柴,"现在,萨莉,你可以畅所欲言了。没人在听。说点什么吧。"他说,把火柴扔出了窗外,"说点深刻的东西。"

他转头看她,他想让她说说话。他们一会儿下坡,一会儿突然上坡。他想让她说话,要不然他就得自己说话。而他能说些什么呢?他早就隐藏了自己的感觉。可还有些情感存留着。他想让她说出来,可她沉默不言。不,他想,咬着烟斗。我不会说的。我如果说了,她就会觉得我……

他看着她。阳光正照耀着圣约翰医院的窗户。她正兴高采烈地看着那里。为什么会兴高采烈?他想着,车停下了,他下了车。

这里的场景与早晨相比已经稍稍有了些变化。远处的钟声正敲响了三下。街上汽车更多了,更多穿浅色夏裙的女人们,更多穿燕尾服、戴灰色高帽的男人们。人流正开始穿过门口进入公园。每个人看起来都喜气洋洋的。就连女装裁缝的小学徒们也一样,他们抱着捆好的盒子,看起来就如同在参加什么庆祝仪式。骑马道的路边排列着绿色座椅,上面坐满了四处张望的人们,就像在剧院里坐着看戏一般。骑手们慢跑着到了骑马道的尽头,一收缰绳,掉转马头,又慢跑着回来。西方吹来的风吹动着洒满金光的白云,在空中飘过。公园道上的玻璃反射着蓝色和金色的光影。

马丁轻快地走了出去。

"快来,"他说,"来——来!"他继续走着。"我还年轻,"他想着,"我还正当盛年。"空气中弥漫着泥土的气味,就算在公园里,也有着淡淡的春天的气息、乡村的气息。

"我多喜欢——"他大声说。他四处一看,自己在对着空气说话。萨拉已经落在了后面,她在那儿系着鞋带。他感觉自己就像下楼时漏踏了一级楼梯。

"大声地自言自语让人觉得自己像个傻子。"她跟上来时他说道。她指着前方。

"看,"她说,"他们都那样干。"

一个中年妇人正朝他们走来。她正在自言自语,嘴唇嚅动着,手上还做着手势。

"因为是春天。"他说。那妇人擦身而过。

"不是,有一次冬天我来这里,"她说,"有一个黑人,在雪地里大笑。"

"在雪地里,"马丁说,"黑人。"明媚的阳光照在草地上,他们正经过一片五颜六色的风信子,卷曲着,闪着光。

"别让我们想起雪,"他说,"让我们想想——"一个年轻妇人推了一辆婴儿车过来了,他脑子里突然冒出来一个念头。"玛吉,"他说,"告诉我。从她生了孩子,我就没见过她了。我也从来没见过那个法国人——什么名字?雷内?"

"里尼。"她说。她的酒劲还没过去,飘动的风、经过的人也在影响着她。他也觉得有些心烦意乱,但他不想这样。

"是的。他是什么样的,这个雷内,或里尼?"

他先是按法语发音说的那个名字,接着按她的叫法,用英语发音。他想让她清醒过来。他抓住了她的胳膊。

"里尼!"她重复道。她把头一仰,大笑起来。"我想想,"她说,"他戴了一条红底白点的领带,长着黑眼睛。他拿了个橙子——假如我们在吃晚餐,他就直直地看着你,说:'这个橙子,萨拉——'"她卷着舌头说话。然后她停下了。

"那边又有一个人在自言自语。"她突然说。一个年轻男人走过,外套纽扣系得紧紧的,仿佛没穿衬衣。他边走边喃喃自语。从他们身边经过时,他朝他们瞪了瞪眼。

"里尼?"马丁说。

"我们在谈里尼,"他提醒她说,"他拿了个橙子——"

"……给他自己倒了杯红酒。"她接着说,"'科学是未来的宗教!'"她喊道,好像举了一杯红酒似的挥着手。

"红酒?"马丁说。他一边听着,脑中已经出现了一个热诚的法国教师的形象——此时他又不得不给这幅小肖像画加上一杯不太协调的红酒。

"是的,红酒。"她重复道,"他父亲是个商人。"她继续说,"一个长着黑色络腮胡子的男人,波尔多的商人。有一天,"她继续说,"他还是个小男孩的时候,在花园里玩,突然有人敲窗户。'别那么吵。去远一点的地方玩。'一个戴白帽子的女人说。他母亲去世了……他也不敢告诉父亲马儿太高大,他骑不了……他们送他去了英国……"

她从栏杆上跨了过去。

"然后发生了什么事?"马丁跟上她,说,"他们订婚了?"

她没说话。他等着她解释——为什么他们结婚了——玛吉和里尼。他等着,但她没再说什么。好吧,她嫁给了他,他们很幸福,他想。他嫉妒了一阵子。公园里全是一对对情侣并肩走着。一切都显得清新又甜蜜。柔和的风吹到脸上,空气里满是各种混杂的声音,树枝的沙沙声、车轮疾驰的咔哒声、狗儿的吠叫,不时还夹杂着画眉鸟时断时续的歌声。

这时一位女士走过,正在自言自语。他们看向她时,她转头吹了声口哨,像是在召唤她的狗。可她吹口哨招呼的狗却是别人的。狗儿朝相反的方向跑走了。那位女士继续匆匆走着,噘着嘴。

"人们自言自语的时候不喜欢被别人看到。"萨拉说。马丁回过神来。

"听着,"他说,"我们走错路了。"说话声朝他们飘了过来。

他们走错了方向,现在来到了光秃秃的被擦得发亮的空地处,这里是演讲者们聚集的地方。四处都在进行着各种集会。各类演讲者周围都围着人群。演讲者站在平台上,有的站在箱子上,正滔滔不绝地讲着话。他们走近时,说话声越来越响,越来越大。

"听听吧。"马丁说。一个瘦子正向前倾着身子,手里拿着一块石板。他们听到他正在说:"先生们、女士们……"他们在他前面停下。"紧紧地看着我。"他说。

他们紧紧地看着他。"不要害怕。"他说,勾着手指。他的态度逢迎谄媚。他把石板翻了过来。"我像个犹太人吗?"他问。接着他翻过石板,看着另一面。他们继续往前走,听到他说他母亲生于伯蒙塞,父亲生于——声音渐渐模糊了。

"这个家伙怎么样?"马丁说。那是个魁梧高大的男人,正砰砰地敲着平台栏杆。

"同胞们!"他正喊着。他们停了下来。游手好闲的人、跑腿的人,还有保姆们,都张大着嘴看着他,下巴都快掉了,目光直愣愣地盯着。他的手像一只耙子在马路上经过的汽车长龙中耙着,带着一种极其轻蔑的姿态。他的衬衣从背心下面露了出来。

"公正和自由。"马丁说,重复着那人说的话。他的拳头砰砰地重击着栏杆。他们等着。接着他又全部重复了一遍。

"他是个非常棒的演讲者。"马丁边转身边说。那人的声音渐渐消失了。"现在听听那个老太太在说些什么?"他们继续走着。

老太太的听众没几个人。她的声音也几乎听不见。她手里拿着一本小册子,正说着什么关于麻雀的话。可她的声音越来越细,变成一种细声细气的游丝般的尖叫。一群小男孩在异口同声地学她。

他们听了一会儿。然后马丁又转身了。"走吧,萨尔。"他说,把手放在她肩膀上。

演讲声越来越弱,越来越轻。很快就什么都听不见了。他们继续走着,穿过一片光滑起伏的斜坡,斜坡就像一条宽阔的绿色布料,面前是条纹般的笔直的褐色小路。大白狗在欢蹦乱跳,透过树丛闪耀着九曲桥下的水波,水面上四处可见到小船。公园雅致、水面波光粼粼、风景起伏,各有特色,又浑然一体,就如同设计师笔下的设计一般,马丁不禁感到心旷神怡。

"公正和自由。"他自言自语般说道。他们走到水边站了一会儿,看着海鸥尖利的翅膀飞舞着,在空中切割出白色的图案。

"你赞同他说的吗?"他问,握住萨拉的胳膊想唤醒她,她的嘴唇还在嚅动着,她在自言自语。"那个胖子,"

他解释说,"那个挥舞手臂的胖子。"她猛地一惊。

"噢咦,噢咦,噢咦!"她喊道,模仿着那人的考克尼伦敦腔。

没错,马丁想。他们继续走着。噢咦,噢咦,噢咦。就是那样。要是那个胖子得胜了的话,像他这样的人就得不到什么公正和自由了——美好也没有了。

"还有那个没人听的可怜老太太?"他说,"讲麻雀的那个……"

他的脑海里还能看到那个瘦子唾沫横飞地勾着手指;胖子挥舞着双臂,裤子背带都露了出来;小个子老太太扯着嗓子,想让自己的声音从猫叫声和口哨声中冒出来,能让人听到。这个场景既像喜剧,又像悲剧。

他们到了肯辛顿花园的门口。一长列汽车和马车沿着路边石排开。人们坐在小圆桌旁,等着上茶,头上支着带条纹的遮阳大伞。侍者正端着托盘急匆匆地进进出出,春季已经来临。一派欢乐气氛。

一位打扮时髦的女士,帽子一侧垂着一根紫色羽毛,她正坐在那儿,抿着一杯冰水。阳光在桌上留下斑纹,令她看起来有种奇特的透明感,仿佛她被罩在了一张光之网中,仿佛她是由移动的菱形色块构成的。马丁觉得自己好像认识她,他稍稍举了举帽子。可她坐在那儿看着前面,喝着冰水。不,他想,他不认识她。他停下来点燃烟斗。他想——他还在想着那个挥动手臂的胖子,要是这世界上没有"我",会是什么样子?他擦燃了火柴。他看着在阳光下几乎看不见的火苗。他站了一会儿,把烟斗吸燃。萨拉已经走到前面去了。她也一样被罩在枝叶间落下的移动的光之网里。这幅场景似乎笼罩着人之初的无罪。鸟儿在枝叶间不时发出甜蜜的啁啾声;伦敦的喧嚣以一圈遥远却完整的声音之环围绕住那块空地。栗树的枝条在微风中摆动时,粉色和白色的栗花就上下摇摆。阳光在枝叶上撒下光斑,仿佛被分成了许多分开的光源,令所有东西看起来都有种奇特的不真实感。他自己似乎也像飘散开来。他的脑子一时间一片空白。接着他清醒过来,扔掉了火柴,追上了萨莉。

"快走!"他说,"快……四点到圆池!"

他们沿着那条长林荫道无声地走着,手挽着手,远处的尽头就是肯辛顿宫和幽灵教堂。人影的尺寸似乎缩小了。现在孩子代替了成人，成了大多数。到处是各种各样的宠物狗。空中全是狗吠和突如其来的尖叫。成群结队的保姆们推着婴儿车沿小径走着。婴儿们躺在车上熟睡着，如同粉色的蜡像一般；他们细滑的眼皮遮盖着眼睛，就像把眼睛完完全全地密封了一样。他低头看着，他喜欢小孩子。他第一次看到萨莉的时候，她就像这个样子，躺在布朗恩街的门厅里的婴儿车上。

　　他突然停下了。他们已经到了池边。

　　"玛吉在哪儿？"他说，"那儿——是她吗？"他指着树下一个正从婴儿车里抱起婴儿的年轻妇人。

　　"在哪儿？"萨拉问。她看向了另外一边。

　　他指了指。

　　"那儿，树下面。"

　　"是的，"她说，"是玛吉。"

　　他们朝那边走去。

　　"是她吗？"马丁说。他突然有点不确定了，因为没有意识到被人看着，她表现出来的浑然不知令她的样子显得有些陌生。她一只手抱着孩子,另一只手整理着婴儿车里的小枕头。她也被移动的菱形光影照得斑驳起来。

"是的,"他注意到了她的某些动作,"是玛吉。"

她转头看到了他们。

她抬起手,似乎在提醒他们过去时要放低声响。她把一根指头放在嘴唇上。他们静悄悄地靠近了。刚走到她身边,远处的钟声随着清风飘荡了过来。一、二、三、四……接着钟声消失了。

"我们在圣保罗大教堂碰上的。"马丁低声说。他拉过来两把椅子,坐下了。他们无言地坐了一会儿。孩子没有睡着,玛吉俯下身看着孩子。

"你们不用小声说话了。"她大声说,"他睡着了。"

"我们在圣保罗大教堂碰上的,"马丁用平常的声调重复道,"我去见我的股票经纪人。"他摘下帽子,搁在草地上。"等我一出门,"他接着说,"就看到了萨莉……"他看着她。他记起来,她还没有告诉他,她站在那儿,在圣保罗大教堂的台阶上,嘴唇嚅动着,到底在想些什么。

这时她正在打哈欠。她没有坐到他给她拉过来的绿色硬木小椅子上，而是一屁股坐在了草地上。她像只蚱蜢似的，背靠着树，蜷着身子。那本红色和金色书页的祈祷书，翻开着扣在草地上微微颤抖的草叶上。她打了个哈欠，伸了伸懒腰。她已经几乎睡着了。

他把椅子拉到玛吉旁边，看着他们面前的景象。

整个画面美好极了。维多利亚女王的白色雕像映着碧绿的河岸，再远处，是旧宫殿的红色砖墙，幽灵教堂尖顶高耸，圆池一泓碧波。几只快艇正在比赛。船只倾斜着，船帆都碰到了水面。舒适的轻风吹来。

"你们都聊了些什么？"玛吉说。

马丁不记得了。"她喝多了。"他指着萨拉说，"这会儿她要睡了。"他自己也觉得昏昏欲睡，第一次感觉太阳晒得头发烫。

接着他回答了她的问题。

"整个世界，"他说，"政治、宗教、道德。"他打了个哈欠。一位女士在给海鸥喂食，海鸥在她头上飞起落下，一边尖叫着。玛吉正看着它们。他看着她。

"从你生孩子起，我就没见过你了。"他说。他觉得，生孩子让她发生了变化。让她变得更好了,他觉得。可她正看着海鸥,那位女士扔出了几条鱼。海鸥在女士头顶一圈圈地俯冲飞扑。

"有了孩子你高兴吗?"他说。

"是的。"她回过神来,答道,"不过也是种牵绊。"

"有牵绊也不错,对吗?"他问道。他喜欢孩子。他看着睡着的婴孩,孩子的眼睛闭着,大拇指放在嘴里。

"你想要牵绊吗?"她问。

"我也在问我自己这个问题,"他说,"就在刚才——"

这时萨拉喉头突然咯哒一声。他放低声音。"刚才我在大教堂碰到她之前。"他说。他们都没说话。婴儿睡着了,萨拉也睡着了,有两个睡着的人在旁边,似乎将他们都圈进了一个私密的小圈子里。两只比赛的快艇眼看快要撞到一处,结果其中一只刚好在另一只前面倏然驶过。马丁看着。生活又恢复了正常的尺度。所有东西又回归原位。船儿在航行,男人们在走着,小男孩们在池塘里涉水捉着鲦鱼,池塘的水面泛着明亮的蓝色波纹。所有一切都充满了春天的躁动、力量和丰饶。

突然他大声说道:

"占有欲是魔鬼。"

玛吉看着他。他指的是自己吗——她和孩子?不对,他的声调中有种东西告诉她他想到的不是她。

"你在想什么?"她问。

"与我恋爱的那个女人。"他说,"你不觉得吗,爱情应该同时在双方身上都停止?"他说话时声调平淡,以免把睡着的人吵醒,"可是没有——这就是恶魔。"他用一样的低音补充说。

"厌烦了,是吗?"她小声说。

"厌烦了,"他说,"厌烦透顶了。"他俯身从草地里抠出一个鹅卵石。

"还有猜疑?"她低声说,声音很低很柔和。

"非常严重。"他低声道。既然她提到了,这话不假。这时宝宝半醒了,举起了小手。玛吉摇了摇婴儿车。萨拉动了动身子。他们的私密氛围危险了。他感觉随时都有可能被摧毁,而他还想说话。

他瞥了一眼睡觉的两个人。宝宝紧闭着眼睛,萨拉也是。他们俩似乎仍然被围着,与周围隔绝开来。他低声平淡地告诉了玛吉他的故事,那个女人的故事,她是如何想留住他,而他想要自由。这是个平常的故事,但是很痛苦——很复杂的感觉。可当他讲这个故事的时候,仿佛插在心上的刺被拔了出来。他们静静地坐着,看着面前。

又一场比赛开始了,男人们蹲在池塘边,每个人都手持棍子,放在一艘玩具船上。这是个迷人的景象,快乐、天真,又有些荒谬。信号一发出,所有的船都出发了。马丁看着熟睡的婴儿,心想,他也会经历同样的这些事吗?他在想着他自己,想着他的猜疑。

"我父亲,"他突然说,声音很轻柔,"有过一个情人……她叫他'博吉'。"接着,他告诉她那个在帕特尼经营一所公寓的女人的故事——那个令人尊敬的女人,变得又矮又胖了,她曾找人帮她修屋顶。玛吉笑了起来,笑得很轻,免得吵醒睡觉的人。两人都还睡得很香。

"那他,"马丁问她,"爱过你母亲吗?"

她正看着海鸥在远处用翅膀在蓝天上切割着图案。他的问题似乎沉入了她正看着的那一片风景,接着猛地触碰到了她。

"我们是兄妹?"她问,大笑起来。婴孩睁开了眼,伸直了手指。

"我们把他吵醒了。"马丁说。宝宝开始哭了起来。玛吉只得安抚着他。他们的独处结束了。孩子哭着,钟声开始敲响。钟声随着微风向他们轻轻飘荡而来。一、二、三、四、五……

"该走了。"当最后一声钟声平息,玛吉说。她把婴儿放回了睡垫上,转过身来。萨拉还睡着。她蜷身卧着,背对着树。马丁俯身朝她扔了一根小树枝。她睁了睁眼,又闭上了。

"不要,不要。"她抗议着,手臂伸过了头顶。

"时间到了。"玛吉说。萨拉打起了精神。"时间到了?"她叹着气。"好奇怪啊……!"她喃喃道。她坐起身,揉了揉眼睛。

"马丁!"她喊道。她看着他,而他高高地站着,穿着蓝色外衣,手里拿着手杖。她看着他,好像正在把他拉回到视线中来。

"马丁!"她又说。

"是的,马丁!"他答道。"你听到我们刚才说的话了?"他问。

"只听到了声音。"她摇着头,打着哈欠,"只听到说话声。"

他站了一会儿,垂眼看着她。"好吧,我走了。"他拿起帽子,说,"去格罗夫纳广场和一位表亲吃饭。"他又说。他转身离开了。

走出一段距离后,他又回头看她们。她们还坐在树下婴儿车旁。他继续走着。然后他又回头看。地面是个斜坡,那些树已经被挡住了。小径上一位矮胖的女士正被狗链牵着的一条小狗使劲拉着。他再也看不到她们了。

一两个小时后,他乘车穿过公园,太阳正在落山。他正想着自己忘了什么东西,但究竟是什么,他却不知道。一个个景象倏然而过,后一个抹去了前一个。此时他正经过九曲湖上的桥。水面闪耀着落日的余晖,路灯的灯柱扭曲着映在水里,最后再加上那白桥,这一切组成了一幅画一般的景象。出租车驶进了树荫下,加入了开往大理石拱门的长长的车流。人们身着晚礼服,正去往剧院和舞会。光线越来越黄。路面被踏平,成了带金属质感的银色。一切看起来都十分喜气洋洋。

我要迟到了,他想,因为出租车在离大理石拱门还有一条街的距离被堵住了。他看了看表——刚好八点半。可八点半就相当于八点四十五,他想,汽车动了起来。当汽车开进广场,门口正停了一辆车,一个男人正在下车。这么说我及时赶到了,他想着,给司机付了车费。

他手还没碰到门铃,门就开了,就好像他踩到了弹簧上。门开了,两个男仆立刻向前接过了他的东西,他走进了铺着黑白地板的门厅。他跟着另一个人走上了堂皇的白色大理石的弧线形楼梯。墙上挂着一幅幅巨大的深色的画,在最顶上的门边挂着的是一幅黄色、蓝色的威尼斯住宅和浅绿色运河。

"是卡纳莱托或是哪个画派?"他想着,停下来等那个人先走。接着他把名字报给了男仆。

"帕吉特上校。"那人大声说道。吉蒂出现在了门口。她穿着正式,时髦上流,嘴唇上抹了些口红。她伸出手,但他继续往前走了,因为别的客人也陆续到了。"沙龙?"他自言自语道。房间里挂着水晶吊灯,墙上装饰着黄色镶板,四处摆着沙发和椅子,有种宏伟的接待室的氛围。已经有七八个客人到了。他和男主人——他最近一直在赛马——聊着天,心想,这次不会奏效的。他的脸上发着光,就好像刚刚还在被阳光晒着。马丁站着说着话,心里想,人们肯定会以为他脖子上挂着一副眼镜,就像他额头上戴帽子的地方有一个红色印记一样。不,这次不会奏效的。他们谈着赛马,马丁想着。他听到楼下的街上报童在叫卖的声音,还有汽车喇叭声。他仍然清晰地保留着他的感觉,能辨别不同的事物以及它们之间的区别。如果聚会办得好的话,所有东西、所有声音都会合而为一。他看到一位老夫人,长着楔形的石色的脸,正安坐在沙发上。他和那位头发灰白、眼睛如猎犬、温文尔雅的男人——吉蒂嫁给了他,而不是爱德华——说着话,身体的重量先是在这只脚,然后移到那只脚;他瞟了一眼吉蒂的肖像画,是一位上流社会的肖像画画家的作品。然后她走了过来,把他介绍给一位穿白裙的女孩,她一直独自站着,手放在椅背上。

"安·西里尔小姐。"她说,"我的表兄,帕吉特上校。"

她在他们旁边站了一会儿,好像是为了促使他们相互认识。可她总是有些拘谨,她什么都没做,就光把她的扇子上下摇着。

"去过赛马场了,吉蒂?"马丁说,因为他知道她讨厌赛马,而他总是想要逗逗她。

"我?不,我不看赛马。"她回答得很简短。她走开了,因为又有人进来了——一个穿着金色蕾丝、戴了颗星星的男人。

我还不如去读我的书呢,马丁想。

"你去过赛马场吗?"他大声地对那个要陪他一起晚餐的女孩说。她摇了摇头。她胳膊很白,穿白裙,戴着珍珠项链。纯粹的处女,他心想,一个小时前我还赤身裸体地躺在伊伯里街我的浴缸里呢。

"我去看过马球。"她说。他低头看着自己的鞋,注意到上面有了褶痕,这是旧鞋了,他本打算买双新的,却忘了。那就是他刚才忘记的事,他想,又看到自己坐在出租车里,走过九曲湖上的桥。

1914年

他们要去用餐了。他伸出胳膊给她。他们走下楼梯,他看着前面女士们的裙尾在楼梯上一级一级地拖曳着,心想,我到底能和她说些什么呢?他们走过黑白方块的地板,走进了餐厅。整个餐厅里气氛一片祥和,装饰画下方带灯罩的条形灯发着光,餐桌也闪着光晕,却没有灯光直接照到他们脸上。如果这次没用的话,我就再也不这么干了。他想着,看着一个穿深红色斗篷的贵族男子的画像,在男子前方挂着一颗闪亮的星。他打起精神和身边那位无瑕的少女说起话来。可他对于出现的一切都生出一种反感——她太过年轻了。

"我想到了三个话题,"他开始直言不讳,根本没考虑怎么结束,"赛马、俄罗斯芭蕾,还有——"他犹豫了一会儿,"爱尔兰。你对哪个感兴趣?"他展开餐巾。

"请你,"她朝他微微侧过身,"再说一遍。"

他大笑起来。她微微歪着头,朝他侧过身,看起来很迷人。

"这些都不要谈了,"他说,"我们说点有意思的吧。你喜欢参加聚会吗?"他问。她正要把勺子伸进汤里。她拿出勺子，抬眼看着他，她的眼睛就像一层薄薄的水面下明亮的石头。他想，就像水下的玻璃珠子。她非常漂亮。

"我这辈子只去过三次聚会！"她说。她低声笑了起来，非常迷人。

"不会吧！"他喊道，"那这就是第三次了，还是第四次？"

他听着外面街上的声响。他刚能听到汽车喇叭声，就已经远去了，汽车不断发出轰鸣的噪音。好像开始有用了。他举起酒杯。添酒时他心想，希望她今晚上床时能说："今天我身边坐了一位多么有魅力的男人！"

"这是我第三次参加真正的聚会。"她说，她强调了"真正的"那几个字，让他感觉有点可怜。她肯定三个月前还在育儿房里吃黄油面包呢，他想。

"而我，在刮胡子时，"他说，"心想，我再也不会去参加什么聚会了。"这是实话，他看到书架上有个缺口。是谁拿了我的雷恩的传记？当时他想着，伸着剃刀；他本想留在家里一个人看书。但现在——他想着，我广博丰富的经历中哪里可以抠下一小块分给她呢？

"你住在伦敦吗？"她问。

"伊伯里街。"他回答。她知道伊伯里街，因为那是去往维多利亚的路上；她常去维多利亚，因为他们在苏塞克斯有座房子。

"现在告诉我。"他说，感觉他们之间已经熟络了起来——而她转过头去回答坐在另一侧的男人说的话。他有些恼怒。他一直构建的整个建筑，被摧毁散了一地，就像那种用不结实的小细棍一根垒着另一根的挑棒游戏一样。安和那个男人在说着话，就好像打一出生起就认识他。那人的头发像被耙子耙过一样，他非常年轻。马丁沉默地坐着。他看着对面的巨大的肖像画。画下面站了一个男仆，一排玻璃酒瓶遮住了地板上斗篷的褶皱。那是第三代伯爵，还是第四代？他心想。他熟悉18世纪历史，是第四代伯爵一手制造了那场伟大的婚姻。无论如何，他看着坐在桌首的吉蒂，心想，里格比一家是比他们更好的家庭。他笑了笑，又抑制住了自己。我只会在这种地方吃饭时才会想到"更好的家庭"，他想。他看着另一幅画，一位穿海绿色衣服的女士，著名的盖恩斯伯勒夫人。这时坐在他左边的玛格丽特小姐转向了他。

"我相信你会同意我的看法的,"她说,"帕吉特上校——"他注意到她说出他的名字前,眼睛往名片上他的名字那儿扫了一眼,而他们曾经见过面,"那样做真是太可怕了。"

她说话时那种一触即发的神情,令她手上竖直拿着的叉子看起来就像是一件武器,她准备拿着它向他进攻。他投入了谈话当中。当然了,是关于政治的话题,关于爱尔兰。"告诉我——你的看法是怎么样的?"她举着叉子不动,问道。一时间他有了一种错觉,似乎他自己也在幕后。屏幕已经放下,灯光已经点亮,而他也在幕后。当然这只是错觉,他们只是从食物柜里拿出残羹剩饭扔向他,可在整个过程中却产生了一种令人愉快的感觉。他听着。现在她正滔滔不绝地对着坐在桌尾的一位尊贵的老先生说话。马丁看着他。在她的高谈阔论面前,他已经戴上了一个无比明智的宽容的面具。他正在盘子边上排列着三块面包硬皮,好像在玩一种神秘而意义深远的小游戏。"这样的话,"他似乎在说,"这样的话——"好像手指上拿着的不是面包皮,而是人类命运的碎片。那张面具也许隐藏住了一切——或许什么都没隐藏?不管怎么说,那是一张极其特别的面具。不过这时玛格丽特小姐的叉子也瞄准了他;他扬了扬眉毛,把一块面包皮往旁边移了移,然后才开了口。马丁身子前倾,听着。

"我在爱尔兰的时候,"他开口道,"那是1880年……"他说得非常简洁,将他们带回了过去,故事讲得十分完美,饱满深邃,一滴也没有溢漏。而且他在其中扮演着一个很重要的角色。马丁专心地听着。是的,故事引人入胜。我们就是这样,马丁想,不止不息地继续着……他前倾着身子,想抓住每一个字。可他注意到有人干扰,是安转头对他说话。

"告诉我——"她正在问马丁,"他是谁?"她的头向右歪着。显然她以为他认识所有人。他感到有些受宠若惊。他朝桌子另一头看去。那是谁?他见过那个人,他觉得那人似乎不太自在。

"我认识他,"马丁说,"我认识他——"那个人长了张胖脸,有些苍白,正滔滔不绝地说着话。而他说话的对象是个年轻的太太,她正说着"哦,是这样",一面轻轻点着头。可她脸上有一丝紧张的神情。老兄,你完全不用费那个劲的,马丁觉得忍不住想对他说。她根本不懂你在说什么。

"我想不出他的名字,"马丁大声说,"但我见过他——让我想想——在哪儿呢?牛津还是剑桥?"

安的眼睛里出现了一丝顽皮。她已经发现了不同之处。她将他们两个归为一类。他们不属于她的世界。

"你见过俄罗斯的舞蹈家吗?"她说。好像她和她的男朋友去过那里。当她突然从她贫瘠的字典里噼里啪啦说出一个个形容词——"美好的""绝妙的""不可思议的",如此种种,马丁心想,你是哪个世界的?是"这个"世界吗?他沉思着。他低眉看着桌面。不管怎么说,没有别的世界可与之抗衡,他想。而且这也是个美好的世界,广大、宽容、友好。也非常美丽。他从一张脸看向另一张脸。晚餐快要结束了。他们看上去全都如宝石一般,被用软皮仔细揉擦过;那年轻的红润是发自根基的,透过表面绽放出来。这宝石清晰透亮,没有杂质,没有犹疑。这时一个戴着白手套的男仆移走盘子时,碰翻了一杯红酒。飞溅的红色酒液滴到了那位女士的裙子上。可她纹丝不动,继续讲着话。接着她把别人递给她的干净餐巾在污迹上展开,同样是不动声色地。

我就喜欢这样的,马丁想。他赞赏这样的举止。她要是愿意的话,也会用手指捏着鼻子擤鼻涕,就像卖苹果的妇人那样,他想。安在说着话。

"他那样纵身一跃!"她喊着,手举在空中,非常可爱的姿势,"然后落下!"她的手落在了膝头。

"精彩绝伦!"马丁赞同道。他觉得他学会了那种强调的口音,是从那个头发像是被耙子耙过的年轻男人那儿学来的。

"是的,尼金斯基精彩绝伦,"他说,"精彩绝伦。"他又说了一遍。

"我姨妈叫我参加一个聚会去认识他。"安说。

"你姨妈?"他大声说。

她说了一个熟悉的名字。

"哦,她是你的姨妈,是吗?"他说。他给她排好了位置。原来那就是她的世界。他本想问她——因为他觉得她年轻迷人、单纯可爱——可太迟了。安正站起身来。

"我希望——"他刚开口。她朝他侧过头去,似乎想要留下来,想要听到他最后说的话,最后那个字;可没戏了,因为拉斯瓦德夫人已经站了起来,她要离开了。

拉斯瓦德夫人已经站了起来,所有人都站了起来。所有的粉色、灰色、海蓝色裙摆都舒展开来,一时间那个站在桌边的高个子女人看起来就像墙上挂着的有名的盖恩斯伯勒肖像画。桌上散乱地摆着餐巾和酒杯,在众人离开之时好似被遗弃了一般。女士们在门口挤作了一堆,接着穿黑衣的小个子老妇人蹒跚着走过,尊贵无比;吉蒂走在最后,她伸出胳膊抱着安的肩膀,带着她出去。门在女士们的身后关上了。

吉蒂停了一会儿。

"希望你喜欢我的表兄?"她们一起走上楼时,她对安说。她们走过一面穿衣镜时,她伸手整了整裙子。

"我觉得他很迷人!"安喊道,"那棵树好漂亮!"她说起马丁和说起树时是同样的腔调。她们站了一会儿,看着门口一个大瓷盆里种着的一棵树,树上满覆着粉色的繁花。一些花朵已经盛放,另一些还是花骨朵。她们看着时,一片花瓣落了下来。

"这么热的天放在这儿,太残忍了。"吉蒂说。

她们进了屋。她们就餐时,仆人们已经打开了折叠门,在远处的房间里点亮了灯,因此看上去她们就像是走进了另一个专为她们准备的房间。两个豪华的炭架之间燃着熊熊烈火,看上去却不热,而只是显得热情,具有装饰性。两三位女士站在炉火前,手指一开一合的好像在烤火,接着她们转身给女主人让出地方。

"我多喜欢你的那张画像啊,吉蒂!"艾斯拉比太太说,抬头看着拉斯瓦德夫人年轻时的画像。那时候她的头发非常红,她正摆弄着一篮子玫瑰花。她身穿如云般的一身白色棉裙,显得炽热却温柔。

吉蒂看了一眼那幅画,转开头去。

"没人喜欢自己的画像。"她说。

"可这是你自己的样子!"另一位女士说。

"不是现在的样子了。"吉蒂说,略有些尴尬地对这恭维一笑置之。通常在晚餐过后,女人们就开始恭维彼此的服饰或相貌,她想。她不喜欢在晚餐后和女人们单独在一起,这让她感到拘谨。她站在那儿,笔挺地站在她们中间,男仆们端着咖啡四处走动着。

"对了,我希望红酒——"她停下来端了一杯咖啡,"希望红酒没有弄脏你的裙子,辛西娅?"她对那位在那小事故前毫不惊慌的年轻太太说。

"那么漂亮的裙子。"玛格丽特小姐说,两根手指摩挲着金色缎子的褶皱。

"你喜欢吗?"年轻太太说。

"漂亮极了!我整晚都在看着它!"特雷耶太太说。她长得像东方人,一根羽毛从她头顶向后垂下,和她的犹太式的鼻子非常协调。

吉蒂看着在赞美漂亮裙子的她们。埃莉诺不会喜欢这种场合的,她想。埃莉诺拒绝了她的晚餐邀请。这让她有些不高兴。

"告诉我,"辛西娅夫人说,"坐在我旁边的男人是谁?在你家里总是能遇上有趣的人。"她说。

"坐你旁边的?"吉蒂说。她想了一会儿。"托尼·阿什顿。"她说。

"是那个在马尔蒂莫庄园里讲法国诗歌的男人?"艾斯拉比太太插话说,"我很想去听这些讲演。我听说这些都非常有意思。"

"米尔德丽德去了。"特雷耶太太说。

"为什么我们都站着?"吉蒂说。她指了指座位走了过去。她总是突如其来地这么做,因此她们都在她背后叫她"掷弹兵"。她们都各自散了开来,而她自己看了看那些人是怎么一对对地坐的,就在坐在尊座大高椅上的沃伯顿老姨妈旁边坐了下来。

"说说我讨人喜欢的教子吧。"老夫人说。她指的是吉蒂的第二子,他在马耳他的舰队当兵。

"他在马耳他——"吉蒂开始说。她在一把低椅上坐下,开始回答姨妈的问题。炉火对沃伯顿姨妈来说太热了,她抬起了骨节突出的老手。

"普利斯特列想把我们都给活活烤死了。"吉蒂说。她站起来朝窗户走去。她大步穿过房间,将长窗户的上部猛地往上推开。女士们都笑着看她。当窗帘拉开时,她朝外面的广场看了一会儿。人行道上是斑驳的叶影和灯光;平日里的那个警察正在巡逻,正稳稳地保持着平衡;常见的那些小个子男人女人,从这个高度看去显得更矮了,他们正沿着栏杆匆匆走着。她早上刷牙时也会看到他们匆匆而行,只是方向相反。她走回来,在沃伯顿姨妈身旁的一个矮凳上坐下。这个世故的老妇人有她自己表示坦诚的方式。

"那个我喜欢的红头发小无赖呢?"她问。他是她最喜欢的人,在伊顿上学的小男孩。

"他现在有麻烦了,"吉蒂说,"他被鞭子抽了。"她笑了。他也是她最喜欢的孩子。

老夫人咧嘴笑了。她喜欢惹上麻烦的小男孩。她的脸是楔形的,脸色发黄,下巴上偶尔有一根汗毛支着。她有八十多岁了,吉蒂觉得她坐着的样子就像是骑着一匹猎马。她瞥了一眼老夫人的手,粗糙,指节粗大,动起来手上的戒指闪着红色和白色的光。

"你呢,亲爱的,"老夫人浓密的眉毛下精明的眼睛看着她,"还是那么忙吗?"

"是的,和平时一样。"吉蒂说,避开了那双精明的老眼。因为她做的事都是秘密进行的,是她们——那边那帮女士们——不会赞成的。

她们叽叽喳喳地聊着。尽管听起来活泼愉快,可在吉蒂耳中,这些谈论都缺乏实质性内容。这些都是如同板羽球游戏般来来回回的谈话,在门打开先生们进来之前是不会停歇的,到那时候才会结束。她们正在谈论一次补选。吉蒂能听到玛格丽特小姐正在讲着某个从18世纪的角度而言大概是有些粗俗的故事,因为她压低了声音。

"——将她倒了个个儿,狠狠掌掴了她。"吉蒂听到她说。只听到唧唧呱呱的笑声。

"真高兴他不管他们,还是进去了。"特雷耶太太说。她们压低了声音。

"我是个令人讨厌的老太太了。"沃伯顿姨妈说,抬起一只骨节突出的手放到她肩上,"不过还是请你把那窗户关上。"吹进来的风让她的风湿痛又犯了。

吉蒂大步走向窗前。"这些女人真烦人!"她心想。

她抓住顶着窗户的那根端头带鸟嘴的长棍子，拨了拨，可窗户卡住了。她真想把她们的衣服、珠宝，她们的密谈、飞短流长，全部扯下来扔掉。窗户猛然推了上去。安站在那边，没人可说话。

"来和我们说话，安。"她向安招手说。安拿过来一只脚凳，在沃伯顿姨妈脚边坐下。一时间没人说话。沃伯顿老姨妈不喜欢年轻女孩，不过她们有共同的亲戚。

"蒂米在哪儿，安？"她问。

"在哈罗公学。"安说。

"哈，你们这些人总是去哈罗。"沃伯顿姨妈说。接着，这位教养极好的——这种教养至少激励了人类的慈善事业——老太太恭维了她几句，把她比作她的祖母——一位有名的美人。

"我多希望能见过她！"安喊道，"告诉我，她是什么样的？"

老夫人开始从记忆中搜寻着片段，那只是她选择的一个片段，是一个带星号的版本，因为这个故事基本不太可能会让一个穿白缎子衣服的女孩子听到。吉蒂的思维开始游走。如果查尔斯在楼下再待很久的话,她瞟着钟,心想,她就会错过火车了。她能不能信任普利斯特列,跟他耳语几句,让他带个话?她会再给他们十分钟。她又转向沃伯顿姨妈。

"她一定漂亮极了!"安正在说。她坐在那儿,两手扣在膝头,抬头看着老夫人头发蓬乱的脸。吉蒂心里感到一阵同情。她的脸会变得就像她们的脸,她想着,看着房间另一头那一小群人。她们看上去忧愁担心,她们的手不安地动来动去,不过她们很勇敢,她想,也很宽容。她们给予的不少于她们索取的。埃莉诺难道有什么权利轻视她们吗?埃莉诺这辈子做的事难道比玛格丽特·马拉布勒①更多吗?那我呢?她想,我呢?⋯⋯谁对?她想,谁错?⋯⋯幸好这时门开了。

先生们进来了。他们进来得有些不情愿,走得很慢,好像他们刚刚停止谈话,不得不到客厅里找到自己的方向。他们面色发红,还在笑着,好像话还没谈完就中断了。他

---

① 即玛格丽特小姐的全名。

们鱼贯而入,那位尊贵的老先生走过房间,带着一股轮船靠港的架势,所有女士们都骚动起来,却没人起身。游戏结束,板羽球游戏被摒弃了。她们就像落在鱼上的海鸥,吉蒂想。一只海鸥飞起,一阵扑腾。那位老先生缓缓地在老朋友沃伯顿夫人旁边的一把椅子上坐下。他把两手指尖合在一起,开口道:"唔……?"好像在继续昨晚未完的一场谈话。是的,她想,在这对谈话的老人身上有一种东西——是人性,还是文明?她找不到想要的那个词。他们已经谈了五十年了……他们全都在谈话。他们全都安坐了下来,为刚讲完的、讲到一半的或是正要开始的故事又添上了一句。

不过托尼·阿什顿独自站在那边,他没有什么话可以给那些故事加上一笔。因此她朝他走了过去。

"你近来见过爱德华吗?"他像往常一样问她。

"是的,今天见过。"她说,"我和他一起吃的午饭。我们在公园里散步……"她停下了。他们在公园里散步。有只画眉鸟在唱歌,他们停下来倾听。"就是那只每首歌唱两次的聪明的画眉鸟……"他说。"是吗?"她天真地问。

然后这句话就成了一句引语。

她觉得自己很傻,牛津总是让她觉得自己很傻。她讨厌牛津,但她尊敬爱德华和托尼,她看着他想着。表面上是势利小人,内心里是知识分子……他们有他们的标准……她回过神来。

他本想和某个聪明女人说说话——艾斯拉比太太或玛格丽特·马拉布勒。但她们都忙着——两人都相当快活地在为故事添油加醋。他们都没说话。她不是个能干的女主人,她反思着;在她操办的聚会上总是发生这样的小故障。安在那儿,她正要被某个她认识的年轻人给缠住。吉蒂招呼了她,她马上顺从地过来了。

"来认识一下阿什顿先生。"吉蒂说,"他在马尔蒂莫庄园里演讲。"她解释说,"讲的是——"她犹豫着。

"马拉美。"他说,声音里带着奇怪短促的吱吱声,就像是他的声音被掐住了。

吉蒂转身走开了,马丁向她走了过来。

"非常精彩的聚会,拉斯瓦德夫人。"他说,带着他惯常的令人讨厌的嘲讽。

"这个吗？噢，才不是呢。"她直率地说。这不是个聚会，她办的聚会从来都不会精彩。马丁又像平常一样在取笑他。她低下头，看到他的破鞋子。

"过来和我说说话。"她说，感到那种家人的亲近之感又回来了。她注意到他有一点脸红，有一点像保姆们过去常说的，"自负"，她觉得有些好笑。她想，到底需要多少次"聚会"，才能把她这玩世不恭、爱挖苦人的表兄，调教为一名服从社会的成员？

"我们坐下来说点正经话。"她说，坐进了一张小沙发里。他在她身边坐下。

"告诉我，内尔在做些什么？"她问。

"她让我代为问好，"马丁说，"她让我告诉你她非常想见你。"

"那她为什么今晚不来？"吉蒂说。她觉得受了伤。她忍不住。

"她找不到合适的发夹。"他说着，大笑起来，看着他的鞋子。吉蒂也低头看着。

"我的鞋，你看，没关系的，"他说，"可我是个男的。"

"胡扯……"吉蒂说,"这有什么关系……"

他看着周围一群群衣着漂亮的女人们,然后他看着画像。

"壁炉架上你那幅画像太拙劣了,"他说,看着那个红头发的女孩,"是谁画的?"

"我忘了……别看了。"她说。

"我们说说……"她停下了。

他正在环顾四周。房间里挤满了人,屋里摆放着放了照片的小桌子,陈设着花瓶的装饰柜,黄色锦缎的镶板嵌入墙壁。她感到他正在审视着房间,也在审视自己。

"我一直想拿把刀把它整个给剥下来。"她说。可那又有什么用呢,她想。她要是动了一幅画,她丈夫就会说:"骑老矮马的比尔叔叔哪儿去了?"然后画就又挂了回去。

"就像个旅馆,是吗?"她说。

"一个沙龙。"他评价说。他不知道自己为什么总是想刺伤她,可是他就是那样,事实如此。

"我在想,"他压低声音说,"为什么还要那样一幅画——"他朝那幅画点点头,"——既然他们已经有了一幅盖恩斯伯勒的名画了……"

"还有,为什么,"她也压低声音,模仿他半是讥笑、半是滑稽的语调,"为什么还要来吃他们的东西,既然你那么看不起他们?"

"我没有,一点都没有!"他喊道,"我在这儿非常高兴。我喜欢见到你,吉蒂。"他说。这是真话,他总是喜欢她。"你没有抛弃你的穷亲戚们。你是个好人。"

"是他们抛弃了我。"她说。

"哦,埃莉诺,"他说,"她是个古怪的老坏蛋。"

"总是那么……"吉蒂说。她的聚会安排出了点问题,她话没说完就停下了。"你过来和特雷耶太太说说话。"她说着,站起身来。

为什么要这么做呢?他跟着她,心想。他本想和吉蒂说说话,他和那个东方人模样、脑后垂着一根野鸡羽毛的女妖没什么好说的。还有,如果你喝了这位尊贵的伯爵夫人的美酒,他一边鞠躬一边想,你就得去讨好她那些不怎么讨人喜欢的朋友。他起了话头,和特雷耶太太说起话来。

吉蒂回到了壁炉前。她拿起风箱吹了吹炉火,火星朝烟囱飞散而去。她有些烦躁,有些不安。时间正在过去,要是他们待得再久一些,她就会错过火车。她偷偷地注意到钟已经接近了十一点。聚会很快就要结束了,这只是另一个聚会的前奏。可他们还在说话,不停地说话,仿佛永远也不会离开。

她瞥了一眼那些似乎不会移动的人群。时钟开始敲响,一连串短促急躁的钟声,随着最后一响,门开了,普利斯特列走了进来。他那管家的眼睛高深莫测,他勾着食指召唤安·西里尔。

"是妈妈在找我。"安说。她穿过房间,引起一丝骚动。

"她找你有事吗?"吉蒂说。她握着安的手。为什么?她心想,看着眼前这可爱的脸庞,没有深度、没有个性,就像一张不曾书写过的白纸,除了青春一无所有。她握着安的手好一会儿。

"你必须得走吗?"她说。

"恐怕是的。"安说,抽回了她的手。

众人开始起身移动,就像一群白色海鸥在振翅骚动。

"你和我们一起吗?"马丁听到安在对那个头发像被

耙子耙过的年轻男子说。他们转身一起离开了。她从马丁身边走过时,马丁伸出手了,安的头几乎没有动,似乎他的形象已经从她的脑子里全部被抹去了。他的心一沉,他的感觉似乎和这感觉的对象很不相称。他感到一阵想和他们一起走的冲动,不管去哪儿。可他并没有得到邀请;阿什顿被邀请了,因此他正跟着他们离开。

"真是个马屁精!"他想,心里一阵怨恨,这让他有些惊异。他突然感到一阵嫉妒,这真奇怪。好像所有人都"有什么事做"。他略有些尴尬地四处闲荡着。只有那些老古董还没走——不对,就连那个可敬的老人似乎也有什么事离开了。只有那个老夫人还在。她正靠着拉斯瓦德的胳膊在房间里蹒跚着。她想要确认她说的关于一幅微型画上的什么东西。拉斯瓦德把画从墙上取了下来,他把画拿到一盏灯下,因此她可以确认她的判断。骑在老矮马上的是爷爷,还是威廉叔叔?

"坐下,马丁,我们说说话。"吉蒂说。他坐下来,但他觉得她希望他离开。他之前看到她在看钟。他们聊了一阵子。这时老夫人回来了,她正从她无可比拟的家族轶事的宝库中，不容置疑地证明了骑在老矮马上的肯定是威廉叔叔，而不是爷爷。她要离开了，可她一点都不急。马丁等着，直到她靠在侄儿的胳膊上，已经完全到了走廊上。他犹豫着，他们现在单独在一起了。他该留下，还是离开？可吉蒂站起来了。她伸出了手。

"尽快再来，来单独见见我。"她说。他感觉她在赶他走了。

他慢慢跟在沃伯顿夫人后面下了楼，他心想，人们总是说这样的话。请你再来，但我不知道是否能……沃伯顿夫人下楼时像只螃蟹，伸出一只手抓住栏杆，另一只手抓着拉斯瓦德的胳膊。他在她后面徘徊着。他又一次看着卡纳莱托的画。不错的画，不过是复制品，他心想。他透过栏杆看去，看到底下门厅里黑白的地板。

这确实有用，他想，一级一级地下到了门厅。断断续续，一阵又一阵的。可这值得吗？他问自己，任男仆帮他穿上外套。双扇大门敞开着，朝向大街。有一两个行人正在经过，他们好奇地看了过来，看着男仆，看着明亮的大厅，看着在黑白地板上稍事停留的老夫人。她正在穿长袍。这时她正在穿上斗篷,上面有一道紫色的斜线;这会儿又在穿上毛皮大衣。她的手腕上挂着一个小包。浑身上下挂着链子,手指上戴着硕大的戒指。她那严厉的石色的脸,上面交错着细纹和褶皱,从柔软的皮毛和蕾丝筑成的巢中往外看着。她的眼睛还很亮。

19世纪上床睡觉了,马丁心想,他看着她扶着男仆的手臂蹒跚着走下台阶。她在男仆的搀扶下上了马车。然后他和男主人——那位好人——握了握手,男主人喝的酒正好,不多也不少。他穿过格罗夫纳广场离开了。

在房子的顶楼卧室里,吉蒂的女仆巴克斯特正看着窗外,看客人们离开。这时是老夫人正在离开。她心里希望他们能走快一些,要是这聚会耽搁太久的话,她自己的小小旅行就完蛋了。她明天要和男朋友去游河。她转身四处环顾。她什么都准备好了——夫人的外套、裙子、手袋,里面装好了车票。十一点已经过去了很久了。她站在梳妆台前等着。三折镜映出了银瓶、粉扑、发梳。巴克斯特俯身朝镜子里的自己傻笑着——她去游河的时候就会是这副样子——接着她站直了身子;她听到过道里有脚步声。夫人来了。她进来了。

拉斯瓦德夫人进了屋,从手指上抹下戒指。"对不起我晚了,巴克斯特,"她说,"现在我得赶快了。"

巴克斯特没说话,开始解开她裙子上的搭扣。她熟练地把裙子脱到吉蒂的脚边,然后拿到了一旁。吉蒂在梳妆台前坐下,踢下了鞋子。缎子鞋总是太紧。她瞥了一眼梳妆台上的钟,她还有点时间。

巴克斯特递过来她的外套,又递过来她的手袋。

"车票在里面,夫人。"她碰了碰手袋,说。

"我的帽子。"吉蒂说。她俯身在镜子前整了整帽子。小花呢旅行帽立在她头顶,让她看起来像是换了一个人,是她想要成为的那种人。她穿着旅行裙装站着,想着自己有没有忘记什么东西。她的脑中一时间一片空白。我在哪儿?她想。我在做什么?我要去哪儿?她的眼睛紧盯着梳妆台,她隐隐地记起了另一个房间、另一个时刻,当时她还是个小女孩。是在牛津吗?

"车票,巴克斯特?"她随口说道。

"在手袋里,夫人。"巴克斯特提醒她。手袋在她自己手里。

"这么说什么都有了。"吉蒂环顾四周,说道。

她突然感到一阵良心不安。

"谢谢,巴克斯特,"她说,"我希望你能玩得愉快……"她顿了顿,她不知道巴克斯特休假一天是去做什么——"去看戏的时候。"她胡乱说了一个。巴克斯特露出半截古怪的笑容。女仆们故作端庄的礼貌,高深莫测、挤做一堆的面孔,总是令吉蒂感到讨厌。不过她们都很有用。

"晚安!"她在卧室门口对巴克斯特说。因为从这里巴克斯特就折回了屋里,好像她对女主人的职责到此为止了。楼梯另有人负责。

吉蒂往客厅里看了看,她丈夫可能在那里。可房间是空的。炉火还燃着,几把椅子被摆成了一个圈,似乎空空的扶手上还支撑着那聚会的骨架。汽车在门口等着她了。

"时间还够吧?"司机在她膝头放上小毯子,她问道。他们出发了。

这是个晴朗安静的夜晚,广场上每棵树都清晰可见,有的是黑色的,有的上面洒下了奇怪的绿光斑。在弧光灯的上方升起一道道暗影。尽管此时已近午夜，却不像是在夜里，而更像超凡的飘渺的白天，因为街上有那么多的灯，有汽车经过，戴白围巾的男人们敞着薄外套，沿着干净的人行道走着，许多屋宅还点着灯，因为人人都在办聚会。他们平稳地驶过梅菲尔区，市容开始发生了变化。酒吧正在打烊，在街角灯杆旁聚了一堆人。一个醉汉正大声唱着喊着，一个微醉的女孩扶着路灯晃荡着，头上戴着的一根羽毛在眼前上下颤动……但吉蒂眼里看到的东西都没进到脑子里。在那些谈话过后，在匆忙准备、上路之后，她无法再去思考眼前看到的东西。而且汽车走得很快。此时他们转了弯，汽车全速在一条灯火通明的长街上滑行。大商铺都闭着窗，街上几乎无人。车站的黄钟显示他们还有五分钟。

时间刚好，她心想。她走上站台时，心中涌起了常有的那种愉快。漫射的灯光从高处倾泻而下。男人们的喊声和车厢换轨的叮当声在巨大空旷的车站里回响。火车正停着等待着，旅行者们正准备登车。有的人站着，一脚踩在车厢的台阶上，从厚杯子里喝着水，就像是生怕离座位太远。她的眼光顺着火车从头看到尾,看到发动机正从水管里取水。火车似乎只有身体,全是肌肉,就连脖子都被吸进了桶形的光滑的身体。这是真正的火车,其他的和它比起来只是玩具而已。她嗅了嗅含硫黄的空气,嗓子后面留下了一丝酸味,就像是已经拥有了北部的味道。

火车司机看见了她,朝她走来,手里拿着哨子。

"晚上好,夫人。"他说。

"晚上好,珀维斯。一切都好吧。"她说。他打开她的包厢的门锁。

"是的,夫人。时间刚好。"他回答。

他锁上了门。吉蒂转身,看着这个她将要在此过夜的小房间,房间里点着灯。一切准备就绪,床已经准备好了,床单也铺好了,她的包放在了座位上。火车司机从窗口走过,手里拿着他的信号旗。

一个刚好赶到的男人张开双臂,跑过了站台。只听砰的一声门响。

"时间刚好。"吉蒂站在那儿,自言自语道。火车往前缓慢地动了一下,运转起来。她简直不能相信这么庞大的一个怪物,要完成这么漫长的旅程,竟然只是这么轻柔地就启动了。她看到茶水锅炉倏然滑过。

"我们出发了。"她在座位上坐下,心想,"我们出发了!"

她身体里所有的紧张感都消失了。她一个人在这里,火车正在前进。站台上的最后一盏灯也滑过了。站台上最后一个人影也消失无踪了。

"真好玩啊!"她对自己说,就像她还是那个从保姆身边逃跑的小女孩,"我们出发了!"

她在灯火通明的车厢里静静地坐了一会儿,然后她拉了拉窗帘,它猛地弹了上去。拉长了的灯光划过,工厂和仓库的灯光划过,模糊昏暗的后街上的灯光划过。接着是柏油小路,公园里更多的灯光,一块平地上的灌木丛和树篱。他们在离开伦敦,将伦敦抛在了后面,离开伦敦的耀眼灯火,当火车冲进黑暗之中,那城市灯火似乎缩成了一个炙热的光圈。火车呼啸着穿过隧道。它似乎在执行某种切断手术,如今她从那个光圈中被切除了。

她环顾着这个狭小的包厢,她在这里被与世隔绝。所有东西都在微微摇晃。她感觉到一种永恒的微弱的震颤，仿佛自己在从一个世界进入另一个世界，这正是过渡的一刻。她静静地坐了一会儿，然后脱下衣服，把手放在窗帘上。火车已经在快速行驶了，它全速穿过乡村。远处散落着几点灯光。一块块黑色树丛立在夏日灰色的原野上，地上满是夏草。火车发动机的灯光照亮了一群安静的奶牛，一片山楂树篱。他们此时已经到了辽阔的乡村。

她拉下窗帘，爬上了床。她在硬硬的床板上躺下，背靠在车厢壁上，她感到头边传来微弱的震颤。她躺着，听着火车发出的嗡嗡声，这时候火车已经在全速奔驰起来。平稳而有力，她就这样被拽拉着穿过英国，向北部进发。我什么都不用做，她想，什么都不用，只需要任由自己被拉着走。她翻了个身，拉下蓝色的灯罩。火车的声音在黑暗中更响了，它的轰鸣、它的震颤，似乎构成了有节奏的声响，在她的脑中急速穿过，将她的思绪铺平开来。

啊，不过不是全部，她想着，在床板上不安地翻着身。还有些支棱着呢。她盯着蓝色灯罩下的光亮，心想，人不再是孩子了。岁月改变一切，摧毁一切，堆积一切——忧虑和烦扰，它们又来了。谈话的碎片不断涌回脑海，场景出现在眼前。她看到自己猛地抬起窗户，沃伯顿姨妈下巴上直立的汗毛。她看到女人们起身，男人们鱼贯而入。她在床板上翻着身，叹着气。他们的衣着全都一样，他们的生活也都如出一辙。什么是对？她想，在床板上焦躁地翻来覆去。什么是错？她又翻了个身。

火车匆匆地带着她行驶着。它发出的声响变得低沉，变成了持续的轰鸣。她怎样才能睡着？她怎么才能让自己不去想事情？她转身背对着光亮。现在我们在哪儿？她心想。这时候火车在哪儿？她闭着眼，喃喃道，现在，我们正经过山坡上的白房子；现在，我们正穿过隧道；现在，我们正在河上过桥……突然一块空白出现，她的各种念头被隔开了，被混成了一团。过去和现在混在了一起。她看到玛格丽特·马拉布勒用手指捏着裙子，而她正在拉着一头戴了鼻环的公牛……她半睁着眼，心想，这就是睡着了；谢天谢地，她闭上了眼，心想，这就是睡着了。她顺从地将自己交给了火车，此时火车的轰鸣变得沉闷而遥远。

有人敲门。她躺了一会儿，疑惑着为什么房间在抖动。

接着她回过神来,她在火车上,她在乡村里,他们靠近车站了。她起了床。

她很快穿好衣服,站到了过道里。天还很早。她看着朝后飞驰而过的原野,北部的光秃秃的、贫瘠的原野。这里的春天来得很迟,树木的枝叶还未勃发。火车的青烟一圈圈朝后飘去,白色的烟圈罩住了一棵树。当那青烟升起,她想着这光线是多么细腻,清晰强烈,白色、灰色的光。这里的土地没有一丝一毫南部土地的那种温柔和绿意。这时看到了交轨处,看到了储气器,他们进了站。火车慢了下来,站台上所有的路灯都渐渐地停住了。

她走了出去,深吸了一口清凉天然的空气。汽车正等着她,她一见就记了起来——那是辆新车,是她丈夫送她的生日礼物。她还从没坐过。科尔碰了碰帽子。

"打开吧,科尔。"她说。他打开坚硬的新顶篷,她进去坐在了他旁边。发动机似乎在断断续续地轰鸣着,启动了又停下,接着又启动,汽车缓缓地开动了。他们经过了城中,所有的店铺还没开门,女人们正跪在门口擦洗地板,卧室和起居室的窗帘还未拉开,路上几乎看不到什么行驶的车。只有牛奶车在咔嗒咔嗒驶过。狗儿在街道当中闲荡,忙着它们自己的勾当。科尔不得不一次次地按喇叭。

"它们迟早会懂事的,夫人。"他说。一只带斑纹的大杂种狗从车前逃走了。在城里他开得很小心,一旦到了城外,他就加了速。吉蒂看着车速表上的指针猛地升高了。

"开起来还容易吗?"她问,听着发动机轻轻的嗡嗡声。

科尔抬起脚,给她看他踩油门踩得很轻。接着他一脚下去,汽车加速起来。他们开得太快了,吉蒂觉得;马路上——她一直看着路——还是很空。只有两三辆载着木材的农场运货车路过,驾车人走到马头前,勒住马让他们先过。眼前的马路伸展开去,如珍珠般雪白;路边的树篱上立着早春的小小尖芽。

"这里的春天来得很晚,"吉蒂说,"还在吹寒风吗?"

科尔点了点头。他不像伦敦的那些仆人般那么卑躬屈膝,她在他面前觉得很自在,可以不用说话。空气中似乎有着各种程度的温度和冷度,一会儿甜香,一会儿——他们经过一个农场——气味很重,是发酵的粪肥的酸味。他们冲下一座山坡时,她往后靠着,伸手扣住头上的帽子。

"这座山你大概开不上去了吧。"她说。他们的速度减慢了一点,他们正在攀爬有名的科雷布斯山,路上画着黄线,马车夫们就在这里停下。在过去,当她赶马车的时候,他们就常常在这里下车步行。科尔没作声。吉蒂觉得他是要显摆一下他的发动机。汽车朝上平稳地行驶着。山坡很长,有一段平路,然后又是上坡了。汽车颤抖起来。科尔嘴里说着什么,怂恿着车继续前行。吉蒂看着他像是在鼓励马匹一样,身子微微地前后来回摆着。她能感到他肌肉的紧张。他们慢了下来——几乎停住了。不,此时他们已经到了山顶。车已经开到了山顶!

"太棒了!"她喊道。他没说话,但她知道他很得意。

"那辆旧车就做不到。"她说。

"没错,但这不怪那车。"科尔说。

他是个心肠仁慈的人,她想着,是她喜欢的那一类人——沉默、内敛。汽车继续开动了。此时他们经过了那座灰色的石房子,那个疯女人和她的孔雀、猎犬单独住在这里。他们经过了石房子。这时树林在他们的右手边,音乐般的风声穿过树林传来。就像一片海,他们经过时吉蒂想着,看着深绿色的车道上黄色阳光的斑点。他们继续赶路。路边堆起的红褐色树叶将水洼都染成了红色。

"最近下了雨吗?"她说。他点了点头。他们来到了高高的山脊,树林在脚下,在树丛中一块空地里,立着城堡的灰色塔楼。她总是找这个塔楼,而且像是对朋友招手般向它打招呼致意。现在他们来到自己的土地上了。门柱上铭刻着他们的首字母缩写,小客栈的门口悬挂着他们的家族纹章,村舍的门上安装着他们的顶饰。科尔看了看钟,指针又跳了一格。

太快,太快了!吉蒂心想。但她喜欢疾风吹到脸上的感觉。这时他们到了宅邸的大门口,普雷迪太太正扶着打开的大门,怀里抱着一个浅色头发的小孩子。他们冲过了园子,鹿群抬头看看,然后轻盈地跳着穿过蕨草丛跑走了。

"差两分到一刻,夫人。"科尔说。他们画了一个圈,在门口停下了。吉蒂站了一会儿,看着汽车。她伸手放在无檐帽上,天很热。她轻轻拍了拍帽子。"干得漂亮,科尔。"她说,"我会告诉爵爷的。"科尔笑了,他很高兴。

她进了屋,里面没人,他们比预计的早到了。她穿过铺石板的大厅,里面陈设着盔甲和半身像,她进到了用早餐的晨厅。

她一进屋就感到绿光耀眼,就好像站到了一颗绿宝石的空心里。周围一切都是绿色的。几个灰色法国女人雕像立在阳台上,手里拿着篮子,可篮子里是空的。到了夏天,就会有鲜花在里面熊熊燃烧。宽阔的绿草皮从被剪短的紫杉树间向下伸展,伸入河流,接着又爬上树木葱茏的山坡。此时树林里正萦绕着一圈薄雾——清晨的薄雾。她正凝望着,一只蜜蜂的嗡嗡声传进她耳中。她觉得自己听到了河流冲过石头时的低语,听到了鸽子在树顶上咕咕。这是清晨的声音,夏季的声音,门开了,早餐端了上来。

吃了早餐后,她背靠着椅子坐着,感到暖和、充实、舒服。她无事可做——什么都没有。这一整天的时间都是她的。天气也很好。照进屋里的阳光突然加快了速度,在地板上投下一条宽宽的光影。外面的阳光照耀着花丛。一只龟背色的蝴蝶在窗口翻飞,她看到它停在一片叶子上,停在那儿张开翅膀又合上,张开又合上,就像是在享用着阳光。她看着它,它的翅膀底下是浅锈红色。它又扑扇着翅膀飞了起来。接着,就像是被一只无形的手召唤一般,松狮狗走了进来,直接走到她面前,嗅了嗅她的裙摆,然后在一片明亮的光斑里悠然躺下了。

无情的畜生!她想,可它那股漠然反倒让她感到高兴。它对她也没有任何要求。她伸手想拿一支香烟。她拿起从绿色变成了蓝色的珐琅盒子打开,心想,马丁会怎么说呢?丑恶?粗俗?也许——可人们说什么又有什么关系呢?人们的批评就像这清晨的青烟一样轻若无物。既然这一整天都属于她自己,既然她独自一人,那么他说什么,他们说什么,任何人说什么,还有什么关系?她站在窗口,看着灰绿色的草地,想着,舞会过后、聚会过后,他们还在自己的家里睡着呢……这念头让她高兴。她扔掉烟头,上楼换衣服。

等她下来的时候阳光更强了。花园已经失去了纯净的样子,树林中的薄雾也消失了。她走出窗外,能听到割草机的吱吱声。钉了橡胶蹄铁的小马正在草地上来回漫步,在身后的草上留下一条灰色的痕迹。鸟儿四散着唱着歌。欧椋鸟穿着明亮的铠甲,在草地上吃食。草叶颤抖的叶尖上红色、紫色、金色的露珠在闪耀。这是个完美的五月清晨。

她沿着阳台闲庭信步。路过书房时,她朝落地窗里面瞟了一眼。一切都关闭着,遮覆着。这狭长的房间看起来比平日里更加庄严,更加和谐得体;长长的书架上整齐的褐皮书似乎默默地为了自己而独自存在着,带着尊严。她离开了阳台,走上了长长的草间小径。花园里仍是空的,只有一个穿衬衣的男人在修整一棵树,不过她不需要和谁说话。松狮狗跟着她,抬头阔步地走着,也是无声无息的。她经过了花床,来到了河边。她总会在桥上停下,桥栏杆上每隔一定距离装饰着炮弹般的圆球。河水总是令她着迷。北方的河水从荒野湍流而下,从不会像南部的河流那么轻缓温和,那么深邃碧绿。河水奔流、冲刺,在河床里的鹅卵石上铺展开来,红色、黄色,还有清亮的褐色。她将胳膊肘搁在栏杆上,看着河水在桥墩处打着转。她看着河水在石头上划出钻石形和锋利的箭头形的激流。她倾听着。她熟悉它在夏季和冬季发出的不同声音,此时它在奔流,在冲刺。

松狮狗觉得无聊,往前继续走了。她跟在后面,她走

1914年

上了通向山脊上面海豚形象纪念碑的绿色马道。穿过森林的每一条小径都有自己的名字。那里是看护者小径、恋人步道、淑女长道，这里是伯爵马道。在她进入树林之前，她停下来回头看了看房子。有多少次她在此停下，城堡看起来灰白宏伟，窗帘还拉着，旗杆上也没有旗子，在这清晨城堡还沉睡着。它看起来高贵、古老、恒久不衰。她走进了树林。

她在树下漫步，似乎起风了。风在树顶歌唱，在树下却是寂静。枯叶在脚下碎裂，从枯叶中冒出来浅色的春花，是一年中最可爱的时候——蓝色、白色的花儿，在厚厚的青苔上发颤。春天总是令人忧郁，她想，春天带来回忆。她沿着树木间的小径向上爬去，心想，一切都会过去，一切都会改变。这一切都不属于她，她儿子会继承这里，而在她之后他的太太会到这里散步。她折下一段树枝，她摘下一朵野花，放在唇间。她正当盛年，她精力充沛。她大步走着。地面突然升高，她的厚底鞋踩在地面上，令她感到肌肉强健灵活。她扔掉了野花。她走得越来越高，树木变得越来越细。突然她看到两根有斑纹的树干之间的天空，那么蓝。她已经到了山顶。风停了，辽阔的乡村围绕着她舒展开来，一览无余。她的身体似乎在收缩，眼睛在变大。她坐到了地上，遥望着翻涌起伏的土地，向远处伸展，直到在遥远的远方和海洋相连。从这个高度看去，这土地未经开垦、无人居住，上面没有城镇、没有房屋，它为自己而生，为自己而存在。坡形的暗影和明亮的光带，并排在那里。她看着光线移动，暗影移动，光和影一起翻过高山，越过峡谷。深沉的低语在她耳中吟唱，是这土地——它就是一支合唱队——在自吟自唱。她躺在那儿倾听着。她感到全身心的欢愉。时间已经停止。

1917 年

寒冷的冬夜，寂静无声，连空气都仿佛被冻住了。没有月亮，整个英国都凝固如沉静的玻璃。池塘和水沟结了冰，路上的水洼冻成了闪亮的眼睛，人行道上的冰霜结成了一个个光滑的、冒出地面的圆形硬块。黑暗挤压在窗玻璃上，城市连成一片，变成广袤的乡村。没有灯光，唯有一盏探照灯的光柱在空中旋转，不时忽地停下，好似在打量一块毛茸茸的土地。

"如果那是河，"埃莉诺停在车站外昏暗的街道里，说，"西敏斯特就该在那儿。"她是坐公共汽车来的，车上的乘客一言不发，在蓝色灯光下面如枯槁，公共汽车已经消失了。她转过了身。

她要和里尼、玛吉吃晚饭。他们住在大修道院的阴影下遮蔽的一条昏暗小街上。她继续走着。街道的更远处几乎看不见。灯光笼罩在一片蓝色当中。她打开手电，照到了街角上的一个名字。她又晃了晃手电,这次照亮了一片砖墙,一丛墨绿的常春藤。终于她在找的30号出现了。她敲门,同时按了门铃,她觉得黑暗似乎蒙住了视线,也蒙住了声音。她站在那里等着,寂静沉沉地压在她身上。接着门开了,一个男人的声音说道:"请进!"

他很快地在身后关上了门,好像要把光关在后面。看过了那些街道后这里显得有些奇怪——门厅里的婴儿车、架子上的雨伞、地毯、装饰画,这些看起来似乎都非常显眼。

"进来吧!"里尼又说,领她进到起居室里,这里灯火通明。屋里还站着一个男人,这让她有些吃惊,因为她本以为他们独自在家。而且这个男人她不认识。

好一会儿他们盯着对方看,接着里尼说:"你认识尼古拉斯……"他没说清楚那人的姓,而且姓很长,她也没有记清楚。她觉得是个外国名。是个外国人。显然他不是英国人。他握了握她的手,鞠躬也是外国式的,然后他开始说话,仿佛他刚才话说到一半,现在他要把它说完……"我们正谈起拿破仑——"他对她说。

"明白了。"她说。但她其实并不清楚他到底在说什么。他们正在辩论着什么,她猜。除了和拿破仑有关之外,她一个字都没听明白,不过辩论终于结束了。她脱下外套放下。他们停止了说话。

"我去告诉玛吉。"里尼说。他突然就离开了。

"你们在谈论拿破仑?"埃莉诺说。她看着那个男人,她没听清他的姓。他皮肤黝黑,头圆圆的,深色眼睛。她喜欢他吗?她不知道。

她感到自己打扰了他们,而且无话可说。她觉得头昏发冷。她伸出手在炉火上烤火。那是真正的炉火,木块正在燃烧,火苗舔舐着发亮的焦油条。她在这个家所有的就只是一点游丝般的煤气。

"拿破仑。"她暖着手,说。她说这话并没意有所指。

"我们正在思考伟人的心理状态,"他说,"用现代科学的角度。"他轻笑了一声。她希望他们的辩论内容能和她更贴近。

"很有意思。"她拘谨地说。

"是的——要是我们真的知道点什么的话。"他说。

"要是我们真的知道点什么……"她重复道。两人一时间都没说话。她感觉一身都麻木了——不光是双手,还有头脑。

"伟人的心理状态——"她说,她不希望他把她当成个傻瓜,"你们谈论的就是这个?"

"我们正在说——"他停住了。她猜想他可能觉得很难去总结他们的辩论——他们显然已经谈论了很长一段时间,从四处散落的报纸和桌上的烟头就能看得出来。

"我正在说,"他接着说,"我正在说我们不了解自己,不了解普通人。如果我们不了解自己,我们怎么能制定出宗教、法律来——"他打着手势,就像人们发觉很难找到合适的词的时候,"来——"

"来适合——自己。"她说,提示给他一个词,她相信这个词要比外国人常用的字典上的词更短。

"适合自己,适合自己。"他说,接受了这个词还重复着,好像很感激她的帮助。

"……适合自己。"她也重复道。她根本不知道他们在说些什么。可突然间,当她俯身在炉火上烤手的时候,脑子里的词飘来飘去,竟然组成了一个有意义的句子。现在看来,他刚才说的那句话是:"我们无法制定适合我们自己的法律和宗教,因为我们不了解自己。"

"你那样说多奇怪啊!"她笑着对他说,"因为我也常常这么想!"

"为什么奇怪呢?"他说,"我们想的都一样,只是不说出来。"

"今晚坐公共汽车过来的时候,"她开始说,"我正想着这场战争——我不这么想,但其他人这么想……"她停下了。他的样子看起来有些困惑,也许她误解了他说的意思,她也没有把自己想说的表达清楚。

"我是说,"她又开口了,"我坐公共汽车来的时候在想——"

这时里尼进来了。

他端着一个托盘,里面放着瓶子和杯子。

"当个酒商的儿子真是不错。"尼古拉斯说。

这话听起来像是从法语语法书中引用来的。

酒商的儿子,埃莉诺心里重复着,看着他的红脸颊、黑眼睛和大鼻子。另外那个人肯定是俄国人,她想。俄国人,波兰人,还是犹太人?——她不知道他是什么人,是干什么的。

她喝着酒,酒似乎在抚摸着她脊柱上的一块突起。这时玛吉进来了。

"晚上好。"她说,没理会那个外国人的鞠躬致意,似乎她跟他太熟了,都不用打招呼了。

"报纸,"她看到地板上一堆凌乱的东西,抗议说,"报纸、报纸。"地板上散落着报纸。

"我们在地下室吃饭。"她转向埃莉诺,接着说,"因为我们没有用人。"她领着他们走下又窄又陡的楼梯。

"玛戈达莱娜,"他们站在摆好晚餐的天花板低矮的小房间里,尼古拉斯说,"萨拉说:'明晚我们在玛吉家见……'可她没来。"

他站着,其他人都坐下了。

"她会赶到的。"玛吉说。

"我去给她打电话。"尼古拉斯说,他离开了房间。

"没有用人,"埃莉诺拿起盘子,说,"不是更好吗……"

"我们有一个女工帮着洗东西。"玛吉说。

"所以我们都脏得不得了。"里尼说。

他拿起一把叉子,检查着叉齿中间。

"哼,这叉子竟然是干净的。"他说,放下了叉子。

尼古拉斯回到了房间。他看起来有些心烦意乱。"她不在,"他对玛吉说,"我打了电话,没人接。"

"也许她在路上,"玛吉说,"或者她忘了……"

她把汤递给他。可他坐着看着他的盘子,一动不动。他的额头上现出了皱纹,他也没有想掩饰自己的焦虑。他失去了自我意识。"来了!"他突然喊道,打断了他们的谈话。"她来了!"他又说。他放下勺子等着。有人正慢慢地走下陡峭的楼梯。

门开了,萨拉进来了。因为寒冷她缩成一团。她的脸上一块红一块白,她眨着眼,好像从那笼罩着蓝光的街道走来让她头晕目眩。她伸手给尼古拉斯,他吻了吻她的手。埃莉诺注意到她并没有戴订婚戒指。

"是的,我们脏得很。"玛吉说,看着她,她身上穿着白天穿的衣服,"破衣烂衫。"玛吉补充说,因为在她分汤时她衣袖上的一根金线垂了下来。

"我正在想多漂亮……"埃莉诺说,她的眼光一直停在带金线的银色连衣裙上,"你在哪儿买的?"

"在君士坦丁堡,从一个土耳其人那儿。"玛吉说。

"一个包头巾的不可思议的土耳其人。"萨拉咕哝道,她端盘子时伸手摸了摸那只袖子。她看上去还是很茫然。

"这些盘子。"埃莉诺说,看着自己盘子上的紫色鸟儿。"我好像记得这些盘子?"她问。

"在家里客厅的橱柜里。"玛吉说,"不过把它们放在橱柜里,好像有点傻。"

"我们每个星期打碎一个。"里尼说。

"能撑到战争结束的。"玛吉说。

玛吉注意到她说到"战争"的时候,里尼的脸上露出一种奇特的如面具般的表情。她想,和所有法国人一样,他热爱他的祖国。但是她看着他,又觉得他有些矛盾。他沉默着。他的沉默压迫着她。他的沉默中有种令人害怕的东西。

"你为什么来这么晚?"尼古拉斯问萨拉。他语气温和,带着责备,仿佛她是个小孩子。他给她倒了一杯红酒。

当心,埃莉诺忍不住想对萨拉说,酒会上头。她已经有好几个月没喝酒了。她这时已经感觉有点迟钝,头晕脚轻。这是入夜后的灯光,沉默后的谈话,也许还有战争,消除了人和人之间的壁垒。

萨拉喝了酒。接着她突然冲口而出:

"都是因为那个该死的笨蛋。"

"该死的笨蛋?"玛吉说,"哪个?"

"埃莉诺的侄儿。"萨拉说,"诺斯。埃莉诺的侄儿,诺斯。"她伸着酒杯对着埃莉诺,仿佛是对着她说的。"诺斯……"接着她笑了。"我一个人坐在那儿,门铃响了。'是洗衣工。'我说。脚步声走上楼梯。是诺斯——诺斯,"她手伸到头边,仿佛在敬礼,"像这个样子,那么可笑——'这是干什么?'我问。'我今晚出发去前线。'他说,两只脚跟一碰。'我是个中尉,在——'管他是什么地方——皇家捕鼠军团,之类的……他把他的帽子挂在祖父的半身像上。我给他倒茶。'皇家捕鼠军团中尉需要几块糖?'我问,'一、二、三、四……'"

她把一块块面包渣落到了桌上。每一块落下来,仿佛都在强调着她的哀怨。她看上去更老,更憔悴了;虽然她在笑,却显得辛酸。

"谁是诺斯?"尼古拉斯问。他说"诺斯"的时候,他的发音仿佛表示那是指南针上的方位①。

"我的侄儿。我的弟弟莫里斯的儿子。"埃莉诺解释说。

"他坐在那儿,"萨拉接着说,"穿着他那泥灰色的制服,马鞭夹在两腿之间,两只耳朵在他愚蠢的粉红色脸颊两边支棱着,不管我说什么,他都说'好''好',直到我拿起拨火棍和火钳——"她拿起她的刀叉,"表演起了'天佑吾王!孚民望,心欢畅;治国家,王运长——'②"她伸着刀叉,仿佛那是她的武器。

真遗憾他离开了,埃莉诺想。她眼前出现了一幅画面——一个漂亮的穿板球服的男孩,正在阳台上吸着雪茄。对不起……接着出现了另一幅画面。她正坐在同一个阳台上,但此时太阳正在落山,一个女仆出来说:"士兵们

---

① North(诺斯)在英文里本来意思是"北方"。
② 此为英国国歌。

手持步枪刺刀保卫前线!"她就是这样才听说战争的——那是三年前。她当时把咖啡杯放到小桌子上,心想,只要我有办法就不会让这样的事发生!她被一种荒唐却极其热烈的欲望笼罩,她要保卫这些山川,她看着草地远处的群山……这时她看着坐在对面的外国人。

"你太不公正,"尼古拉斯正对萨拉说,"有偏见、狭隘、不公正。"他说,手指头敲着她的手。

他说的正是埃莉诺心中所想。

"是的,可这不是很自然吗……"她说,"难道你能任由德国人入侵英国而无动于衷?"她对着里尼说。她对自己说了这些感到很抱歉,而且用的词也不是她本来打算用的。他脸上有一种忍耐的表情,或者那是愤怒?

"我?"他说,"我帮他们制造炮弹。"

玛吉站在他身后。她端来了肉。"切吧。"她说。他瞪着她放在他面前的肉。他拿起刀,开始机械地切起肉来。

"还有给保姆的。"她提醒他。他又切了一盘。

"是的。"玛吉拿走盘子的时候,埃莉诺尴尬地说。她不知道该说什么。她想都没想就开口了。"让我们尽快结束,然后……"她看着他。他没作声,转开了头。他转开头是为了听其他人在说些什么,仿佛是为了逃避自己开口。

"瞎掰,瞎掰……别说那些废话——你说的话就是废话。"尼古拉斯正在说。埃莉诺注意到他的双手又大又干净,指甲剪得很短。她觉得他可能是个医生。

"什么是'瞎掰'?"她问里尼。因为她不懂这个词。

"美国话,"里尼说,"他是个美国人。"他朝尼古拉斯点点头说。

"不,"尼古拉斯转回头说,"我是波兰人。"

"他母亲是一位公主。"玛吉说得像是在打趣他。埃莉诺想,这就解释了为什么他的表链上有一个海豹。他戴着的表链上有一只很大的老海豹。

"她出生于,"他说得颇有些严肃,"波兰最尊贵的家族之一。可我父亲是一个普通人——一个平民……你应该更加自制。"他又对着萨拉说道。

"我是应该,"她叹了口气,"可他接着晃了晃马缰说:'永别了,永别了!'"她伸出手,给自己又倒了一杯酒。

"你不能再喝了。"尼古拉斯说,移开了酒瓶。"她以为她自己,"他对埃莉诺解释道,"站在塔尖,向身穿盔甲的骑士挥舞着小白手绢。"

"月亮正从昏黑的荒野上升起。"萨拉喃喃道,碰了碰胡椒瓶。

胡椒瓶就是昏黑的荒野,埃莉诺看着它想着。事物的边缘开始变得模糊。酒是这样,战争也是如此。事物似乎失去了表皮,从表面的某种坚硬之下被释放了出来,就连她这会儿看着的那把镀金兽爪的椅子,似乎也变得长满了气孔,就在她看着的这会儿,它似乎在散发着某种热情、某种魔力。

"我记得这把椅子。"她对玛吉说,"你母亲……"她说。但她总是看到尤金妮动来动去,没见过她坐着的样子。

"……跳舞。"她说。

"跳舞……"萨拉重复道。她开始用叉子在桌上敲起鼓来。

"我年轻时,常常跳舞。"她哼着。

"我年轻时,男人们都爱我……玫瑰和紫丁香垂落,当我年轻时,当我年轻时。你还记得吗,玛吉?"她看着姐姐,似乎她们俩都记起了同样的东西。

玛吉点点头。"在卧室里,一支华尔兹。"她说。

"一支华尔兹……"埃莉诺说。萨拉在桌上敲着华尔兹的节奏。埃莉诺开始跟着节奏哼了起来:"蹦擦擦、蹦擦擦、蹦擦擦……"

突然响起一声悠长的号角。

"不,不!"她喊道,就好像有人给错了她谱子。号角声再次响起。

"是河上的雾笛?"她问。

她一说出口就知道是什么了。

号角声又响了。

"是德国人!"里尼说,"该死的德国人!"他放下刀叉,厌烦的动作有些夸张。

"又一次空袭。"玛吉站起身说。她离开了房间,里尼跟在后面。

"德国人……"门关上时埃莉诺说。她感觉好像是某个无趣的讨厌鬼打搅了一场有趣的谈话。眼前的色彩开始淡去。她一直盯着那把红色的椅子。就在她看着时，椅子失去了光辉，就像是底下的一盏灯被熄灭了。

他们听到街上车轮飞奔的声音。似乎所有东西都在飞跑着经过。人行道上响起了脚步声。埃莉诺起身，微微拉开了窗帘。地下室比人行道稍低一些，因此她只能看到人们经过栏杆时的腿和裙摆。两个男人快速走过，然后是一个老妇人，她的裙摆左右摆动。

"我们是不是该请人们进来？"她转头问道。可当她回过头时，老妇人已经不见了。那两个男人也不见了。街道上这时候空无一人。对面的屋子里窗帘都关得严严的。她小心地拉上他们自己的窗帘。等她回到桌前，桌上艳丽的瓷器和灯，似乎都笼罩在一圈亮光之中。

她坐了下来。"你怕空袭吗？"尼古拉斯问她，脸上带着好奇的表情，"每个人都不一样。"

"一点都不。"她说。她本来想捏碎一片面包，向他表示她感觉很自在；可是既然她不害怕，这样做似乎并无必要。

"一个人被击中的可能性非常小。"她说，"我们刚才正在谈什么?"她问。

她似乎觉得他们正在说些什么非常有趣的事情,但她记不起是什么了。他们沉默地坐了一会儿。接着他们听到楼梯上一阵缓慢的脚步声。

"是孩子们……"萨拉说。他们听到远处传来一声沉闷的枪声。

这时里尼进来了。

"拿上你们的盘子。"他说。

"到这儿来。"他领他们进了地窖。地窖很大,天花板和石墙都像是教堂地下室,所以给人一种潮湿的教堂的感觉。这里用来储煤,也作酒窖。正当中的灯光照在闪亮的煤堆上,旁边的石头架子上摆着稻草裹好的酒瓶。这里有一股酒、稻草和湿气混杂的霉味。从餐厅下来,这里感觉阴冷。萨拉从楼上拿来了被子和晨衣。埃莉诺拿了件蓝色晨衣裹上,感觉舒服了不少;她裹着晨衣坐着,盘子放在腿上。非常冷。

"现在呢?"萨拉说,勺子在手里直立着。

他们的样子看起来都像是在等着有事情发生。玛吉端进来一盘梅子布丁。

"我们还是吃完晚餐吧。"她说。但她说得太明显了,埃莉诺觉得她可能是在担心孩子们。他们在厨房里。刚才埃莉诺经过厨房的时候看到他们了。

"他们睡了吗?"她问。

"是的。可是如果枪声……"她说,分着布丁。又是一声枪响。这次明显更响了。

"他们已经通过了防线。"尼古拉斯说。

他们开始吃布丁。

又一声枪声。这一次枪声中夹杂了一声狗叫。

"汉普斯特德。"尼古拉斯说。他掏出表。深深的寂静,什么都没发生。埃莉诺看着头顶弧拱的石块。她注意到角落里有一张蛛网。又是一声枪响,随着一阵风声传来。这次就在他们头顶。

"是维多利亚堤岸。"尼古拉斯说。玛吉放下盘子,走去了厨房。

深深的寂静,什么都没发生。尼古拉斯看着表,仿佛在测定枪响的时间。埃莉诺觉得他有点怪,像医生,还是像教士?他戴的表链上挂着一只海豹。对面的箱子号码是1397。她一切都看在眼里。德国人此时一定就在外面。她感到头顶上有一种奇特的沉重。一、二、三、四,她看着头上灰绿色的石块,数着。接着传来一声巨大的爆裂声,就像是闪电在空中炸开。蛛网震颤着。

"在我们头顶。"尼古拉斯说,抬头看着。他们都抬头看着。随时会有炸弹落下来。死一般的寂静。在寂静中他们听到玛吉在厨房里说话的声音。

"什么都没有,回去睡觉。"她非常平静安抚地说。

一、二、三、四,埃莉诺数着。蛛网在摇摆。她双眼紧盯着某个石块,心想,那石头可能会落下来。这时又是一声枪响。枪声要微弱些——更远些了。

"结束了。"尼古拉斯说。他咔哒一声关上了怀表。他们全都在硬木椅子上转着动着身子,就好像刚才全都抽筋了。

玛吉进来了。

"好了,结束了。"她说。("他醒了一会儿,不过现在又去睡觉了。"她低声对里尼说,"宝宝一直没醒。")

她坐了下来,接过了里尼一直帮她拿着的盘子。

"现在我们吃完布丁吧。"她用正常的语调说。

"现在我们要喝一点。"里尼说。他查看了一瓶酒,又看了另一瓶,最后拿起了第三瓶,拿晨衣下摆仔细擦干净。他把酒放在一个木箱上,他们围坐成一圈。

"还不算厉害,对吧?"萨拉说。她伸着酒杯,椅子往后跷着。

"是,可我们都吓坏了。"尼古拉斯说,"看——我们全都脸色煞白。"

他们互相打量着。他们披裹着棉被和晨衣,配上灰绿色的墙壁,个个看起来都脸色发白发绿。

"也有光线的原因。"玛吉说。"埃莉诺,"她看着埃莉诺说,"看起来像个女修道院院长。"

深蓝色的晨衣遮挡住了她的晚装上愚蠢的小装饰、天鹅绒系带和蕾丝,让她看起来好看了不少。人到中年,她脸上的皱纹就像一只旧手套,因为手的各种动作,手套上已经生出了不计其数的细纹。

"乱七八糟的,我吗?"她说,手伸向了头发。

"没有,别碰。"玛吉说。

"空袭前我们在谈些什么?"埃莉诺问。她再次感觉到他们被打断的时候正在说着非常有趣的话题。可这么一中断全打乱了,他们谁也记不起来当时在谈些什么。

"好了,现在结束了。"萨拉说,"让我们来祝酒吧——致敬新世界!"她喊道。她手一扬举起了酒杯。他们全都突然非常想说话,想大笑。

"致新世界!"他们齐声喊着,举起酒杯,叮叮当当地碰着杯。

五个盛满黄色液体的酒杯聚在了一处。

"致新世界!"他们喊着,喝着。酒杯里的黄色液体上下晃动。

"现在,尼古拉斯,"萨拉说,砰的一声把酒杯在箱子上放下,"演讲!演讲!"

"女士们,先生们!"他开口说,像个演说家一样挥着手,"女士们,先生们……"

"我们不要听演讲。"里尼打断了他。

埃莉诺很失望,她很想听演讲。不过尼古拉斯似乎坦然接受了自己被打断,他坐在那儿点头微笑着。

"我们上楼吧。"里尼说,把箱子推到一旁。

"离开这个地窖。"萨拉说,伸直了胳膊,"这个粪土堆成的洞穴……"

"听!"玛吉打断了她。她举起了手。"我觉得我又听到了枪声……"

他们倾听着。仍然有枪声,但是很远。从远处传来似乎是波涛拍岸的声音。

"他们只是在杀死别人。"里尼残忍地说。他踢了踢木箱。

"你必须得让我们想想别的东西。"埃莉诺说。他脸上的面具已经戴上了。

"里尼说的都是胡说八道,胡说八道。"尼古拉斯悄悄地对她说,"那只是孩子们在后院里放烟火。"他咕哝着,帮她脱下了晨衣。他们上了楼。

埃莉诺进到了客厅里。这里比她记忆中的更大,非常宽敞舒服。地板上散落着报纸,炉火正明亮地燃烧着,这里暖和又愉快。她感到非常累,跌坐进一把扶手椅上。萨拉和尼古拉斯落在了后面。她猜其他人正在帮保姆把孩子们抱上床。她往后靠坐在椅子上。一切似乎又变得安静自然了。巨大的平静感笼罩着她。这感觉就像是本来有另一段时光是赐予她的,然而因为死神曾降临她心里,某种个人的东西被夺走了,她感到——她在寻找恰当的词;"免疫了?"是这个意思吗?免疫,她想着,茫然地看着一幅画。"免疫。"她重复道。那是一幅有山有村子的画,也许是在法国南部,或者是意大利。画上有橄榄树,山坡旁簇集着白色屋顶。免疫,她想着,看着那幅画。

她听到楼上的地板上轻轻地砰了一声。她想,可能是玛吉和里尼又在安顿孩子们上床。还有一阵轻微的吱吱声,就像是睡梦中的鸟儿在巢中叽喳。枪战之后此时令人感觉非常私密、非常平和。这时其他人进来了。

"他们怕吗?"她坐了起来,说,"孩子们?"

"没有,"玛吉说,"他们一直睡着。"

"不过他们可能做梦了。"萨拉说,拉过来一把椅子。没人说话,一片安静。西敏斯特通常报时的钟声也没有响起。

玛吉拿起拨火棍,戳了戳木块。火星顺着烟囱朝天冲去，就像一阵金星雨。

"那真是让我……"埃莉诺说。

她停下了。

"什么？"尼古拉斯说。

"……让我想起了我小时候。"她补充说。

她想起了莫里斯和自己，还有老皮皮，但就算她告诉他们，也没人懂她的意思。他们都沉默着。突然，外面街上响起了一声清亮的如长笛的声音。

"那是什么？"玛吉说。她吃了一惊，看着窗户，正要起身。

"是军号。"里尼说，伸手拦住了她。

军号又吹响了，就在窗户下面。接着他们听到军号声朝街尾而去，接着更远到了下一条街。几乎是马上，汽车的喇叭声开始响起，还有车轮的奔转，就好像车流被解放了，伦敦的平常夜生活又再次开始了。

"结束了。"玛吉说。她朝后靠在椅子里，一时间她看起来非常疲惫。接着她拉过来一只篮子，开始织补里面的一只袜子。

"我很高兴我还活着,"埃莉诺说,"这样错了吗,里尼?"她问。她想让他说话。她觉得他似乎囤积了太多太强烈的无法表达的情感。他没回答。他正支着胳膊,吸着雪茄,盯着炉火。

"整个晚上我就坐在一个煤窖里,而其他人就在我的头上自相残杀。"他突然说。然后他伸长了身子,拿了一张报纸。

"里尼、里尼、里尼。"尼古拉斯说,好像在规劝一个调皮的孩子。他继续看着报。车轮的奔转和汽车的喇叭声已经连成了一段连绵不断的回响。

里尼看着报,玛吉缝补着袜子,屋里一片寂静。埃莉诺看着炉火沿着焦油的纹理燃烧、沉没。

"你在想什么,埃莉诺?"尼古拉斯打断了她的思绪。他叫我埃莉诺,她想,他说对了。

"关于新世界……"她大声说,"你认为我们会变得更好吗?"她问。

"是的,是的。"他说,点着头。

他说话声音很轻,仿佛他不想惊动正在看报的里尼,或是在补袜子的玛吉,或是正躺靠在椅子里快睡着的萨拉。他们似乎在一起说着悄悄话。

"可是……"她开口说,"我们怎样才能让我们变得更好……生活得更……"她压低了声音,似乎怕惊醒了睡觉的人,"……生活得更自然……更好……该怎么做呢?"

"这只是一个,"他说,又停下了。他凑近了她,"学习的问题。人的灵魂……"他又停下了。

"是的——灵魂?"她提示他说。

"灵魂——整个的生命自我。"他解释说。他拢起双手,好像抱着一个球,"它想要扩大,想要历险,想要构成——新的组合?"

"对,对。"她说,仿佛是让他放心,他用的词都是正确的。

"而现在——"他缩起身子,并起双腿,看起来像是一个害怕老鼠的老太太,"我们就是这样生活的,把自己拧成了坚硬、紧绷的一小团——疙瘩?"

"疙瘩,疙瘩——对,说得对。"她点头道。

"每个人都是他自己的小小一间屋,每个人都有他自己的十字架或圣经,每个人都有他的炉火、他的妻子……"

"在织补袜子。"玛吉插话道。

埃莉诺一惊。她本来正似乎在看向未来。可是他们说的话被偷听了。他们的悄悄话结束了。

里尼扔下了报纸。"全是该死的胡说!"他说。至于他指的是报纸,还是他们刚才说的话,埃莉诺并不清楚。不过再说悄悄话是不可能的了。

"那你为什么要买?"她指着报纸说。

"用来点火的。"里尼说。

玛吉大笑起来,扔下她正在补的袜子。"好了!"她喊道,"补好了……"

他们又都沉默地坐着,看着炉火。埃莉诺希望他能再说点什么——那个叫尼古拉斯的人。她想问他,这个新世界什么时候能来临?何时我们才能得到自由?什么时候我们才能完全地、富有冒险精神地去生活,而不是像住在洞穴里的废人?他似乎已经释放出了她内心的什么东西,她感到不仅拥有了一段新的时光,而且拥有了新的能力,自己内心未知的某种东西。她看着他的烟头上下移动。玛吉拿起拨火棍,戳了戳木头,红色的火星又一次如雨点般沿着烟囱飘了上去。我们会得到自由的,会自由的,埃莉诺心想。

"你这段时间都在想些什么?"尼古拉斯说,把手放在萨拉的膝头。她惊醒了过来。"还是你睡着了?"他问。

"我听到你们说的话了。"她说。

"我们在说什么?"他问。

"灵魂朝空中飞,就像火星飞上烟囱。"她说。火星正飞上烟囱。

"猜得还不赖。"尼古拉斯说。

"因为人们经常说的话都差不多。"她大笑起来。她清醒了过来,坐了起来。"有玛吉——她什么都不说。有里尼——他说'什么鬼话!'埃莉诺说'我就是那么想的……'还有尼古拉斯,尼古拉斯——"她拍了拍他的膝盖——"他该被关在监狱里,说:'哦,亲爱的朋友们,让我们改造灵魂吧!'"

"该关在监狱里?"埃莉诺说,看着他。

"因为他喜欢,"萨拉解释说,她停了停,"同性,同性,你懂的。"她轻声说着,挥手的样子那么像她的母亲。

突然一阵嫌恶的战栗刮过埃莉诺的皮肤,就像一把刀子切过一样。接着她意识到它并没有碰触到任何重要的东西。这强烈的战栗过去了。在底下是——什么呢?她看着尼古拉斯。他正看着她。

"那个,"他有些犹豫地说,"是不是让你讨厌我了,埃莉诺?"

"没有!一点都不!"她不由自主地喊道。整个晚上,时不时地,她对他都有某种感觉,这样的,那样的,但此时所有的感觉都汇集起来,合为一个,完整的一个——那就是喜欢。"一点都不!"她又说了一次。他对她微微颔首。她也微微低头致意。壁炉架上的钟敲响了。里尼打起了哈欠。已经很晚了。她站起身来。她走到窗前,拨开窗帘往外望。所有的房子都还闭着窗帘。寒冷的冬夜几乎一片漆黑。这就像看进一个深蓝色石头中的空洞。不时有一点星光穿透了这蓝色。她心里生出一种广袤和平静的感觉——就像是什么东西已经被耗光了……

"要我给你叫辆车吗?"里尼打断了她的思绪。

"不用,我走路回家。"她转身说道,"我喜欢在伦敦走路。"

"我们和你一起走,"尼古拉斯说,"来吧,萨拉。"他说。她正躺靠在椅子上,脚上下摇摆着。

"可我不想走,"她说,挥手让他走开,"我想留下,我想说说话,我想唱唱歌———一首赞美诗——一首感恩的歌……"

"你的帽子、你的手袋。"尼古拉斯说着,把这些东西递给她。

"来吧,"他说,扶着她的肩膀,把她推出了房间,"来。"

埃莉诺走过去向玛吉道别。

"我也想留下,"她说,"我还有好多事想说……"

"可我想上床睡觉了——我想睡觉了。"里尼反对说。他站在那儿,手伸在头上,打着哈欠。

玛吉站了起来。"那你就去吧。"她笑着说。

"不用下楼来了。"里尼为她开门时,埃莉诺说。但他坚持要送她。她跟着他下了楼,觉得他非常粗鲁,同时又非常有礼貌。她觉得他是个对许多不同的东西都同时有感情,感情丰富而强烈的人……他们到了门厅。尼古拉斯和萨拉正站在那儿。

"就这一次别笑我,萨拉。"尼古拉斯穿上外套时正说着。

"那就别再给我上课了。"她说,打开了前门。

里尼对埃莉诺笑了笑,他们在婴儿车旁站了一会儿。

"让他们自己教育自己!"里尼说。

"晚安!"她说,微笑着握了握他的手。她走出门,走进冰冷的空气中,心里突然涌起一阵强烈的确信,她对自己说,这个男人就是我想要嫁的男人。她感觉到一种从未产生过的感觉。但他比我年轻二十岁,她想,而且娶了我的侄女。一时间她憎恨起时间的流逝,生活中的种种意外,将她从一切幸福中带走,她想着。眼前出现一幅景象,玛吉和里尼坐在炉火边。幸福婚姻,她想着,这就是我一直对他们的感觉。幸福婚姻。她抬头看着,跟着其他人走过黑暗的小街。一片扇形的光,就像一架风车的叶片一般,缓缓地扫过天空。它似乎理解她心中所想,并简洁扼要地表达了出来,就像是另一个声音在用另一种语言说着。那片光停下了,检查着空中一块毛茸茸的地方,一块可疑的地方。

空袭!她心想,我忘了空袭!

那两人已经走到了十字路口,他们站在那儿。

"我忘了空袭!"她大声说着,赶上了他们。她很惊讶,但这是真的。

他们正在维多利亚街。街道蜿蜒着,看上去比平日里更宽更黑。人行道上小小的人影匆匆走着,他们突然在一盏路灯下出现,接着又消失在黑暗之中,街上空空荡荡。

"公共汽车会和平时一样开吗?"他们站在那儿时埃莉诺问道。

他们环顾四周。这时街上没车过来。

"我就在这儿等。"埃莉诺说。

"那我就走了,"萨拉突然说,"晚安!"

她挥了挥手,离开了。埃莉诺想当然地认为尼古拉斯会和她一起离开。

"我就在这儿等。"她重复道。

但他没有动。萨拉已经不见人影。埃莉诺看着他。他生气了?不高兴?她不知道。这时一个巨大的影子从黑暗中出现,车灯上罩着蓝漆。车里的人们沉默地缩成一团,在蓝色灯光下他们面色惨白,看起来很不真实。"晚安。"她说,握了握尼古拉斯的手。她回过头,看到他仍然站在人行道上。他手上仍然拿着他的帽子。他独自站在那儿,看上去高大、孤独,令人心动。身后探照灯的灯光在空中划过。

公共汽车开着。她发现自己无意间盯着角落里一个老头,他正从一个纸袋里吃着什么东西。他抬起头,发现她在盯着他看。

"想看看我晚餐吃的是什么吗,女士?"他说,黏糊糊、亮闪闪的老眼上面扬起了一边眉毛。他伸出手给她看,里面是一大块面包,上面铺着一片冷肉,也可能是香肠。

1918 年

一层面纱般的薄雾笼罩着 11 月的天空，这层面纱重重叠叠，带着细小的孔眼，使得眼前是一样细密的一片朦胧。天上没有下雨，但四处有雾水在表面凝结，把人行道变得十分滑腻。不时可看到草尖上、树叶上有一滴水珠静静地挂着。天上无风，非常平静。透过薄雾传来的声音——绵羊的咩咩叫声、秃鼻乌鸦的呱呱叫声——都变得失去了活力。车流的喧嚣汇聚成了一声轰鸣。偶尔犹如门打开又关上，或是面纱分开又合上，这轰鸣就会隆隆响起，接着又渐渐消失了。

"下流畜生。"克罗斯比咕哝着，蹒跚着走在里士满绿地里的柏油小路上。她的双腿非常疼痛。并没有下雨，但这一片宽阔的空地上满是雾气，旁边也没有可说话的人。

"下流畜生。"她又咕哝道。她已经养成了大声说话的习惯。四周看不到人，小路的尽头在雾中也看不见踪影。

一片寂静，只有树顶聚集的秃鼻乌鸦不时发出一声奇怪的叫声，或是一片带黑点的树叶落到地面。她走着，脸上抽搐着，就好像她的肌肉已经习惯了会不由自主地去抗议那些折磨她的恶意和阻碍。在过去四年里，她衰老得很厉害。她看上去非常矮小，弯腰驼背的，似乎她能否成功地穿过这片笼罩着白雾的宽阔地带，是件很值得怀疑的事。可她必须去高街买东西。

"下流畜生。"她再次咕哝着。她早上和伯特太太说了关于伯爵的浴盆的事。他朝里面吐了痰，伯特太太要她清洗干净。

"真是个伯爵——他还不如你更像个伯爵。"她接着说。她这会儿在和伯特太太说话。"我非常愿意帮忙。"她继续说。就算在这里，在雾中，她可以畅所欲言，她还是用的一种缓和的语调，因为她知道他们想要摆脱她。她没拿包的那只手做着动作，她在告诉路易莎她很愿意帮忙。她继续蹒跚着走着。"我也不该在乎的。"她苦涩地说。但这话是对她自己说的。她再也不觉得住在那屋子里令人愉快了，但她也没地方可去，伯特夫妇对此也非常清楚。

"我非常愿意帮忙。"她大声说。事实上她刚才也是这么对路易莎说的。可事实上她再也没法像以前那样干活了。她的腿非常疼。就连她去给自己买东西都要费上全身的力气,更别说刷洗浴盆了。但现在是不干就走人的境地了。要是在过去,她早就把自己的东西全部打包送走了。

"婊子……贱女人。"她咕哝着,现在她在对那个红头发的小女佣说话了。那个小女佣昨天没打招呼就冲出房子走了,她要不了什么力气就能另找一份工作,这对她来说没什么大不了的。所以现在就只能要克罗斯比来清洗伯爵的浴盆了。

"下流畜生,下流畜生。"她又开始了。她灰蓝色的眼睛闪着无力的光。她又看到伯爵在浴盆一侧留下的那泡唾沫——那个比利时人自称是伯爵。"我只给名门世家做工,而不是给你们这些肮脏的外国佬。"她蹒跚着走着,对他说。

她走近那一排幽灵般的树影,车流的喧嚣声听起来更响了。她能看到树丛外面车马的影子。她费劲地朝栏杆那边走去,灰蓝色的眼睛透过薄雾望着前方。她的眼睛里似乎表现出一种不可战胜的果断,她绝不会放弃,她要努力生存下来。轻柔的薄雾慢慢升了起来。柏油小路上落着湿答答的紫色叶子。秃鼻乌鸦在树顶嘎嘎叫着,动来动去的。薄雾中出现了一条黑色的线条,是栏杆。高街上的车流声越来越响。克罗斯比停下来,把包放在栏杆上歇了歇,准备好继续前去和高街上拥挤的购物人群争抢。她要推来搡去,被挤得东倒西歪,而她的脚已经疼得要死了。他们根本不在乎你买不买,她想,她常常被某个厚颜无耻的婊子挤到一旁。她站在那儿,包放在栏杆上,她微微喘着气,又想起了那个红头发的女孩。她的腿痛得要命。突然一声悠长的汽笛发出悲伤的哀鸣,接着是一声沉闷的爆炸声。

"又打枪了。"克罗斯比咕哝着,带着怒气抬头看向灰蒙蒙的天空。秃鼻乌鸦被枪声惊起,在树顶上一圈圈盘旋。接着又是一声沉闷的隆隆声。一个站在梯子上给房子窗户上油漆的男人手里拿着刷子停了下来,四处张望。一个正沿街走着的女人也停下了,她手里拿着的纸包里伸出半截长面包。他们都等着,仿佛有什么事要发生。一阵浓烟从烟囱里飘了过来,沉沉地飘落。枪声又响了。梯子上站着的男人对人行道上的女人说着什么。她点了点头。然后他伸出刷子在油漆桶里蘸了蘸,又接着刷起来。女人继续赶路。克罗斯比打起精神,蹒跚着过了街,上了高街。枪声继续响着,汽笛也哀鸣着。战争结束了——她在杂货店排队时有人告诉了她。枪声继续响着,汽笛声悲鸣着。

现在[①]

这是个夏夜,太阳正在落山,天空还是蓝色的,却染着金色,就像是蒙着一层薄纱。在这广袤的金蓝色中,散落地悬浮着小岛般的云朵。在原野上,树木身着盛装,庄严地立着,树上不计其数的树叶镀着金光。珍珠般雪白的或是杂色的羊群和牛群,或者斜躺着,或者啃嚼着穿过半透明的草地。所有东西都镶上了一道金边。马路上的尘土里扬起金红色的烟。就连大路两侧的小红砖房子也变得似乎充满气孔,散发着辉耀的光;村舍花园里的鲜花,如棉布裙般的浅紫色和粉色,花瓣上的脉络发着光,就像是从里面散发着光芒。村舍门口站着的人,或是人行道上慢走着的人,面对着缓缓落下的太阳,脸上都闪着同样的红光。

埃莉诺从她的公寓里出来,关上了门。太阳正在伦敦

[①] 根据书中情节,这应该是 1931—1933 年之间。

上空落下,她的脸被余晖照亮。一时间她觉得目眩,看着窗外楼下的屋顶和尖顶。她的房间里有人在说话,而她想单独和她的侄儿谈谈话。她弟弟莫里斯的儿子诺斯,刚从非洲回来,她很少能单独见到他。这天傍晚来了许多人——米丽娅姆·帕里什、拉尔夫·皮克斯基尔、安东尼·韦德、她侄女佩吉,另外还有那个爱说话的人,她的朋友尼古拉斯·波姆加罗夫斯基,他们都简称他为布朗。她几乎没有和诺斯单独说过一句话。有一阵子,他们站在过道里石头地板上正好被阳光照亮了的一块地方。里面的声音还在说着话。她把手放在他肩上。

"见到你真好。"她说,"你也没变……"她看着他。这个男人高大魁梧,晒得黝黑,耳鬓稍有些发白了,可从他身上她还是能看到那个褐色眼睛、打板球的男孩的影子。"我们不会再让你回去了。"她继续说,开始和他一起走下楼梯,"回到那个可怕的农场。"

他笑了。"你也没变。"他说。

她看起来精力充沛。她去过印度,她的脸被晒成褐色。她的白发加上褐色的脸,几乎看不出她的年龄,但她肯定有七十好几了,他想着。他们肩并肩地走下楼梯。下楼有六级石阶,但她坚持要和他一起下楼,要送送他。

"诺斯,"他们走到门厅,她说,"你要当心……"她在门口停下。"在伦敦开车,"她说,"不比在非洲开车。"

他的小跑车就停在外面。一个男人正在落日余晖中走过门口,叫喊着:"修补旧椅子、旧篮子。"

他摇了摇头,他的声音被那个叫喊的男人的声音淹没了。他瞥了一眼门厅里挂着的一块木板,上面写了些名字,显示了谁在家谁不在家,这种谨慎细致让从非洲回来的他感到稍稍有些好笑。男人的叫声"修补旧椅子、旧篮子啰!"渐渐远去了。

"好的,再见了,埃莉诺。"他转头说,"我们以后再见。"他上了车。

"哦,可诺斯——"她喊着,突然想起来她想告诉他的什么事。但他已经发动了引擎,他没听见她的声音。他朝她挥挥手——她站在台阶顶上,头发在风中飘着。汽车猛地开动了。他转过街角时,她又朝他挥了挥手。

埃莉诺还是一样,他想,也许更古怪了。一屋子都是人——她的小房间里挤满了人——她竟然坚持要给他看她的新淋浴盆。"你按那个圆开关。"她说,"看——"无数条水线喷洒了出来。他大笑起来。他们一起坐在浴盆边上。

可后面的车一直在按喇叭,按了又按。怎么了?他想。突然他意识到他们是对他按喇叭。红灯已经变成绿灯了,他阻碍了交通。他猛地一踩油门开动了。他还没掌握在伦敦开车的技术。

伦敦的喧嚣仍然令他震耳欲聋,人们开车的速度也是令人恐惧。不过与非洲相比,这里令人兴奋。他飞速经过一排排玻璃橱窗时,想着,这些商铺真是棒极了。人行道边也摆满了卖水果鲜花的手推车。每一处都展现着丰裕、富足……红灯又亮了,他刹住了车。

他看着周围,他正在牛津街上某处,人行道上挤满了人,你推我搡,蜂拥在还亮着灯的玻璃橱窗外。这里的欢乐、色彩、多样化与非洲相比简直令人吃惊。他看着一条飘扬着的透明丝绸的横幅,心想,这些年来,他已经习惯了未经加工的物品,兽皮和羊毛,而这里全是制成品。一个配着银瓶的黄色皮革化妆盒吸引了他的目光。绿灯亮了。

现在

他开动了车。

他刚回来十天,他的脑子里还是零零碎碎乱作一团。他觉得自己就没停过说话、握手、问好。人们从四面八方涌现出来,他父亲、妹妹;老人们从轮椅上起身说,你不记得我了?他离开时还在襁褓中的孩子们已经成了上大学的成人,梳马尾的女孩子们已经嫁作人妇。一切都仍然令他困惑,他们都语速太快,他们一定认为他反应迟钝,他想。他不得不将视线转回车窗,问:"他们,他们说的那个究竟是什么意思?"

比方说,今晚在埃莉诺家,有一个带外国口音的男人,他把柠檬汁挤到他的茶里。这是谁?他想。"是内尔的一个牙医。"他妹妹佩吉皱起嘴唇说。因为他们全都准备好了台词,说的都是套话。可她说的是坐在沙发上的那个沉默寡言的男人。而他指的是另一个人——往茶里挤柠檬汁的男人。"我们叫他布朗。"她低声说。为什么是布朗,既然他是个外国人,他想知道。不管怎么说,他们都把离群索居和野蛮原始说得很浪漫——"你做过的那些事,我希望我也做过。"一个叫皮克斯基尔的小个子男人说,除了这个布朗说的一些话吸引了他。"如果我们不了解自己，又怎么能了解别人？" 布朗说。他们当时在谈论独裁者，拿破仑，伟人的心理状态。绿灯又亮了——"走吧"。他又开动了。然后还有那个戴着耳环、滔滔不绝说着自然之美的女士。他瞟了一眼左边那条街的名字。他要去和萨拉吃饭，可他不太清楚该怎么去那儿。他只是听到她的声音在电话里说："来和我吃饭——米尔顿街，52号，门上有我的名字。"那是在监狱塔楼附近。可这个布朗——还很难马上将他归类，他侃侃而谈，摊开手指，这种健谈最终会让这个人变成个讨厌鬼。而埃莉诺手拿杯子，四处闲荡，告诉人们关于她的新浴盆。他希望他们说话能紧扣主题。谈话是令他感兴趣的事。严肃的、关于抽象主题的谈话。"独居是好事吗？社交是坏事吗？"这就是有趣的话题，可他们总是从一件事跳到另一件事。那个高大的男人说："单独拘禁是我们能给别人的最严重的折磨。"那个头发纤细的瘦削老妇人立刻手捂胸口，高声说："它应该被废除！"她似乎去探访过监狱。

"该死的，我现在到哪儿了？"他说，看着街角的名字。

有人用粉笔在墙上画了一个圈,里面画了一条锯齿状的线。他朝街道远处看去。门接着门、窗挨着窗,全都是一样的模式。太阳正在伦敦的尘雾中下沉,眼前的景象全都笼罩着一层红黄色的光。所有一切都染上了暖黄色的朦胧。装满鲜花水果的手推车停靠在街边。阳光给水果镀上了金色,鲜花上闪耀着模糊的光辉。有玫瑰、康乃馨和百合。他差点想停车给萨莉买一束带去。可后面的车开始按起了喇叭。他继续往前开。他想,手上拿束花可以缓解见面时的尴尬气氛,还有那不得不说的套话,"见到你真好——你变丰满了。"如此种种。他只在电话里听过她的声音,而这么多年过去,人们都发生了变化。他拿不准这条街对还是不对,他缓缓地绕过街角,停下了,接着又继续开。这是米尔顿街,一条昏暗的街道,街上都是老房子,现在都成了出租屋,可它们曾经也辉煌过。

"奇数在这边,偶数在那边。"他说。街上堵满了货车。他按着喇叭,停了停,又按喇叭。一个男人走到马头旁,那是一辆运煤车,马匹正拖着沉重的步子缓慢地走着。52号就在这一排。他缓缓地开到门边,停下了。

一个响亮的声音从街对面传来,是一个女人在吊嗓子。

"这里真是肮脏,"他在车里又坐了一会儿,说——这时一个女人胳膊下夹着一个罐子在过街——"污秽,"他又说,"住在这儿,这条街太低贱了。"他熄了火,下了车,仔细看着门上的名字。名字一个叠着一个,有的是名片,有的是铭刻的铜牌——福斯特、亚伯拉罕森、罗伯茨;萨·帕吉特在差不多最顶上,是在一条铝片上打孔制成的。他在众多门铃中按了一个,没人来应门。那女人继续在练声,声音在缓慢地升高。心血来潮,来去匆匆,他心想。他以前写过诗,这时候站在这儿等着时,情绪又来了。他使劲又按了两三下门铃,没人应门。他推了推门,门开了。门厅里有股奇怪的气味,是烹煮蔬菜的味道;油乎乎的褐色墙纸使得门厅十分昏暗。他走上楼梯,这里曾经是一位绅士的府邸。栏杆是雕花的,但被人涂抹过廉价的黄色清漆。他慢慢上楼,站到了楼梯平台上,不知道该敲哪扇门。他现在总是发现自己站在陌生人家的门外。他有种感觉,自己就是个无名小卒,身处无名之地。街对面传来那位歌手的声音,她正在故意爬升音阶,就像音符是阶梯一样;

这时她倦怠、懒散地停了下来，吼出一声，就只是纯粹的真声。接着他听到屋里面有人在笑。

那是她的声音，他想。但有人和她在一起。他有些恼怒。他本来希望她是一个人。那声音在说话，他敲了门，也没回应。他小心翼翼地打开门，进屋了。

"好的,好的。"她正说着。她正跪在电话机旁,说着话,但屋里没别人。她看到他后扬起了手，朝他笑笑；她的手一直抬着，就好像他发出的声音让她没听到对方说的话。

"什么？"她对着电话说，"什么？"他无声地站着，看着壁炉架上方他的祖父母的肖像。他注意到屋里没花。他后悔没给她买花带来。他听着她在说的话，想要把片段拼成完整的故事。

"是的，我能听见了……是的，你说得对。有人来了……谁？诺斯，我的亲戚，从非洲回来……"

那是我，诺斯想。"从非洲回来的亲戚。"那是我的标签。

"你见过他了？"她说。一阵停顿。"你这样想吗？"她说。她转头看着他。他们肯定是在谈论他，他想。他感到有些不舒服。

"再见。"她说,放下了电话。

"他说他今晚见过你。"她说,走上前握了握他的手。"他喜欢你。"她笑着补充说。

"是谁?"他问,觉得有些尴尬,但他没带花来送给她。

"你在埃莉诺家见过的一个人。"她说。

"外国人?"他问。

"是的,叫布朗的。"她说,拿一把椅子推给他。

他坐在她推过来的椅子上,她坐在对面,蜷缩着,脚收在腿下面。他记起了她这副样子;关于她的记忆一块块地恢复了,先是声音,然后是这姿势,但还有些东西是陌生的。

"你没变。"他说——他指的是面容。一张平淡无奇的脸几乎不会改变,而漂亮的脸蛋会凋谢枯萎。她看上去不年轻也不老,但破破烂烂的;房间也不整洁,角落的一个罐子里插着蒲苇。他觉得这就是一间匆匆收拾了一下的出租屋。

"你呢——"她说,看着他。她像是在试图把两个不同版本的他合在一起,一个是电话里的,一个是在椅子上的。或者还有别的吗?这一半了解别人,另一半被别人了解,这种被眼光在肉体上打量,就像苍蝇在爬的感觉——让人太不舒服了,他想;不过这么多年不见,这是不可避免的。桌上凌乱地摆着东西,他手里拿着帽子,犹豫着。她笑着看看他,而他坐在那儿,犹疑地拿着帽子。

"那个年轻的法国人是谁?"她说,"那幅画里拿高帽子的那个?"

"哪幅画?"他问。

"那个困惑地坐着、手里拿着帽子的那个。"她说。他把帽子放到桌上,却有些笨拙。一本书落到了地上。

"对不起。"他说。她将他比作画里那个困惑的年轻人,大概指的是他笨手笨脚的,他以前总是那样。

"这不是我上次来的那个房间吧。"他问。

他认出了一把椅子——带镀金兽爪的椅子,还有以前那架钢琴。

"不是——那回是在河对岸,"她说,"你来告别的那次。"

他记得。他离家奔赴战场的头晚来看她,他把帽子挂在了他们祖父的半身像上——那半身像已经不见了。她还取笑了他。

"国王陛下的皇家捕鼠军团中尉需要加几块糖呢?"她嘲笑道。他此刻还能看到她正往他的茶里放糖的样子。然后他们吵了架,接着他就离开了。那是空袭的那晚,他记得。他记得那个黑暗的夜晚,探照灯缓缓地扫过天空,不时停下细查着一块毛茸茸的地方;一个个小弹片落下,人们沿着空空荡荡、如笼罩着蓝光的街道疾行。他去了肯辛顿和家人吃饭,和母亲告别;从那后他就再没见过她。

那位歌手的声音打断了他的思绪。"啊啊啊——哦哦哦——啊啊啊——哦哦哦。"她唱着,在街对面慵懒地沿音阶上上下下地唱着。

"她每天晚上都那样吗?"他问。萨拉点点头。穿过嗡嗡的夜风传来的歌声,听起来缓慢,很有质感。那歌手似乎无比悠闲,她在每个音阶上都能唱上好一会儿。

他注意到屋里没有准备晚饭的迹象,只是在廉价的出租屋桌布上放了一盘水果,桌布上带着肉汁的污渍,已经变得发黄。

现在

"你为什么总是选这种贫民区……"他刚开口,楼下的街上传来小孩的尖叫声。门开了,一个女孩拿着一些刀叉进了屋。常见的出租屋女仆,诺斯想;双手通红,戴了一顶快活的白帽子,租户有聚会的时候这些出租屋的女孩就会在头发上别一顶这样的帽子。有她在场,他们得没话找话。"我刚才见到了埃莉诺,"他说,"就是在那儿遇见了你的朋友布朗……"

女孩将手里的刀叉摆在桌上,搞得哗啦啦地响。

"哦,埃莉诺,"萨拉说,"埃莉诺——"她看着那女孩笨手笨脚地在桌边忙活着,女孩边干活边喘着粗气。

"她刚从印度回来。"他说。他也在看着那女孩摆桌子,这会儿她在廉价的出租屋陶器中摆了一瓶红酒。

"闲游世界。"萨拉咕哝道。

"逗那些最古怪的老古董们开心。"他补充说。他想起了那个长着凶狠的蓝眼睛的小个子男人,他希望自己去过非洲;还有那个戴珠子的纤弱的女人,像是去探访过监狱的。

"……那个男人,你朋友——"他说。这时那女孩走出了房间,却没关门,这表示她马上就会回来。

"尼古拉斯。"萨拉帮他把话说完,"那个你们叫他布朗的男人。"

两人都没说话。"你们都聊了些什么?"她问。

他仔细想了想。

"拿破仑,伟人的心理;如果我们不了解自己,该怎么了解别人……"他停下了。就连一个小时前说的话,也很难记得准确了。

"那么,"她说,伸出一只手,就像布朗那样伸着一根指头,"如果我们不了解自己,又怎么能制定适合……适合自己的法律和宗教?"

"是的!是的!"他喊道。她将布朗的神态学得惟妙惟肖,那轻微的外国口音,重复"适合"那个词,就好像他对英语里面这种比较短的词不太拿得准。

"埃莉诺,"萨拉接着说,"她说……'我们能变得更好吗——我们能让自己变得更好吗?'她坐在沙发边上。"

"浴盆边上。"他大笑起来,纠正她。

"你们以前谈过这个。"他说。这正是他的感觉。他们以前谈过。"然后,"他接着说,"我们谈论了……"

这时那女孩突然进来了。这次她手里端着盘子,蓝色花边的盘子,廉价的出租屋盘子。"群居还是独居,哪个更好。"他说完了这句话。

萨拉一直看着桌子。"哪一个?"她问,心不在焉的,就是那种用表面的感官在看着发生的事,同时又在想着别的事的样子,"你怎么说的?你这些年一直在独居。"她说。那女孩又离开了房间。"和你的羊群在一起,诺斯。"她中断了,因为此时楼下的街上一个吹长号的开始演奏了起来,而那个练声的女人还在继续,他们俩听起来就像是两个人同时在试图表达自己对于整个世界的完全不同的看法。人声在爬升,长号在哀鸣。他们大笑起来。

"……坐在阳台上,"她继续说,"看着星星。"

他抬起头来,她是在摘引哪里的句子吗?他记得他刚离开的时候还给她写过信。"是的,看着星星。"他说。

"坐在阳台上,一片寂静。"她又说。窗前一辆货车经过,一时间所有声音都被抹去了。

"然后——"货车轰隆隆开走了,她说——她停了停,仿佛她在考虑他写过的别的东西。

"接着你跨上一匹马,"她说,"策马奔驰!"

她跳了起来。他第一次在光亮下面把她的脸看了个清清楚楚。她的鼻子一侧有一块污迹。

"你知道吗,"他看着她说,"你脸上有块脏的地方。"

她摸了摸另外一边脸颊。

"不是那边——这边。"他说。

她没有照镜子,径直走出了房间。他思考着,就像在写小说一样,心想,从中我们可以推断出事实,即萨拉·帕吉特小姐从未吸引过男人的爱恋。或者有过?他不知道。人们的这些简单印象,留下了许多渴望的空间,一个人留下的这些表面上的画面,就像是一只苍蝇爬过脸庞,感觉着这里是鼻子,这里是眉毛。

他闲步走到窗前。太阳一定要落山了,因为街角的房子上的砖被抹上了发黄的粉色。一两扇高高的窗户闪着金光。那女孩在屋里,让他觉得分神,伦敦的喧嚣也让他讨厌。在沉闷的车流声、车轮飞转、刹车尖叫的背景声里,冒出了一个近在耳边的妇人的喊声,是突然担心孩子的惊慌的叫声；一个男人叫卖蔬菜的单调喊声；远处一台手摇风琴演奏的声音。声音时断时续。我过去常给她写信，他想，深夜里当我感到孤独的时候，那时候我还年轻。他看着镜中的自己，看到自己被晒黑的脸、宽大的颧骨和褐色的小眼睛。

那女孩已经被吸进了屋子的下层。门还开着。什么都没在发生。他等着。他觉得自己像个外来者。他想，这些年过去，每个人都成双配对了，安定下来，忙着自己的事。你会发现他们在打电话、回忆和别人的谈话；他们走出房间，留下你独自一人。他拿起一本书，读着一句话。

"一个影子，就像头发发亮的天使……"

接着她进来了。但似乎在整个过程中出了什么问题。门开着，桌子摆好了，却什么都没发生。他们一起站着，等着，背对着壁炉。

"肯定感到很奇怪吧，"她接着说，"过了这么多年再回来——就像是坐飞机从天而降似的。"她指着桌子，仿佛那就是他着陆的地方。

"到了一块未知之地。"诺斯说。他身子前倾，碰了碰桌上的一把餐刀。

"发现人们都在讲话。"她补充说。

"讲话,讲话,"他说,"谈着金钱和政治。"他又说,脚跟不怀好意地踢了一脚身后的壁炉的围栏。

这时那女孩进来了。她端着的菜盘上盖着一个很大的金属盖子,这显然给了她一种油然而生的傲慢气质。她手一扬,拿起了盖子。下面是一条羊腿。"吃饭吧。"萨拉说。

"我饿了。"他说。

他们坐下了,她拿起切刀,切了一条很长的切口。一小股红色的肉汁滴了下来,羊肉差了点火候。她看着它。

"羊肉不该是那样的,"她说,"牛肉是——但羊肉不是。"

他们看着红色的肉汁流进了盘子的底下。

"我们把它送回去,"她说,"还是就这样吃?"

"吃吧,"他说,"我吃过的腿子肉比这糟多了。"他说。

"在非洲……"她说,拿起了蔬菜的盖子。一盘是切成厚片的卷心菜堆成一堆,泡在绿色的汤水里;另一盘是黄色的土豆,看起来很硬。

"……在非洲,在非洲的荒野。"她继续说,帮他分着卷心菜,"在你驻扎的那个农场,那里好几个月都没人来,你坐在阳台上听着——"

"听着羊群的声音。"他说。他正把盘子里的羊肉切成条。很艰难。

"没有什么能打破那寂静,"她继续说,给自己分了些土豆,"只有一棵树倒下,或是一座远山的石头崩塌——"她看着他,仿佛是在核实她从他的信中摘引的句子。

"是的,"他说,"非常安静。"

"也很热。"她说,"中午非常炎热,一个老流浪汉敲你的门……?"

他点点头,他又看到自己,一个非常孤独的小伙子。

"然后——"她又开始了。这时一辆大卡车从街上轰隆隆开过。桌子上的东西咔嗒作响。地板和墙壁似乎都在颤抖。她把两个碰撞得叮叮当当的酒杯分开。卡车开了过去,他们听到它在远处轰隆隆地走远了。

"还有鸟儿,"她接着说,"在月夜歌唱的夜莺?"

她描绘的这幅图景让他感觉有些不舒服。"我一定给你写了很多胡言乱语!"他喊道,"我希望你能把它们都给撕了——那些信!"

"不!那些信都很美,很奇妙!"她喊着,举起了杯子。一点点酒就能让她醉醺醺的,这他还记得。她的眼睛发亮,脸颊发光。

"接着你休假一天,"她继续说,"坐着一辆硬邦邦的二轮马车,沿着一条高低不平的白色马路,到了一座相邻的镇子——"

"有六十英里远。"他说。

"然后去了一间酒吧,遇上了隔壁牧场的一个男人——是牧场吗?"她迟疑着,好像这个词用错了。

"是的,牧场。"他确认说,"我去了那镇子上,到酒吧里喝了一杯——"

"然后呢?"她说。他大笑起来。有些事他没告诉她。他没说话。

"然后你就没再写信了。"她说。她放下了杯子。

"那时候我忘了你是什么样子了。"他说,看着她。

"你也没写信了。"他说。

"是的，我也没写了。"她说。

吹长号的人换了个位置，在窗户下面哀伤地悲鸣着。那悲伤的声音，就像是一只狗伸直了脖子，对着月亮吠叫，悲声飘荡空中，传到他们耳中。她跟着那调子挥着叉子。

"我们的心里满是眼泪，我们的唇上满是笑靥，我们在楼梯上走过——"她拉长了声音，要跟上长号的悲鸣，"我们在楼梯上走过——"这时长号突然换了曲调，变成了吉格舞曲。"他懊恼悲伤，我欣喜若狂，"她随着节奏摇摆起来，"他欣喜若狂，我懊恼悲伤，我们在楼梯上走过。"

她放下了杯子。

"再来一块腿子肉？"她问。

"不用了，谢谢。"他说，看着那块有很多筋、看起来没胃口的东西，里面还有血水流出来，汇到盘底。绘着柳枝图案的盘子上也染着血红的一条条痕迹。她伸出手，摇了摇铃。她又摇了第二次。没人过来。

"你的铃不响了。"他说。

"不。"她笑了，"铃不响，水不流。"她跺了跺脚。他们等着。还是没人来。外面的长号声还在悲鸣。

"有一封你写给我的信。"他们等着时,他继续说,"一封很生气的信,残酷的信。"

他看着她。她噘起了嘴唇,就像一匹正准备撕咬的马。这样子,他也还记得。

"是吗?"她说。

"是你从斯特兰德街过来的那晚。"他提醒她。

这时那女孩端着布丁进来了。布丁非常华丽,半透明,粉色,装饰着一团团奶油。

"我记得,"萨拉说,把勺子伸进了抖动着的布丁里,"一个平静的秋夜,灯已经点亮,人们沿着人行道走着,手里拿着花环?"

"是的,"他点点头,"就是那天。"

"我心里想,"她说,"这是地狱,我们是被诅咒的人?"他点点头。

她给他分了一块布丁。

"而我,"他接过盘子时,说,"就是被诅咒的其中一个。"他把勺子扎进了她递给他的那块抖动的东西里。

"懦夫、伪君子,鞭子在你手上,帽子在你头上——"

他似乎在引用她写给他的信中的话。他停下了,她笑着看他。

"我用的哪个词?"她问,似乎在努力回忆。

"瞎掰!"他提醒她。她点点头。

"接着我走上了桥,"她接着说,勺子伸到嘴边又停下了,"在桥上的一个小小的凸出去的地方,小观景台,你们怎么叫的?在水面上挖出去的一块,往下看着——"她低头看着盘子。

"那时你住在河对面。"他提示她说。

"站着,往下看。"她说,看着她伸在眼前的酒杯,"想着,滔滔流水,漫漫水流,河水皱起粼粼波光,月光,星光——"她喝了一口,沉默了。

"然后来了辆车。"他提示她。

"是的,劳斯莱斯,停在路灯下,他们坐在那儿——"

"两个人。"他提醒她。

"两个人,是的。"她说,"他在吸雪茄。一个上流阶层的英国人,大鼻子,穿着一身礼服。而她,坐在他旁边,穿着毛皮饰边的斗篷,因为车停在路灯下,她就借着灯光抬起了手——"她抬起了手,"擦拭她那铲子似的嘴。"

她将嘴里的一口吞了。

"还有最后呢?"他提示说

她摇了摇头。

他们沉默着。诺斯已经吃完了布丁。他掏出香烟盒。显然除了一盘沾着苍蝇卵的水果,苹果和香蕉什么的,没什么可吃的了。

"我们年轻的时候都非常愚蠢,萨尔。"他说,点燃了香烟,"写一些词藻华丽的片段……"

"黎明时麻雀在叽叽喳喳,"她说,把那盘水果拖到面前。她开始剥一根香蕉,就像是在脱下一只柔软的手套。他拿起一个苹果,开始削皮。卷曲的苹果皮落在他的盘子里,盘卷着,他觉得就像是蛇皮一样;香蕉皮就像是手套上手指那部分被撕开了。

街上此时很安静。那女人已经停止了唱歌。长号手也换到别的地方去了。交通高峰期已经过去,下面的街上空荡无事。他看着她,她正小口地咬着手上的香蕉。

他记得,当她来参加六月四日的庆祝活动时,她的裙子前后穿反了。那些日子里,她也有些不正经,他们也还嘲笑过她——他和佩吉。她从没嫁过人,他很奇怪为什么。他把盘子里断了的苹果皮扫成一堆。

"那个男人是干什么的,"他突然说,"把手举起来的那个?"

"像这样?"她说。她把双手也举了起来。

"是的。"他点头说。就是那个男人——那种滔滔不绝的外国人,对任何事物都有一套理论。但诺斯曾经喜欢过他——他散发出一种香气,嗡嗡作响,他灵活柔韧的面部动起来十分有趣;他前额圆圆的,眼光敏锐,秃顶。

"他是做什么的?"他问。

"谈话,"她回答说,"谈关于灵魂的话题。"她笑了。他再次感觉自己像个外来者,他们之间一定有过很多次谈话,那么亲密。

"关于灵魂,"她接着说,拿起一支烟。"讲课,"她又说,点燃了烟,"头一排座位十先令六便士,"她吐出一口烟,"站着的位置半克朗,不过,"她吐了一口烟,"听不太清。老师的课,大师的课,你只听得懂一半。"她大笑起来。

她这是在讥笑他,她表达的意思就是他是个爱吹牛的人。佩吉说过他们非常亲密——她和这个外国人。在埃莉诺家见到那个人时的印象稍稍改变了,就像是一个气球被吹到了一旁。

"我还以为他是你的一个朋友。"他大声说。

"尼古拉斯?"她喊道,"我喜欢他!"

她的眼睛显然在发光。她眼睛紧盯着盐瓶,眼神中带着狂喜,这让诺斯又一次感到困惑了。

"你喜欢他……"他开口说。这时电话铃响了。

"是他!"她喊道,"是他!是尼古拉斯!"

她的语气十分恼怒。

电话铃又响了。"我不在!"她说。电话铃又响了。"不在!不在!不在!"她重复着,跟铃声应和着。她根本没想去接电话。他再也受不了她的声音和电话铃声的刺耳。他走到电话旁。他拿起话筒时,一时间寂静无声。

"告诉他我不在!"她说。

"嗨!"他接了电话说。没声音,他看着她坐在椅子边上,脚上下摇摆。接着一个声音说话了。

"我是诺斯,"他对电话里说,"我在和萨拉吃饭……好的,我会告诉她……"他又看着她。"她正坐在椅子边上,"他说,"脸上有一块污渍,脚在上下摇摆。"

埃莉诺手拿电话站着。她笑着,电话已经放回去了好一会儿了,她还站着,笑着。接着她回到了侄女佩吉的旁边,佩吉和她一起吃了晚饭。

"诺斯在和萨拉吃饭。"她说,笑着想象着电话那头的小小画面,两个人在伦敦的另一头,其中一个正坐在椅子边上,脸上有一块污渍。

"他在和萨拉吃饭。"她又说。但她的侄女没有笑,因为她没有看到那画面,而且她有点不高兴,因为她们俩还正说着话,埃莉诺突然站起身说:"我要提醒萨拉一下。"

"哦,是吗?"她随口说。

埃莉诺过来坐下了。

"我们正说到——"她说。

"你找人把它清洁了。"佩吉同时说道。埃莉诺打电话的时候,她就一直看着写字台上方挂着的祖母的画像。

"是的,"埃莉诺转头看了一眼,"是的。你看到那草地上落了一朵花吗？"她说。她转头看着那幅画。画上的脸庞、裙子、花篮全都散发着柔和的光芒，融合为一体，就像画上涂了一层光滑的釉面。草地上躺着一朵花——一小枝蓝花。

"那花被灰尘盖住了，"埃莉诺说，"但我打小时候起就记得它。这提醒了我，如果你想要找个手艺好的人来清洁画——"

"可这像她吗？"佩吉打断了她。

有人说过她像她的祖母，而她并不希望自己像祖母。她希望自己皮肤黝黑，长得像鹰；可实际上她是蓝眼睛，圆脸——就像她的祖母。

"我把地址放在什么地方了。"埃莉诺接着说。

"没关系——没关系。"佩吉说，她的姑姑总是习惯说些没必要的细节，这让她有些恼火。她猜这是因为姑姑年龄大了，上了年纪，螺丝松了，整个大脑器官都咔咔哒哒、叮叮当当的。

"这像她吗？"她又问。

"和我记得的不一样，"埃莉诺说，又瞥了一眼那幅画。"也许是和我小时候——不,我觉得甚至是长大以后。有趣的是,"她继续说,"他们觉得丑的——比如说红头发——我们却觉得漂亮,所以我经常问自己,"她停了停,吸了一口她的方头雪茄,"什么是漂亮?"

"没错,"佩吉说,"我们就是么说的。"

刚才埃莉诺突然想起自己要提醒萨拉聚会的事,当时她们正在谈着埃莉诺小时候——世界如何发生了变化,对一代人来说好的东西,到了另一代人就换作了别的。她喜欢让埃莉诺讲她自己的过去,她感觉过去的那个时代安宁又和平。

"你觉得有什么标准吗?"她说,想把姑姑拉回她们刚才正谈的话题。

"我怀疑。"埃莉诺心不在焉地说。她在想着别的事。

"真烦人!"她突然喊着,"我正想问你,话都到嘴边了。结果我想起迪利亚的聚会,然后诺斯又把我惹笑了——萨莉坐在椅子边上,鼻子上有一块污渍;结果搞得我现在想不起来了。"她摇了摇头。

"你知道那种感觉吗,当你正要说什么话,然后被打断了,结果那东西就黏在那儿,"她拍了拍额头,"把所有东西都阻住了?并不是什么重要的话。"她又说。她在屋里乱走了一会儿。"唉,算了,算了。"她说,摇了摇头。

"我准备走了,你叫辆出租车吧。"

她走进了卧室。很快就传来流水的声音。

佩吉又点起一支烟。如果埃莉诺要梳洗的话——卧室里传来的声音似乎表明了这一点,那就不用急着叫出租车。她瞟了一眼壁炉台上放着的信。其中一封顶上赫然写着一个地址:"蒙·雷波,温布尔顿。"是埃莉诺的一个牙医,佩吉心想。也许就是那个和她一起去温布尔顿公地研究植物的人。一个迷人的男人。埃莉诺是这么描述他的。"他说每一颗牙齿都和别的牙齿截然不同。而且他对植物无所不知……"让她一直停留在关于她年轻时候的话题上还真不容易。

佩吉穿过房间走到电话机旁,她说了电话号码。里面没声了,她等着时,看着自己拿电话的手。能干、像贝壳般光亮,抹了指甲油却没有涂色,她看着自己的指甲,心想,这双手就是一种妥协,是科学和……这时电话里一个声音说:"请报号码。"她给了电话号码。

她再次等着。她坐在埃莉诺坐过的那个地方,她也看到了埃莉诺看到过的电话那头的场景——萨莉坐在椅子边上,脸上有一块污渍。真是个傻瓜,她怨恨地想;一股震颤爬过她的大腿。为什么她会觉得怨恨?因为她以诚实为荣——她是一位医生——她明白那股震颤就是怨恨。她嫉妒萨莉是因为她快乐,还是因为祖先传下来的遵德守礼在发出声音——她不赞同这种与不喜欢女人的男人之间的友情?她看着祖母的画像,仿佛在问祖母的意见。但祖母已经具备了一幅艺术作品所有的那种免疫力,她坐在那里,笑着看着她的玫瑰花,似乎对我们的对错漠不关心。

"嗨,"一个粗哑的声音说,这声音令她想起了锯木屑和工作棚。她说了地址,放下了电话,这时埃莉诺进来了——她穿了一件金红色的阿拉伯斗篷,头发上罩了一层银色薄纱。

"你不觉得吗,总有一天你能看到电话那头的东西?"佩吉说,站起身。她觉得埃莉诺的头发是她最美的地方;还有她闪着银光的黑眼睛———一位年老的漂亮女先知,一只年老的稀罕的鸟,同时既庄严又显得好笑。她旅行回来晒黑了,因此头发看起来更白了。

"什么?"埃莉诺说,她没听清佩吉说的关于电话的事。佩吉没有重复。她们站在窗口等着出租车。她们并肩站在那儿,静静地看着外面,因为她们需要东西来填补这段等待的空白,而高高的窗口俯瞰着屋顶,俯瞰着广场和房屋后院的角落,一直到远处群山的蓝色轮廓,这景象就如另外一个说话的声音,能填补此时等待的空白。太阳正在落山,一片云卷曲着,就像蓝天上的一片红色羽毛。她往下看着。看到出租车在拐弯、在绕过这条街、驶过那条街,却听不到它们发出的声音,令人感觉有些奇怪。这就像一张伦敦的地图,在她们的脚下是其中一个部分。夏日的白昼正在褪去;灯正在点起,淡黄色的灯光星星点点,因为落日的余晖还照耀在空中。埃莉诺指着天空。

"那儿是我第一次看到飞机的地方——那儿的烟囱中间。"她说。那边远处高高的烟囱,工厂烟囱林立;还有一座大楼——是西敏斯特大教堂吗?——那里凌驾于房屋的屋顶之上。

"我站在那儿往外看，"埃莉诺接着说，"那一定是我刚搬进那间公寓的时候，是个夏日，我看到天空中一个黑点，然后我对那个谁说——我想是米丽娅姆·帕里什，是她，因为她过来帮我搬家——对了，我希望迪利亚记得请她——"……上了年纪，佩吉想，就是那样，从一件事扯到另一件。

"你对米丽娅姆说——"她提示说。

"我对米丽娅姆说：'那是只鸟吗？不，我觉得那不可能是鸟。太大了，不过在动呢。'突然，它飞到了我头上，是一架飞机！是的！你知道他们前不久才穿越了英吉利海峡。那时候我和你一起待在多塞特郡，我还记得在报纸上看到这个消息，还有人——我记得是你父亲——说：'这世界会变得越来越不一样了！'"

"哦，是的——"佩吉笑了起来。她正想说飞机还没能造成那么大的改变吧，因为她总是喜欢去纠正长辈们对于科技的迷信，既是因为他们的轻信让她觉得好笑，也是因为她每天都被医生们的无知而折磨——这时埃莉诺叹了口气。

"噢,哎呀。"她咕哝道。

她从窗前转身走开了。

老年人啊,佩吉想着。一阵风吹开了一扇门,那是埃莉诺七十多年的岁月里千千万万扇门之一,一个痛苦的回忆涌了出来,她立即将其掩盖住了——她已经走到了写字台边,开始摆弄桌上的报纸——用老年人恭顺的宽容和痛苦的谦卑。

"怎么了,内尔——?"佩吉说。

"没事,没事。"埃莉诺说。她已经见过了天空,天空上摆满了图画——她经常看着它,因此在她看时,任何一幅画都可能出现在最前面。此时,因为她和诺斯谈过话,战争的画面回到了眼前,她是如何在某个夜里站在那里,看着探照灯的光。她在空袭后回家,她在西敏斯特和里尼、玛吉一起吃饭。他们坐在地窖里,还有尼古拉斯——那是她第一次见到他——他说这场战争毫无意义。"我们是在后院里玩烟火的孩子……"她记得他说的这句话;他们是如何围坐在一个木箱旁,向新世界敬酒。"一个新世界——新世界!"萨莉喊着,勺子如敲鼓般敲在箱子顶上。她转向写字台，撕碎了一封信，扔到一旁。

"是的，"她说，在报纸中摸索着，找着什么东西，"是的——我不了解飞机，我从没坐过飞机；不过汽车，我可以不坐汽车。有一次我差点被一辆汽车撞到，我告诉过你吗？在布朗普顿路上。全是我自己的错——我没看路……还有无线广播——那是个令人讨厌的东西——楼下的人吃完早饭就把它打开；不过换句话说，热水、电灯，还有这些新的——"她顿了顿，"啊，在这儿！"她喊道。她突然扑上去抓住了什么文件，那是她一直在找的东西。"如果爱德华今晚在那儿的话，提醒我——我要在手帕上打个结……"

她打开手袋，拿出一张丝绸手帕，庄重地把它打成个结……"提醒我问他关于朗科恩的儿子的事。"

门铃响了。

"是出租车。"埃莉诺说。

她四处扫了一眼，确保自己没落下什么东西。她突然停下了，她的眼睛被晚报给吸引了，晚报躺在地板上，显眼的一条条印刷文字和模糊不清的照片。她捡起了报纸。

"看这张脸!"她喊着,把报纸在桌上摊开。

佩吉眼睛近视,但她能看到,那是晚报上常常刊出的一个胖子打着手势的模糊照片。

"该死——"埃莉诺突然脱口而出,"欺软怕硬!"她手一挥,把报纸从中撕成两半,扔到了地上。佩吉吃了一惊。报纸被撕开时,一阵轻微的战栗从她身上爬过。"该死"这两个字从她姑姑嘴里说出来,让她很是吃惊。

可她马上又觉得好笑,不过她还是震惊了。因为像埃莉诺这种惜字如金的人,说出"该死"然后是"欺软怕硬",这比她和她的朋友们说出同样的话意义要重大得多。而且她的动作,撕掉了报纸……这是多么古怪的组合,这样说的话和做的动作,她想着,跟着埃莉诺走下了楼梯。埃莉诺的金红色斗篷一级一级地拖曳在楼梯上。她也见过她父亲将《泰晤士报》揉作一团,愤怒得发抖,因为有人在报纸上说了些什么。多古怪啊!

还有她撕报纸的样子!佩吉想着,快要笑出来了,她挥动着手,学着埃莉诺挥手的样子。埃莉诺的身体仍然挺直着,似乎满腔愤慨。佩吉跟着她走下石阶,一层又一层,她想，那样做会很简单，会令自己满意。她斗篷上的小球球拍打在楼梯上。她们走得有些缓慢。

"比如我的姑姑，"佩吉心里想着，开始把眼前的场景转换成她和医院里的某个男人之间曾发生过的一场辩论，"比如我姑姑，一个人住在那种像是工人住的公寓里，在六层楼的顶上……"埃莉诺停下了。

"我不会是，"她说，"不会把信忘在楼上了吧——朗科恩的信，我想带去给爱德华看的，关于他儿子的。"她打开手袋，"没有，信在这儿。"信在她包里。她们继续下楼。

埃莉诺把地址给了出租车司机，然后一闪身坐到角落里。佩吉用眼角扫了她一眼。

是她在话中注入的力量令佩吉震动，而不是那些话本身。就好像她仍然满怀激情地——她，老埃莉诺——相信着人类已经摧毁了的那些东西。汽车启动出发了，佩吉想着，奇妙的一代，有信仰的一代……

"你看，"埃莉诺打断了佩吉的思绪，她像是想要解释她说的话，"这表示着我们关心的一切都完结了。"

"自由?"佩吉随口说。

"是的,"埃莉诺说,"自由和公正。"

出租车沿着那些还算体面的小街行驶着,那儿的每一座房子都有飘窗,有条形的花园,还有自己的名字。他们继续走着,进入了大的主街,佩吉的脑子里不由自主地出现了公寓里的景象,就像她会和医院里的那个男人说的一样。"她突然控制不住大发脾气,"她说,"拿起报纸,一撕两半——我姑姑,她七十多岁了。"她瞟了一眼埃莉诺,想确认细节没错。她姑姑打断了她的思绪。

"我们以前就住在那儿。"她说。她朝左边一条路灯星星点点的长街挥了挥手。佩吉往外看时,只能看到那条壮观的大街上一连串灰白的柱子和台阶,一眼望不到头。一模一样的门柱,整齐划一的建筑,有一种暗淡的浮夸的美,石膏柱子一根接着一根,朝街那头延伸而去。

"阿伯康排屋。"埃莉诺说,"……邮筒。"他们经过时,她喃喃说着。为什么说邮筒?佩吉心想。另一扇门又打开了。到了老年,人的心里一定有无数条大道,伸展开去,消失在黑暗里,一会儿一扇门打开,一会儿另一扇门打开。

现在

"人们不是——"埃莉诺说。接着她停下了。和平常一样,她的话头开错了地方。

"什么?"佩吉说。这种不切题的说话方式让她很烦躁。

"我正想说——那个邮筒让我想起了什么。"埃莉诺又说,接着她大笑起来。她本想解释一下她的思路是如何一步步进行到此的,但她放弃了。毫无疑问,必然有一条思维的路线,但要想清楚会花上很多时间,而她知道,这样东拉西扯的唠叨会让佩吉烦躁的,因为年轻人的思维动得很快。

"我们以前常在那儿吃饭。"她突然停止了自己的思绪,朝一个广场一角的一座大房子点点头说,"你父亲和我。那个和他一起读书的男人,叫什么名字来着?他后来当了法官……我们以前常在那儿吃饭,我们三个。莫里斯、我父亲和我……那时候他们都喜欢开大派对。总是法律圈子里的人。他还收藏老橡木家具。大多都是假货。"她咯咯笑着加上了最后一句。

"你们以前……"佩吉说。她想让姑姑回忆从前。那是多么有趣、多么平和、多么不真实——八十年代的那个过去,对她而言,因为不真实而显得非常美丽。

"说说你年轻的时候……"她又说。

"可你现在的生活比我们那时候有意思多了。"埃莉诺说。佩吉没作声。

他们驶过一条灯火通明、人潮拥挤的街道。这里有的地方被电影院的灯光染成红色,有的地方被摆放着艳丽的夏裙的商铺橱窗染成黄色,这些店铺尽管已经关了门,却还是点着灯,而人们还在观赏着橱窗里的裙装、小棍子上支着的帽子、珠宝首饰。

佩吉心里继续给医院里的朋友讲关于埃莉诺的故事,她说,当我姑姑迪利亚到城里来,我们必须要聚会一次。然后他们就都聚在了一起。他们喜欢聚会。而就她自己而言,她讨厌聚会。她更情愿待在家里或是去电影院。她又说,这是家庭的感觉。说着,她瞥了一眼埃莉诺,仿佛想要再收集一点关于她的东西,好给自己那幅名为《维多利亚时期的老姑娘》的肖像画再添上一笔。埃莉诺正看着窗外,接着她转过头来。

"那个关于小豚鼠的试验——进行得怎么样了?"她

问。佩吉迷惑了。

接着佩吉想了起来，告诉了她。

"明白了，结果什么都没证明。那你只得从头开始了。真是很有意思。现在希望你能给我解释一下……"接下来是困惑她的另一个问题。

佩吉对她医院里的朋友说，她想要得到解释的那些问题，要么就是像二加二等于四那么简单，要么就是非常难，世上没人知道答案。而如果你对她说，"八乘以八等于多少？"——她笑着看着姑姑在窗口的侧影——她就会拍着额头说……埃莉诺再次打断了她的思绪。

"你能来真是太好了。"她说，轻轻拍了拍佩吉的膝头。（佩吉想，我没表现出我讨厌来吗？）

"这是人们见面的一种途径，"埃莉诺接着说，"现在我们都来了——不只是你，我们全部，没人想要错过机会。"

他们继续行驶着。怎么才能把那一点表达准确呢？佩吉想着，想在肖像画上再添一笔。是"多愁善感"？或者恰好相反，那是很好的感觉……很自然……对吗？她摇摇头。我真没用,不知道怎么描述别人,她对医院里的朋友说。太困难了……她不像那样,一点都不像,她想着,手轻轻挥了挥,好像是在擦掉画错了的轮廓。正在这时,医院里的朋友消失了。

她和埃莉诺单独坐在出租车里。他们驶过各种房子。她是在哪儿开始的,我又是在哪儿结束的?她想着……他们继续行驶着。她们是两个大活人,坐车穿过伦敦;两个生命火花被禁锢在两个单独的身体里;这两个被禁锢在两个单独的身体里的生命火花,此时正坐车经过一家电影院。她想着。可什么是此时?我们又是什么?这个谜题太难了,她没法解答。她叹了口气。

"你太年轻了,还感受不到。"埃莉诺说。

"什么?"佩吉微微一惊,问道。

"和别人见面的问题。关于不能错过机会和别人见面。"

"年轻?"佩吉说,"我永远都不可能像你那么年轻!"这回是她拍了拍姑姑的膝头。"心血来潮闲游印度……"她大笑起来。

"哦,印度。现在印度算不上什么。"埃莉诺说,"旅行太简单了。只需要买张票,登上船……可我想在死之前看一看,"她接着说,"看看不一样的东西……"她伸出手在窗外挥舞着。她们正经过政府大楼,办公室什么的。"……另一种文明。比如,西藏。我看过一本书,作者是一个名叫——叫什么来着?"

她停下了,街上的景象转移了她的注意力。"现在的人都不穿好看的衣服了吗?"她说,指着一个头发很漂亮的女孩和一个穿晚礼服的年轻男子。

"是的。"佩吉敷衍地说,看着那涂脂抹粉的脸和鲜艳的围巾,那白色的背心和朝后梳得顺滑的黑发。随便什么都能让埃莉诺分心,随便什么都能吸引她,佩吉想着。

"你年轻的时候很压抑吗?"她大声说,模模糊糊地记起了小时候的一些事。祖父没了手指的地方是发亮的骨节,还有狭长昏暗的客厅。埃莉诺转过头,她有些诧异。

"压抑?"她重复道。她如今很少想着自己了,因此感到诧异。

"哦,我明白你的意思了。"过了一会儿,她说道。一幅画面——另一幅画面——已经浮上了水面。迪利亚在那儿,站在房间正中,哦天哪,天哪!她正说着;一辆二轮出租马车已经停在了隔壁房子门口;而她自己正看着莫里斯——是莫里斯吗?——走到街上去寄一封信……她没作声。我不想回到过去,她想着。我想留在现在。

"他带我们去哪儿?"她说,看着窗外。他们已经到了伦敦的市中心,灯火通明的地方。灯光落在宽阔的人行道上,落在辉煌灿烂点着灯的政府办公处,落在外表苍白古老的教堂上。四处显现着打眼的广告。那边有一瓶啤酒,正倒着酒,然后停下,接着又开始倒酒。他们已经到了剧院区。那儿就是常见的花哨俗艳,令人眼花缭乱。身穿晚礼服的男人女人们走在马路当中。出租车开动着,又停下。她们坐的出租车被堵住了,停在一座雕像下面一动不动,灯光照在惨白的石膏雕像上。

"总是让我想起卫生棉的广告。"佩吉说,瞥了一眼一个身着护士服、伸着手的女人的背影。

埃莉诺感到震惊。像是有一把刀切开了她的皮肤,留下一股不舒服的感觉的涟漪;但她身体里坚实的东西未被触碰到,她过了一会儿才意识到。她觉得佩吉那样想是因为查理,她感到她声音里的苦涩,查理——她的弟弟,一个善良憨厚的男孩,在战争中被杀死了。

"在战争中说过的唯一的好话。"她大声说,读着雕像底座上刻着的字。

"这并没有什么意义。"佩吉尖刻地说。

出租车仍然被堵着,一动也不动。

这阵停顿似乎把她们暴露在某种思绪当中,而她们俩都想将此抛开。

"现在的人都不穿好看的衣服了吗?"埃莉诺说,指着另一个长着漂亮头发、穿着一件鲜艳的长斗篷的女孩和另一个穿晚礼服的年轻男子。

"是的。"佩吉简短地说。

可是为什么你不再感觉过得愉快了呢?埃莉诺心想。佩吉弟弟的死的确令人难过,可她总是发现在两个弟弟中诺斯要有趣得多。出租车在车流中穿梭,拐进了一条后街,现在遇上红灯停下了。"诺斯回来了,真好。"埃莉诺说。

"是的,"佩吉说,"他说我们不谈别的,只谈金钱和政治。"她说。她总是挑他的刺,因为他不是被杀死的那个;可这是不对的,埃莉诺想。

"是吗?"她说,"不过……"一张报纸公告牌,印着大大的黑字,似乎帮她讲完了她的话。他们快到迪利亚住的广场了。她开始摸索着她的钱包。她看了看计程表,上面的数字已经爬得很高了。那司机正在绕远路。

"他会及时走上正路的。"她说。他们正缓缓地绕着广场滑行。她耐心地等着,手里抓着钱包。她看到屋顶上面一片黑暗的天空。太阳已经落下了。这片天空一时之间看起来就像乡村里的原野和森林上空的天空一般宁静。

"他只要拐个弯,就行了。"她说。"我不会泄气的。"她说,车拐了个弯。"旅行,你看,当一个人必须和各色各样的其他人混在一起,在船上,或者是那种必须待的小地方——离开了熟悉的路途——"出租车正滑过一座座房子"你应该去那儿,佩吉。"她说,"你该去旅行,当地人非常美,你知道吗,半个身子裸露着,在月夜下走进河里;就是那边那座房子——"她拍了拍窗户,出租车慢了下来。"我说到哪儿了?我不会泄气的,因为人们那么和善,心地那么善良……所以只要有普通人,像我们一样的普通人……"

出租车在一座灯火通明的房子旁停下。佩吉俯身打开了车门。她跳下车,付了车费。埃莉诺紧跟在她后面。"别,别,佩吉。"她说。

"是我叫的车,我叫的车。"佩吉说。

"可我坚持要付我那一半。"埃莉诺说,打开了她的钱包。

"是埃莉诺。"诺斯说。他放下电话,回到萨拉旁边。她还在上下摇着脚。

"她叫我告诉你去参加迪利亚的聚会。"他说。

"去迪利亚的聚会?为什么要去迪利亚的聚会?"她问。

"因为她们老了,想让你去。"他说,站在她身边俯视着她。

"老埃莉诺,漫游的埃莉诺,眼神疯狂的埃莉诺……"她沉思着,"我去吗,不去,去吗,不去?"她哼着,抬头看着他。"不,"她说,把脚放到了地上,"我不去。"

"你必须去。"他说。她的态度让他恼火——埃莉诺的声音还在耳边。

"我必须去,是吗?"她说,开始倒咖啡。

"那么,"她说,把咖啡递给他,同时拿起那本书,"看书吧,看到我们该走时为止。"

她又蜷起身子,手里握着杯子。

没错,时间还早。不过为什么,他打开书翻着,心想,为什么她不想去?她害怕吗?他猜想着。他看着她蜷缩在椅子上。她的裙子很破旧。他看着书,可根本看不清楚。她还没点灯。

"没灯我看不清。"他说。这条街天黑得很快,房子之间隔得太近。一辆车开过,一道光在天花板上划过。

"要我开灯吗?"她问。

"不用,"他说,"我来背诵点什么。"他开始大声念着他唯一能背得上来的一首诗。在半明半暗中他大声说出这些字,听起来十分优美,他想,也许是因为他们看不清彼此。

念完后,他停下了。

"继续。"她说。

他又开始念。这些字脱口而出,来到房间,就像是实物一般确实存在,坚实而独立;而当她在倾听时,这些字因为和她接触又发生了变化。当他读到第二首诗的最后——

> 社会近乎窘荒粗鲁——
> 此处静享甜美孤独……①

他听到了一个声音。这声音是在诗之中还是之外?他想着。在诗之中,他想,正要继续,她抬起了手。他停下了。他听到门外沉重的脚步声。有人要进来吗?她的眼睛盯着门。

"是那个犹太人。"她喃喃道。

"犹太人?"他说。他们倾听着。他现在听得非常清楚了。有人在拧开水龙头,在对面的房间里洗澡。

"那犹太人在洗澡。"她说。

"那犹太人在洗澡?"他重复道。

---

① 出自英国玄学派诗人安德鲁·马维尔(1621-1678)的《花园遐思》。

"明天浴盆边上就有一圈油。"她说。

"该死的犹太人!"他喊道。想起隔壁的浴盆里有陌生男人身上的一圈油脂,让他感到恶心。

"继续吧……"萨拉说,"社会近乎蛮荒粗鲁,"她重复着最后几句,"此处静享甜美孤独。"

"不。"他说。

他们听着流水的声音。那男人在用海绵擦洗身子,一边咳嗽,清着嗓子。

"这犹太人是谁?"他问。

"亚伯拉罕森,做油脂生意的。"她说。

他们倾听着。

"和裁缝店的一个漂亮女孩订了婚。"她又说。

透过轻薄的墙壁他们能非常清楚地听到声音。

他在用海绵擦拭身子,一边喷着鼻子。

"他还在浴盆里留下了头发。"她最后说。

诺斯觉得全身掠过一阵战栗。食物里的头发、脸盆里的头发,别人的头发让他觉得快吐出来了。

"你和他共用一个浴盆?"他问。

她点点头。

他发出一个声音,像是"呸!"

"'呸!'我就是那么说的。"她大笑起来,"呸!一个寒冷冬天的早晨我走进浴室,呸!"她举起手,"'呸!'"她停了停。

"然后呢——?"他问。

"然后,"她说,抿了口咖啡,"我回到了起居室。早饭已经摆好了。炒鸡蛋,一点烤面包。利迪娅①穿着破衬衫,头发也没梳。无业游民在窗下唱着赞美诗。我对自己说——"她扬起了手,"'被玷污的城市,没有信仰的城市,全是死鱼和破旧煎锅的城市——'我想起了河岸上退潮的时候。"她解释说。

"继续。"他点点头。

"于是我戴上帽子,穿上外套,一腔怒火地冲了出去。"她继续说,"站在桥上,我说:'我就是杂草吗?被一天来两次、没有丝毫意义的潮水冲到这里,又冲到那里?'"

---

① 此处的利迪娅可能是指俄国的芭蕾舞女演员 Lydia Lopokova。

"是吗?"他提示说。

"旁边有人经过,有昂首阔步的,有偷偷摸摸的,有面色苍白的,有眼圈发红的,有戴圆顶礼帽的,不计其数的一支卑恭的打工大军。然后我说:'我必须得加入你们的共谋吗?把手,把干净的手,弄脏,'"她在起居室的半明半暗中挥舞着那只手,他能看见手上的微光,"'受雇于人,服侍主子;全都因为我浴室里的一个犹太人,全都是因为一个犹太人?'"

她坐了起来,她自己说话的声音已经变成了颠簸小跑的节奏,惹得她自己大笑起来。

"继续,继续。"他说。

"但我有一个护身符,一块发光的宝石,一块透明的绿宝石,"她拾起地板上的一个信封,"一封介绍信。我对那个穿着桃红色长裤的仆役说:'让我进去,老兄。'他领着我穿过紫色堆砌的长廊,来到一扇门前,一扇桃花心木的门。我敲了敲门,一个声音说:'进来。'你猜我看到了什么?"她停了停。"一个矮壮的红脸男人。他桌上的花瓶里插了三枝兰花。我想,那花是你太太离开时硬塞进你手里的,汽车开走时将碎石压得嘎嘎响。在壁炉台上还是那张照片——"

"等等!"诺斯打断了她,"你到了一间办公室,"他拍着桌子,"你把介绍信拿了出来,给了谁?"

"哦,给了谁?"她大笑起来,"给了一个穿灯笼裤的男人。'我在牛津时认识了你的父亲。'他说,摆弄着桌上的吸墨纸。吸墨纸的一角印着一个花饰的车轮。你觉得什么是不可解决的问题呢,我看着这个红褐色的男人,问他,他脸刮得很干净,两颊红润,羊肉喂养的——"

"在报社办公室的男人,"诺斯打断了她,"他认识你父亲。然后呢?"

"响起了嗡嗡嗡和咯咯咯的声音,是巨大的机器在运转,小男孩们拿着长条的纸张突然出现,黑色的纸,脏兮兮的,印上的油墨还没干。'请等一会儿。'他说,在纸边上写了点什么。可那浴盆里的犹太人,我说——犹太人……那犹太人——"她突然停下,一口喝完了酒杯里的酒。

是的,他想,有声音了,有姿态了,还有对别人的脸的回忆,然而还有一些真实的东西——也许是在这寂静之中。不过并不寂静。他们能听到犹太人在浴室里重重地踩地板的声音,似乎是他在擦干身体时,重心从一只脚换到另一只脚。一会儿,那犹太人打开了门,他们听到他上了楼。水管开始发出空洞的咕噜声。

"那些有多少是真的?"他问她。她已经陷入了沉默。那些实实在在的字,那些实实在在的字漂浮到了一起,在他脑子里组成了一句话——他觉得那表示她很穷,她必须挣钱糊口,可她刚才讲话时的兴奋,也许是因为喝了酒,却创造出了另一个人,另一个外貌相似的人,必须要将其凝结才能成为一个整体。

房子里这时很安静,只听到浴盆里的水流走的声音。天花板上出现了水纹波动的图案。外面的街灯灯光上下打着转,令对面的房屋显出一种奇特的淡红色。白昼的喧嚣已经消逝,街上不再有手推车被咔哒咔哒地推着。蔬菜贩子、管风琴演奏者、练声的女人、吹长号的男人,全都推走了手推车,拉下了百叶窗,关上了钢琴琴盖。如此宁静,一时间诺斯觉得自己仿佛身在非洲,坐在月夜下的阳台上。但他回过神来。"聚会呢?"他说。他站起身,扔掉了香烟。

他伸了伸身子,看着表。"该走了,"他说,"去准备一下。"他催促她。因为他觉得,参加聚会的话,要是去的时候人们都开始离开了就太荒唐了。聚会这时候应该已经开始了。

"你在说什么——你在说什么,内尔?"佩吉说,想要转移埃莉诺的注意力,免得她一直想着要付她那份车费。她们正站在门口。"普通人——普通人应该做什么?"佩吉问。

埃莉诺还在钱包里摸索着,没有回答。

"不行,那不行,"她说,"来,拿着——"

佩吉推开了她的手,硬币滚落在门阶上。她们俩同时蹲下来捡,头撞到了一起。

"别管了,"埃莉诺说,一枚硬币滚走了,"全是我的错。"女仆打开了门。

"我们在哪儿脱下斗篷?"她问,"在这儿吗?"

她们走进了一楼的一个房间,这里是间办公室,但重新布置了一下,现在可以用作衣帽间。桌上放了一面镜子,镜子前放着装发夹和发梳的托盘。她走到镜子前,草草地打量了一下自己。

"我看着真像个流浪汉!"她说,拿把梳子梳了梳头发。"晒得像个黑鬼!"然后她让开了,等着佩吉。

"我猜这是不是那个房间……"她说。

"哪个房间?"佩吉心不在焉地说。她正在仔细打量自己的脸。

"……我们以前用来开会的。"埃莉诺说。她环顾四周。显然这里还是用作办公室,不过现在墙上挂着房屋中介的广告。

"不知道吉蒂今晚会不会来。"她沉思着。

佩吉正仔细看着镜子里,没有回答。

"她现在不怎么来城里了。只是来参加婚礼、洗礼等等。"埃莉诺接着说。

佩吉正拿着一管什么东西,在嘴唇边上画着。

"突然你碰见一个六英尺两英寸的小伙子,而他就是那个婴孩。"埃莉诺继续说。

佩吉还在全神贯注地整理自己的脸。

"你每次都要重画一遍吗?"埃莉诺说。

"不画的话我就像个鬼。"佩吉说。她觉得自己的嘴唇和眼睛周围看起来太紧绷了。她还从来没有感到过参加聚会这么不在状态。

"哦，你真是太好了……"埃莉诺话没说完。女仆已经拿来了一个六便士。

"现在，佩吉，"她说，递过去那个硬币，"让我来付我那一份。"

"别傻了。"佩吉说，推开了她的手。

"那是我的出租车。"埃莉诺坚持说。佩吉走开了。"因为我讨厌参加那种寒酸的聚会，"埃莉诺继续说，跟着她，还举着那枚硬币，"你不记得你祖父了吗？他总是说：'别为了半个便士的焦油就毁了一条好船。'要是你和他一起去买东西，"她接着说，她们开始爬楼梯了，"'给我看你们最好的东西。'他总是说。"

"我记得他。"佩吉说。

"是吗？"埃莉诺说。要有人记得她父亲，她就会很高兴。"我猜他们把这些房间租出去了。"她又说。她们继续上楼。房间的门都开着。"那是律师的办公室。"她说，看着上面用白漆写着名字的文件柜。

"我明白你说的涂抹——化妆,"她接着说,看了一眼她的侄女,"你看上去很好看,容光焕发。我喜欢年轻人化妆。我自己不行。我会觉得显得很艳俗——俗艳?——怎么说的?你不收的话我拿着这些铜钱怎么办?我该把它们留在楼下我的手袋里的。"她们爬得越来越高了。"我猜他们把所有房间都打开了。"她接着说——她们这时候已经到了有一条红地毯的地方,"以备迪利亚的小房间太挤了——当然了聚会应该还没有开始。我们到早了。所有人都在楼上。我听到他们在说话。来吧。要我先走吗?"

一扇门后面传来含混不清的说话声。一个女仆迎接了她们。

"帕吉特小姐。"埃莉诺说。

"帕吉特小姐!"女仆大声喊道,打开了门。

"要准备走了。"诺斯说。他走过房间,鼓捣着开关。

他碰了碰开关,房间正中的电灯亮了。灯罩已经被取掉了,上面套着一个用发绿的纸卷成的圆锥。

"要准备走了。"他重复道。萨拉没答话。她拉了本书在面前,假装在看书。

"他杀死了国王,"她说,"接下来他该怎么办?"她把手指夹在书页间,抬头看着他;他明白,这是个小把戏,目的是要拖延行动的时间。他也不想去。可是,如果埃莉诺希望他们去——他迟疑了,看着表。

"他接下来该怎么办?"她重复道。

"喜剧,"他简短地说,"对比,"他说,记起了一些读过的东西,"是连续性的唯一形式。"他胡乱加了一句。

"好吧,你接着读。"她说,把书递给他。

他随便翻开一页。

"场景是在大海当中一座岩石密布的岛屿。"他说。他停下了。

通常在读一本书之前,他会先设定场景,让某些东西沉下,让某些东西涌现。大海当中一座岩石密布的岛屿,他心想——那里有绿色的水域、一丛丛银色的草、沙地,远处还有海浪拍打时轻柔的叹息。他张开嘴开始读。突然他身后响起一个声音,有人出现——是在剧中还是在房里?他抬起头来。

"玛吉!"萨拉喊道。她正站在打开的门口,身上穿着晚礼服。

"你们睡着了吗?"她说着,走进了房间,"我们一直在按门铃。"

她站在那儿,愉快地笑着看着他们,好像她叫醒了睡着的人。

"门铃总是坏的,干吗还要费力装门铃呢?"她身后的一个男人说道。

诺斯站起身来。一开始他几乎不记得他们了。他记得上次见他们已经是多年以前了,此时粗粗见到,只觉陌生。

"铃不响,水不流。"他有些笨拙地说,"要不就流个不停。"他又说,因为浴盆里的水还在水管里咕噜咕噜地响着。

"还好门是开着的。"玛吉说。她站在桌边,看着断掉的苹果皮和那盘苍蝇爬过的水果。有些美会枯萎,诺斯想;而有些,他看着她,会随着年纪变得更美。她头发花白,他猜她的孩子们应该已经长大了。可女人们照镜子时为什么会噘起嘴呢?他想知道。她在照着镜子,噘着嘴。接着她穿过房间,在壁炉边的椅子上坐下。

"为什么里尼在哭?"萨拉说。诺斯看着他,他的大鼻子两边有着泪痕。

"因为我们去看了一场很糟糕的剧。"里尼说,"现在想喝点什么。"

萨拉走到橱柜边,叮叮当当地拿起杯子。"你在看书?"里尼说,看着落在地板上的书。

"我们正在大海当中一座岩石密布的岛屿上。"萨拉说,把酒杯放到桌上。里尼开始倒威士忌。

现在我记得他了,诺斯想。他们最后一次见面是在他奔赴战场之前。那是在西敏斯特的一座小房子里。他们都坐在炉火前。一个小孩子在玩着一匹玩具斑点马。他们的幸福让他嫉妒。他们还谈论了科学。里尼还说:"我帮助他们制造炮弹。"他脸上蒙上了一个面具。一个制造炮弹的人,一个爱好和平的人,一个研究科学的人,一个会哭的人……

"停下!"里尼喊着,"停!"萨拉已经把苏打水喷到了桌上。

"你什么时候回来的?"里尼问诺斯,拿起了他的酒杯,还含着眼泪的眼睛盯着他看。

"差不多一周前。"诺斯说。

"你的农场卖掉了?"里尼说。他拿着杯子坐了下来。

"是的,卖掉了。"诺斯说,"我是该留下,还是回去,"他说,端起酒杯放到嘴边,"我不知道。"

"你的农场在哪儿?"里尼说,朝他侧过身子。他们开始谈起了非洲。

玛吉看着他们喝酒、谈话。扭曲的圆锥形纸灯罩上面染着些奇怪的污迹。斑驳的灯光让他们的脸色看起来发绿。里尼鼻子两侧的两条泪痕还是湿的,他的脸上全是痘痘和坑坑;诺斯的脸圆圆的,塌鼻子,嘴唇上方有些发青。她把自己的椅子往前推了推,以便让那两个有关系的脑袋靠在一起。他们俩非常不一样。他们谈论着非洲时,脸上起了变化,就像是皮肤下面的精密网络被触动,身体各部分的重量移到了不同的地方。她身上也窜过一阵紧张,就像是她自己体内的重量也发生了变化。可在这灯光中有些东西让她感到困惑。她环顾四周。肯定是在外面街上有灯在晃眼睛。那灯光上下摇曳,混合着斑驳的圆锥形绿纸灯罩下的电灯光。就是这个……她突然一惊,听到一个声音。

"去非洲?"她说,看着诺斯。

"去迪利亚的派对。"他说,"我在问你去不去……"她刚才没在听。

"等一下……"里尼打断了他们。他伸出一只手,就像警察伸手阻住车流。接着他们继续谈论着非洲。

玛吉在椅子里重新坐好。他们的头后面升起桃花心木椅背的曲线。在椅背的曲线后面是一只波纹图案的酒杯,杯口边缘是红色的,接着后面是壁炉架的笔直线条,上面装饰着黑白小方块,再接着是三支小木杆,顶上插着柔软的黄色羽毛。她的眼光从一样东西移到另一样上面,里里外外地探索、收集着信息,又汇总成一个整体,正当她准备完成对整个图形构造的解构,里尼突然喊道:

"我们得走了——我们得走了!"

他站起身来,推开了面前的威士忌酒杯。他站在那儿就像在指挥一支军队,诺斯想;他的声音如此有力,他的姿势如此威风凛凛。不过这次任务只是要去参加一个老妇人的聚会。诺斯也站起身,开始找他的帽子,他想着,是不是在人们的内心深处总是有什么东西会不合时宜地、意料不到地显露出来,令那些平常的行为、平常的言语,能够足以表现整个人类的意义,因此,在他跟随里尼奔赴迪利亚的聚会时,他会感到仿佛自己正策马奔腾,要横穿一片沙漠,去解救被敌人围困的一个要塞?

他手放在门把上,停下了。萨拉已经从卧室出来了,她已经换好了衣服,现在穿着晚礼服。她身上有一种奇怪的东西——也许是因为穿了晚礼服,让她显得有些疏离?

"我准备好了。"她说,看着他们。

她俯身拾起诺斯掉在地板上的书。

"我们得走了——"她对她姐姐说。

她把书放到桌上,关上书时她忧伤地轻轻拍了拍。

"我们得走了。"她重复道,跟着他们走下了楼梯。

玛吉站起身,她再看了一眼这间廉价的出租屋。陶罐里插着蒲苇,绿色花瓶的瓶口饰着波纹,还有桃花心木椅子。餐桌上摆着水果盘,圆鼓鼓的大苹果靠在有黑斑的黄色香蕉旁边。这是个奇特的组合——圆形的和锥形的,玫瑰红的和黄色的。她关掉了灯。屋里此时几乎全黑了,只有天花板上还有水波状的图案在颤动着。在这幽灵似的渐渐消失的光线中,只可看见轮廓,鬼魅般的苹果、鬼魅般的香蕉,还有一把椅子的幻影。她的眼睛渐渐习惯了黑暗,颜色渐渐回来了,还有物体的质感……她站在那儿看着。突然一个声音响起:

"玛吉!玛吉!"

"我来了!"她喊着,跟着他们下了楼。

"你的名字,小姐?"女仆对佩吉说。佩吉正在埃莉诺背后犹豫不前。

"玛格丽特·帕吉特小姐。"佩吉说。

"玛格丽特·帕吉特小姐!"女仆对着房间里喊道。

房间里发出一阵模糊不清的说话声,在她眼前灯光明亮,迪利亚走上前来。"噢,佩吉!"她喊道,"你能来太好了!"

佩吉进了房间,可她感觉身上如穿了一件铠甲似的,皮肤一阵发冷。她们来得太早了——屋里几乎是空的,只有几个人四处站着,大声说着话,好像是为了显得房间里有很多人。佩吉和迪利亚握了握手,走了进去,心里想,要假装有什么好事马上就要发生。她非常清楚地看到了波斯地毯和雕花壁炉台,但在房间中间有一块地方空着。

在这种特别的情形下有什么窍门吗?她心里想着。仿佛在给病人开处方、记笔记,她又想。把它们装到一个瓶子里,用光滑的绿色盖子盖上,她想。笔记记好,没有烦恼。笔记记好,没有烦恼。她独自站在那儿,心里重复着。迪利亚匆匆从她身边走过。她在说话,但只是在随便说着什么。

"对你们这些住在伦敦的人来说都很好——"她正在说。迪利亚从旁边走过时,佩吉继续想着,要记下人们说的话,麻烦的地方在于他们说的都是些没意义的话……全都是废话。她想着,退到了墙边。这时她父亲进来了。他在门口停了停,抬着头仿佛在找什么人,然后伸着手走了过来。

这是干什么?她想,因为看到父亲穿着有些破旧的鞋,让她突然不自觉地产生一种感觉。突然的一股暖意?她想着,在心里审视着。她看着他走过房间。他的鞋总是对她产生奇怪的影响。一部分关于性,一部分关于同情,她想。

可以称之为"爱"吗?但她强迫自己动了起来。现在既然已经把我自己拽入了这种相当无所谓的状态,她心想,我会勇敢地走过房间,我会走到帕特里克叔叔跟前,他正站在沙发边剔着牙齿,然后我会对他说话——该说什么呢?

当她走过房间时,莫名其妙的一句话突然冒了出来:"那个用短柄斧子切掉自己脚趾的男人怎么样了?"

"那个用短柄斧子切掉自己脚趾的男人怎么样了?"她说,一字不差地按她心里想的说了出来。英俊的老爱尔兰人微微俯下身子——因为他非常高,手拢在耳边——因为他听力有问题。

"短柄斧子?短柄斧子?"他重复道。她笑了。如果思想从一个头脑到另一个头脑需要攀登阶梯的话,那么这阶梯肯定要修得特别矮,她明白。

"我和你们住在一起时,他用短柄斧子切掉了他的脚趾头。"她说。她记得上次和他们一起住在爱尔兰的时候,园丁用短柄斧头砍伤了脚。

"短柄斧子?短柄斧子?"他重复道。他样子很困惑,接着他突然明白了。

"啊,哈切特①!"他说,"亲爱的老彼得·哈切特——是的。"似乎在戈尔韦确实有哈切特这个人,她没有费力去解释这个误会,因为这毕竟对她有利,这牵起了他的话头。他和她肩并肩坐在沙发上,开始给她讲起哈切特一家的故事来。

她想着,一个成年女人,横穿伦敦,来和一个耳背的老人谈论她从没听说过的哈切特一家人,而她本来是打算问问那个被短柄斧头切了脚趾的园丁的情况。可这又有什么关系呢?哈切特还是短柄斧头?她高兴地大笑起来,恰好及时配合上了刚讲的一个笑话,所以还很合适。她想,一个人还是想要有人能和自己一起大笑的。分享好笑的事更增加了这份愉快。痛苦也是一样吗?她沉思着。这就是为什么我们常常谈论病痛——因为分享能减少痛苦?就像把痛苦或欢乐施加给另一个人,传播面积扩大,痛苦或欢乐也就减少了……她的思想稍纵即逝了。他又开始讲起以前的旧事。就像一个人开始调动一匹还能干活,但已经疲

---

① 原文 Hacket 本意是短柄斧子,也是人名。

惫不堪的老马,他柔和地、有条不紊地开始回忆起过去的日子、家里的老狗,随着他进入了状态,旧时的记忆慢慢地立体起来,乡村家庭生活的一个个小小身影渐渐浮现。她半听半想着,恍惚觉得自己仿佛在看着一幅幅褪色的照片,有板球队员们,有某座乡间宅邸的长长阶梯前举办的各种聚会。

她想,有多少人真的在听?这种"分享"其实就类似于一场闹剧。她强迫自己集中注意力。

"啊是的,那些美好的旧时光!"他正说着。他昏灰的眼睛里开始发着光。

她再一次看到一幅画面,男人们穿着长筒橡胶靴,女人们穿着飘逸半裙,站在宽阔的白色台阶上,狗儿们蜷着身子躺在他们脚边。接着他又开口了。

"你有没有听你父亲说过一个叫罗迪·詹金斯的人?如果你沿着马路去的话,他就住在右手边的那座白色小房子里。"他问,"你肯定知道那个故事。"他又说。

"没有。"她说,她眯起眼睛,仿佛在记忆的队列中一个个搜寻,"说说吧。"

他开始讲起了故事。

她想,我还真擅长收集别人的故事。可是什么构成了一个人——(她拢起了手)所谓的界限,对这个我并不擅长。她的姑姑迪利亚在那儿。佩吉看着她在房间里轻快地走动着。我对她又了解多少呢?她穿着带金色圆点的长裙;波浪卷发,以前是红色的,现在是白色;漂亮端庄;衰老憔悴;经历丰富。什么经历呢?她嫁给了帕特里克……帕特里克给她讲着的长故事不断地打破她思维的表层,就像是船桨拍入水面一般,没法安定下来。在那故事里也有一面湖,因为那正是一个关于捕猎野鸭子的故事。

她的姑姑嫁给了帕特里克,她想着,看着他那饱经风霜的脸,上面立着几根毛发。为什么迪利亚会嫁给帕特里克?她想知道。他们是如何经营的——恋爱、生子?他们抚摸着彼此,在一片云烟中得到升华:红色烟雾?他的脸令她想起了醋栗上面带着几根杂毛的红色表皮。可他脸上的纹路没有一条足够清晰,她想,足以解释他们是怎么走到一起,并且有了三个孩子的。那些皱纹来自他的狩猎,来自他的忧虑,因为旧时光已经过去了,他正说着。他们必须得削减开支。

"是的,我们都明白这一点。"她随口说着。她小心翼翼地转了转手腕,好看一眼她手上的表。才过去了十五分钟。屋里陆续来了一些人,都是她不认识的。其中有一个戴着粉色穆斯林头巾的印度人。

"啊,我的这些旧事让你听得无聊了吧。"她姑父说着,摆着头。她觉得他心里不舒服了。

"没有,没有!"她说,感到很不自在。他又开始讲起来,但她觉得这回是出于礼貌。在所有的社交关系中,痛苦肯定是快乐的两倍多,她想。而我是否是例外,是个特别的人?她想着,因为别人似乎都很快乐。是的,她直直地看着面前,又感到嘴唇和眼睛周围的皮肤绷紧了,是因为头一晚照料一个分娩的女人熬到很晚。她想,我是例外,坚强、冷峻,已经是在按部就班,一个医生而已。

在死亡的寒意来临之前,要走出惯常的生活会让人非常不愉快,就像是要去弯折冻硬了的靴子……她侧着头听着。微笑、侧着头,在你感到无聊的时候假装很愉快,这是多么令人痛苦啊,她想着。所有的路,每一条路都令人痛苦,她想着,盯着那个戴粉色穆斯林头巾的印度人。

"那个家伙是谁?"帕特里克问,朝那人的方向点了点头。

"我觉得是埃莉诺的某个印度朋友。"她大声说,想着,唯愿黑暗的慈悲力量能消除敏感神经的外在表现,让我能站起身……一阵沉默。

"我不能再把你留在这儿听我讲旧事了。"帕特里克姑父说。他那饱经风霜、摔断了膝盖的老马,这会儿已经停下了。

"可你得告诉我,老比蒂还开着那家小铺子吗?"她问,"我们过去常在那儿买糖果的那家?"

"可怜的老家伙——"他开始了。他又讲了起来。她所有的病人都这么说,她想。休息——休息——让我休息。怎么才能变得麻木,怎么才能没有感觉,那个生孩子的女人就是这么喊的,让我休息,让我去死。在中世纪,她想,那就是在监狱里,在修道院里;如今,是在化验室里,在做自己的专业;不再活着,不再有感觉;去挣钱,总是挣钱,到了最后,我老了,像匹老马筋疲力尽,不,像头奶牛……

老帕特里克讲的故事已经在她脑子里留下了印象:"……因为那些畜生们再也卖不出去了,"他正说着,"一头也没有。啊,那是朱莉亚·克罗默蒂——"他喊着,朝一个迷人的爱尔兰人挥了挥手,关节松弛的大手。

她被独自留在沙发上坐着。她姑父已经站起身来,伸着两手,走去迎接那个像鸟一样叽叽喳喳地走进来的老妇人。

她被独自留下了。她很高兴自己待着,她不想说话。可是马上就有人在她身边坐下了。是马丁。他在她旁边坐下了。她马上完全改变了态度。

"嗨,马丁!"她真挚地向他打招呼。

"听完老母马的故事了,佩吉?"他说。他指的是老帕特里克总爱给他们讲的那些故事。

"我看起来是不是很闷闷不乐?"她问。

"唔,"他说,看了她一眼,"确实算不上是眉飞色舞。"

"到现在大家都知道他的故事结局了。"她辩解说,看着马丁。他现在喜欢把头发梳得光光的,就像个侍者。他从来没有好好打量过她的脸。他从来没感觉和她在一起非常自在。她是他的医生,她知道他害怕癌症。她必须得让他分心,不去想那些事。她看到有什么症状吗?

"我在猜想他们是怎么结婚的,"她说,"他们爱对方吗?"她随意说了点什么,好转移他的注意力。

"当然他是爱的。"他说。他看着迪利亚。她正站在壁炉边,和那个印度人说话。她仍然十分漂亮,仪态、动作都很好看。

"我们都爱过。"他说,斜眼瞟了瞟佩吉。年轻一代人总是这么严肃。

"哦,那当然。"她笑着说。她喜欢他从一段恋爱到另一段恋爱,永恒的追寻——他勇敢地紧抓住青春飘飞的尾巴,那滑溜溜的尾巴——就算是他也一样,就算是现在也一样。

"可你们呢,"他说,伸直了腿,把裤子拉拉直,"我是说你们这一代——你们错过了很多东西……你们错过了很多。"他重复道。她等着。

"只爱你们的同性。"他说。

他喜欢用那种方式宣称他还年轻,她想,说些自以为很新潮的话。

"我不是那一代人。"她说。

"唔,很好,很好。"他轻声笑着,耸了耸肩膀,朝她旁边瞟了一眼。他对她的私生活知之甚少。但她看起来很严肃,很疲惫。他觉得她工作得太卖命了。

"我走上了正轨,"佩吉说,"正按部就班地生活。埃莉诺今晚这么说的。"

或者换句话说,她是说埃莉诺很"压抑"?二者必居其一。

"埃莉诺是个快乐的老家伙。"他说。"你看!"他指着。

她在那边,穿着红色斗篷,正和那印度人说话。

"刚从印度回来,"他又说,"是从孟加拉得来的礼物,呃?"他说,他指的是那斗篷。

"明年她要去中国。"佩吉说。

"可迪利亚——"她问,迪利亚正从他们旁边经过,"她爱过吗?"(你们那代人说的"恋爱",她心里想。)

他把头从左摇到右,努起了嘴。他总是喜欢开些小玩笑,她记了起来。

"我不知道——我不了解迪利亚,"他说,"那时候有事业,你知道的——那时候她称之为事业。"他的脸皱了起来,"爱尔兰,你知道。帕内尔。听说过一个叫帕内尔的人吗?"他问。

"听过。"佩吉说。

"那爱德华呢?"她又说。他已经进来了,他看上去也非常醒目,特意精心打扮得简单朴素。

"爱德华——是的,"马丁说,"爱德华也爱过。你肯定听过那个老故事了——爱德华和吉蒂?"

"她嫁的那个——叫什么名字?拉斯瓦德?"佩吉低声道,爱德华从他们旁边经过。

"是的,她嫁给了另外那个人——拉斯瓦德。但他爱着她——爱得非常深。"马丁低声说,"可你,"他快速地瞥了她一眼。她身上有什么东西让他发冷。"当然了,你有自己的事业。"他说。他眼睛看着地面。他想起了自己对癌症的恐惧,她猜。他担心她已经注意到了某些症状。

"哦,医生们都很会哄人。"她随便扔出了一句话。

"为什么?现在的人们比以前活得更长了,不是吗?"

他说。"而且也不会死得那么痛苦了。"他又说。

"我们的确学会了一些小窍门。"她承认说。他直盯着眼前,脸上的表情激起了她的同情。

"你会活到八十岁的——如果你想活到八十岁的话。"她说,他看着她。

"当然我全心全意赞成要活到八十岁!"他喊道,"我想去美国,想去看看他们的高楼大厦。我喜欢那种,你知道。我喜欢生活。"他确实是,而且非常喜欢。

他肯定有六十多了,她猜。但他衣着打扮极为得体,看起来就像四十岁的男人,整齐体面,在肯辛顿还有位淡黄色头发的情人。

"我不知道。"她大声说。

"好了,佩吉,好了,"他说,"可别告诉我你不喜欢——罗丝来了。"

罗丝走了过来,她已经变得又矮又胖。

"你难道不想活到八十岁?"他对她说。他不得不把声音提高了两倍。她已经耳聋了。

"想啊,我当然想!"她听明白后说。她面对着他们。

她的头朝后仰成一个很奇怪的角度,佩吉觉得她那样子就像个军人。

"我当然想。"她说,一屁股坐在他们旁边的沙发上。

"啊,但不过——"佩吉开始说。她停下来,她记起来罗丝耳朵聋了,她必须得喊着说话。"你们那时候人们还没有那样把自己当傻瓜。"她喊道,但她怀疑罗丝是否能听见。

"我想见见还会发生些什么事。"罗丝说,"我们生活在一个非常有趣的世界里。"她又说。

"胡说,"马丁打趣她说,"你想活着,"他对着她耳朵大声喊道,"因为你喜欢活着。"

"我可不以此为耻,"她说,"我喜欢我的同类——整体而言。"

"你喜欢的是和他们作对。"他大声喊道。

"你以为到了这个时候你还能惹恼我吗?"她说,拍了拍他的胳膊。

这时候他们就会谈起小时候的事,佩吉想,在后院里爬树,扔东西打别人家的猫。每个人的脑子里都画好了一条线,她想,在这条线上是相同的旧时的言语。一个人的头脑里应该是纵横交错,就像手上的掌纹,她想着,看着自己的手掌。

"她那时候就是个暴脾气。"马丁对佩吉说。

"他们就总是怪我,"罗丝说,"他霸占了教室,我坐哪儿呢?'哦,快跑去育儿房玩吧!'"她挥着手。

"结果她就跑去了浴室,拿刀子划了手腕。"马丁嘲笑着说。

"不,那是厄瑞奇,是关于显微镜那次。"她纠正他说。

他们就像小猫追自己的尾巴,佩吉想着,一圈一圈地绕着圈子。可他们就是喜欢这个,她想,他们来参加聚会就是为了这个。马丁继续调笑着罗丝。

"你的红绶带去哪儿了?"他问。

佩吉记得,那是授予她的某个奖章,奖励她在战争中所做的工作。

"我们有没有面子看看你穿上你的那身盛装军服?"他逗着她。

"这家伙在嫉妒我。"她对佩吉说,"他这辈子一点工作都没做过。"

"我工作啊——我在工作。"马丁坚持说,"我成天坐在办公室里——"

"做些什么?"罗丝说。

他们突然都沉默了。这一轮结束了——兄妹杀。现在他们就只能重提旧事,再重新来一遍了。

"嘿,"马丁说,"我们现在得去完成任务了。"他站起身。他们离开了。

"做些什么?"佩吉重复道,她正穿过房间。"做些什么?"她又问。她觉得自己有些鲁莽,她做的事都不紧要。她走到窗前,猛拉开窗帘。蓝黑色天空上被星星刺出一个个小窟窿。天空上映着一排烟囱管帽。还有星星,神秘莫测、亘古亘今、淡然冷漠——就是这些词,恰当准确。我却感觉不到,她想,看着星星。那么为什么要假装呢?她眯着眼睛看着星星,心想,它们实际上很像一个个冰冷的小铁块。而月亮——它就在那儿——是一个擦得锃亮的餐盘盖子。可她还是没有任何感觉,就算她已经贬低了月亮和星星,将它们比作那些东西。她回转身子,刚好和一个年轻男人碰了个脸对脸,她觉得自己认识他,却想不出他的名字。他眉毛很好看,下巴有些往后缩,脸色苍白。

"你好吗?"她说。他是叫理柯克还是雷柯克?

"我们上次见面,"她说,"是在跑马赛上。"她把他不大协调地和康沃尔原野、石墙、农夫、粗野的小马障碍跳等联系在了一起。

"不,那是保罗。"他说,"我兄弟保罗。"他说得有些尖刻。那么他又是做什么的,竟让他感觉自己要比保罗高人一等?

"你住在伦敦?"她问。

他点点头。

"你是作家?"她贸然想碰碰运气。她记起来在报纸上见过他的名字——可是为什么是个作家,就非要在说"是的"时仰着头?她更喜欢保罗,他样子很健壮;而眼前的这个人面相古怪,紧皱着眉,神经质,固执。

"写诗?"她说。

"是的。"为什么说那个词时就像是一口咬下茎梗尾巴上的一颗樱桃?她想。这时候没人过来,他们只得在墙边的椅子上并排坐下。

"你在办公室里时,都是怎么处理事情的呢?"她说。显然他是个业余诗人。

"我叔叔,"他开口说,"……你见过他吗?"

是的,那是一个不错的普通人,他曾有一次对她非常和善,是和护照有关的事。当然了,虽然她不是那么专心地听着,她还是注意到这小伙子在嘲笑他。那么为什么还要去他的办公室呢?她心想。我们那些人,他正说着……去打猎。她开始心不在焉了。这些她全都听过了。我、我、我——他继续说着。就像是秃鹰的喙在啄着,或者吸尘器在吸着,又或者电话铃声在响着。我,我,我。但他是忍不住的,长着那样一张神经质的自我主义者的脸,她想着,瞥了他一眼。他无法释放自己,无法使自己超脱。他被用铁环紧紧地束缚在那轮子上。他不得不暴露自己,不得不展示自己。可是为什么要让他如愿呢?她想着,而他继续讲着话。我为什么要在乎他这些"我、我、我"?还有他那些诗?那就让我把他甩掉吧,她心想,感觉自己就像一个血被吸干的人,所有的神经中心都发白了。她没有言语。

他注意到她没有应答。她猜他肯定以为她很愚蠢。

"我累了,"她抱歉地说,"我整晚都没睡,"她解释说,"我是个医生——"

当她说出"我"的时候,他脸上的火光熄灭了。这就够了——现在他会离开了,她想。他不能变成"你"——他必须得是"我"。她笑了。因为他站起身来,离开了。

她转过身,站到窗前。可怜的小东西,她想着,那么虚脱憔悴,像钢铁一般冰冷、坚硬、光秃秃的。而我也是一样,她想着,看着天空。天上的星星似乎是杂乱无章的尖刺,除了那边那个,在烟囱管道右边的上空,悬着的幽灵般的轮盘——他们是这么叫它的吗?她想不起那个名字了。我来数一数,她想着,回到她的笔记本上,开始数一、二、三、四……一个声音在她背后喊道:"佩吉!你耳朵有没有发烫?"她回过头。当然了,是迪利亚,用她那种亲切和蔼的方式,模仿着爱尔兰的恭维话:"——你耳朵该发烫了吧,"迪利亚说,一只手放在她肩上,"考虑到他刚才一直说的话——"她指着一个头发花白的男人,"他一直在赞美你、歌颂你。"

佩吉朝她指的方向看去。那边是她的老师、她的导师。是的,她知道他认为她很聪明。她觉得自己也的确聪明。他们都这么说。非常聪明。

"他一直在说——"迪利亚说,但话没说完。

"来帮我打开这扇窗户,"她说,"这里开始热起来了。"

"我来。"佩吉说。她猛拉了一下窗户,但是卡住了,窗户太旧了,窗框也合不上了。

"嘿,佩吉。"有人说着,从她身后走来。是她父亲。他把手放在窗户上,有伤疤的那只手。他推了推,窗户被推上去了。

"谢谢,莫里斯,现在好多了。"迪利亚说,"我正在告诉佩吉,她的耳朵应该在发烫吧。"她又开始了,"'我最有才气的学生!'他就是这么说的,"迪利亚接着说,"我向你保证,我觉得非常骄傲。'她是我的侄女。'我说。他还不知道呢——"

喂,佩吉心想,这才是令人高兴的事呢。这赞扬传到她父亲耳里,让她背脊上的神经似乎都激动起来。每一种情绪刺激了不同的神经。嘲笑刺激大腿,愉悦刺激脊椎,也影响视觉。星星变得柔和起来,微微颤抖着。她父亲放下手时轻轻碰到了她的肩膀,但他们俩都没说话。

"你想把下面也打开吗?"他问。

"不用,这样就行了。"迪利亚说,"屋里开始变热了,"她说,"客人们陆续到了。他们得待在下面的房间里。"她说,"可外面那儿是谁?"她指了指。在房子对面广场栏杆旁边有几个穿晚礼服的人。

"我想我认得其中一个,"莫里斯往外看了看,说,"那是诺斯,不是吗?"

"是的,那是诺斯。"佩吉看着外面,说。

"可他们为什么不进来?"迪利亚说,拍了拍窗户。

"你必须得亲自去那儿看看。"诺斯正说着。他们叫他讲讲印度。他说那儿有山脉和平原,十分寂静,鸟儿歌唱。他停了停,要向人们描述一个他们从未见过的地方,实在是太困难了。接着对面房子的窗帘打开了,三个脑袋出现在窗口。他们看着对面窗口上几个脑袋的轮廓。他们正背对着广场栏杆站着。树木将黑暗的叶影投在他们身上。树木已经成了天空的一部分。不时有一阵微风吹过,它们似乎在微微移动着、晃动着。枝叶间一颗星星在闪烁。四面也很安静,车流的低语已经汇成了远处的嗡嗡声。一只猫偷偷溜过,他们看到那发亮的绿眼睛,只一秒钟,就熄灭了。猫走过灯光照亮的空地,消失了。有人又拍打着窗户,大声喊道:"进来!"

"快来!"里尼说,把手上的雪茄扔进身后的灌木丛里,"快来,我们得走了。"

他们走上楼梯,经过办公室的门口,走过通往房子背后的后院的长落地窗。枝繁叶茂的树木高高低低地伸展着枝条,有的树叶在灯光下显出鲜绿色,有的在阴影里一片昏暗,在微风中上下摇曳着。他们来到了这座房子里私用的部分,那里铺着红地毯,喧闹的谈话声从一扇门后传来,就像那里圈围着一群绵羊。接着音乐声,一支舞曲,飘了出来。

"好了。"玛吉说,在门外停了一会儿。她把他们的姓名报给了仆人。

"你呢,先生?"女仆对落在后面的诺斯说。

"帕吉特上校。"诺斯说,摸了摸领带。

"帕吉特上校!"女仆大声喊道。

迪利亚立即就朝他们迎了过来。"帕吉特上校!"她匆匆穿过房间,大声嚷着。"你能来真是太好了!"她喊道。她胡乱抓起他们的手,又是左手,又是右手的,她自己也是左手右手都用上了。

"我想那就是你们,"她喊着,"站在广场里的。我觉得我能认出里尼——不过对诺斯我不太确定。帕吉特上校!"她拧着他的手,"你还真是个陌生人——不过非常受欢迎!好了,这些人你都认识谁,哪些人你不认识?"

她环顾四周,有些紧张地拉扯着她的披巾。

"让我看看,这边都是你的姑姑姑父、叔叔婶婶们,你的表亲们,还有你们这些儿子女儿们——是的,玛吉,我不久前见到你们那一对璧人了。他们在某个地方……只是我们这一大家子所有不同辈的人都混在了一起,表亲和姑姑,叔叔和兄弟——不过这也许是好事。"

她略显突然地停下了,仿佛那个话题她已经用完了。她拉扯着披巾。

"他们正准备跳舞。"她说,指着正往留声机里换唱片的年轻小伙子。"跳舞还行,"她又说,她指的是留声机,"听音乐不怎么样。"她突然变得天真起来,"我受不了留声机放音乐。不过舞曲的话——就是另外一回事了。而且年轻人——你没发现吗?——必须得跳跳舞。他们该跳没错。你跳不跳,就随你喜不喜欢了。"她挥舞着手。

"是的,随你喜不喜欢。"她丈夫附和着。他站在她旁边,手伸在面前摇晃着,就像旅馆里用来挂衣服的熊。

"随你喜不喜欢。"他重复道,摇晃着爪子。

"帮我移一下桌子,诺斯。"迪利亚说,"如果他们要跳舞的话,就要把这些碍事的东西都移开——把地毯也卷起来。"她把一张桌子推到一旁。接着她走过房间,把一把椅子拉到墙边。

这时一只花瓶被碰倒了,水流到了地毯上。

"别管它,别管它——根本没关系!"迪利亚喊着,就像个轻率鲁莽的爱尔兰女主人。但诺斯俯身把水擦拭干净了。

"那你的手帕该怎么办?"埃莉诺问他。她已经加入他们中间,她的红斗篷飘扬着。

"挂在椅子上晾干。"诺斯说,走开了。

"你呢，萨莉？"埃莉诺说，她退到墙边，因为别人要开始跳舞了。"去跳舞吗？"她问，坐下了。

"我？"萨拉说，打了个哈欠。"我想睡了。"她在埃莉诺旁边的一个靠垫上坐下。

"你是来参加聚会的，不是来睡觉的，对吗？"埃莉诺低眼看着她，大笑起来。她又看到了电话那头的小小场景。但埃莉诺看不到她的脸，只看到她的头顶。

"他和你一起吃饭了，是吗？"埃莉诺问，诺斯正拿着手帕走过。

"你们都谈了些什么？"她问。她看到萨拉坐在椅子边上，脚上下摇晃，鼻子上有一块污渍。

"谈什么？"萨拉说，"谈你，埃莉诺。"她们旁边一直有人经过，擦过她们的膝头，人们开始跳起舞来。这让人觉得有些头昏，埃莉诺觉得，她深陷在椅子里。

"我？"她问，"说我什么？"

"你的生活。"萨拉说。

"我的生活？"埃莉诺重复道。一对对舞伴开始扭动，缓缓地转着圈在她们身旁经过。他们现在跳的是狐步舞，她猜。

我的生活,她心想。真奇怪,这是今晚第二次有人谈起她的生活了。而我并没有什么生活,她想。难道生活不该是你能掌控、能创造的东西吗?七十余年的生活。但我只拥有现在,她想。现在,她是活着的,听着狐步舞曲。她环顾四周。那边是莫里斯、罗丝,爱德华回头和一个她不认识的男人在说话。我是这里唯一一个,她想,还记得那晚他是怎么坐在我的床边,在哭——吉蒂宣布订婚的那晚。是的,过去不断回到眼前。在她身后拖着一段漫长的生活。爱德华在哭,利维太太在说话,雪在下,一朵向日葵的中心裂开了,黄色的公共汽车沿着贝斯沃特路开来。我心想,我是这公共汽车上最年轻的一个,现在我是最年老的……成千上万的事情回到她脑海。一个个原子跳着舞分开又聚拢。但它们是如何构成人们所谓的生活?她紧攥着双手,感觉到手心里她握着的坚硬的硬币。也许在其中有一个"我"①,她想,有一个结,一个中心。她又看到自己坐在桌前,在吸墨纸上画着,戳着小洞,然后画着放

---

① 英文的 life(生活)一词中的字母 i 在英文中是"我"的意思。

射状的轮辐。一件件事、一个个场景，渐次地浮现、消失，后一个抹掉前一个。然后他们还说："我们一直在谈论你！"

"我的生活……"她大声说，但几乎是自言自语。

"嗯？"萨拉说，抬起头来。

埃莉诺停下了。她已经把萨拉给忘了。但是总有人在听着。那么她就得把思路整理清楚，她就得找到合适的言辞。可是不行，她想，我找不到合适的语言，我不能告诉任何人。

"那不是尼古拉斯吗？"她说，看着门口站着的一个高大的男人。

"在哪儿？"萨拉说，但她看错了方向，他已经消失了。也许是她搞错了。我的生活就是别人的生活，埃莉诺想着——我父亲的、莫里斯的、我朋友们的生活，尼古拉斯的……她脑子出现了一次和他谈话的片段。是和他吃午饭或晚饭的时候，她想。那是在餐馆里。柜台上有一个鸟笼，里面有一只粉红色羽毛的鹦鹉。他们就坐在那儿谈着话——那是在战后——谈着将来，谈着教育。她突然记起，他不肯让我付酒钱，虽然是我点的酒……

这时有人在她面前停下了。她抬起头。"我刚好正想着你!"她喊道。

那正是尼古拉斯。

"晚上好,夫人!"他说,用他外国人的方式朝她鞠躬。

"我刚好正想着你!"她重复道。确实,就像是她自己的一部分,沉没的一部分,又浮到了水面。"来坐到我旁边。"她说,拉过来一把椅子。

"你知道坐在我姑姑旁边的那家伙是谁吗?"诺斯对他的舞伴说。那女孩环顾四周,有些茫然。

"我不认识你姑姑,"她说,"这儿我谁都不认识。"

一曲舞结束,他们开始朝门口走去。

"我连女主人都不认识,"她说,"希望你能指给我看是谁。"

"那儿,在那边。"他说。他指着迪利亚,她身着黑色长裙,上面装饰着金光闪闪的饰物。

"哦,是她。"她看着迪利亚,说,"那就是女主人,是吗?"他之前没听清那女孩的名字,而她对他们也是一个都不认识。对此他很高兴。这让他感觉自己变得不同了——这刺激了他。他领着她朝门口走去。他想避开他的亲戚们。他尤其想避开他妹妹佩吉,但她就在那儿,一个人站在门边。他眼睛朝另一边看着,带着舞伴走出了门。外面哪个地方一定有个园子或屋顶什么的,他想,他们可以在那儿单独坐坐。她非常年轻漂亮。

"来吧,"他说,"去楼下。"

"你想起了我什么?"尼古拉斯问,在埃莉诺身边坐下。

她笑了。他穿的晚礼服颇有些不搭,衣服上的标志上刻印着母亲家族的纹章——他母亲是位公主,黝黑的脸上满是皱纹,总令她想起某种皮肤松弛的长毛动物,对别人野蛮,对她却非常和善。可她想起了他的什么呢?她正想着的是整个的他,她无法把他分割成碎片。她记得那餐馆里烟雾弥漫。

"想起我们有一次在苏活区一起吃饭,"她说,"……你记得吗?"

"和你在一起的每个夜晚我都记得,埃莉诺。"他说。可他的匆匆一瞥有些含糊。他的注意力有些分散。他正看着一位刚刚进来的女士,她穿着考究,正背朝书架站着,准备好了应付各种紧急情况。如果我无法描述我自己的生活,埃莉诺想,我又怎么能描述他的生活?因为他到底是怎样的,她并不清楚,她只知道和他在一起的时候他总能带给她欢乐,总是能让她无须苦思冥想,总是能让她的思维轻松活跃。他看着那位女士,而她似乎被他们的注视支撑着,在他们的眼光下摇晃着。突然间埃莉诺觉得这一切都曾经发生过。那晚在餐馆里一个女孩也这样进来了,也是这样站在门口,摇晃着。她清楚地知道他会说些什么。他以前就说过,在那餐馆里。他会说,她就像是鱼贩子的喷泉上的圆球。她正这么想着,他就说了。是不是所有一切都会这样重复,唯有稍稍一丝差别?她想。如果真是这样,是否会有一种规律、一个主题,不断循环,就像音乐一样;一半是记得的、已知的,一半是预知的?……一个庞大的图案,即刻就能被感知?这想法令她欣喜不已:有一种规律存在。可是是谁制造出来的?是谁想到的呢?她的思维游离了。她没办法再想下去了。

"尼古拉斯……"她说。她希望他能把这个想清楚,把她的想法继续下去,把它完整持续地思考下去,让它成为一个完全的美丽的整体。

"告诉我，尼古拉斯……"她开始说，但她不知道该怎么说完这句话，也不知道她到底想让他做什么。他正和萨拉说话。她倾听着。他正在取笑萨拉，他正指着她的脚。

"……来参加聚会，"他正说着，"一只长袜是白色的，一只长袜是蓝色的。"

"英国女王请我喝茶，"萨拉正好和着音乐哼着，"不知该穿哪双长袜；金色还是玫瑰红，所有长袜都有洞，我的长袜，她说。"他们就是这样调情。埃莉诺想着，对他们的调笑和拌嘴似听非听的。又是一英寸的图案，她想着，仍然用着她还未成形的想法来标记着眼前刚刚出现的场景。就算这次调情与以往不同，它仍有其魅力；其中的"爱"也许与过去的爱不同，但更糟，不是吗？不管怎么说，她想，他们都清楚彼此的存在，他们都生活在对方的生活当中，除此之外，还有什么是爱呢？她想着，听着他们的笑语。

"……你能不能别再代表你自己了？"他正说着，"你能不能别再给你自己选长袜了？"

"绝不！绝不！"萨拉正大笑着。

"……因为你没有自己的生活,"他说。"她生活在梦里,"他对埃莉诺说道,"独自一人。"

"教授又在说教布道了。"萨拉嘲笑道,把手放在他膝头。

"萨拉又在唱小曲儿了。"尼古拉斯笑着,按了按她的手。

他们真高兴啊,埃莉诺想,他们在嘲笑彼此。

"告诉我,尼古拉斯……"她又开口道。又一曲舞开始了。一对对男女簇拥着回到了房间。缓慢、专注,脸色严肃,跳舞的人们仿佛在参加某种神秘的仪式,这让他们免除了别的情感。他们开始转着圈,经过他们身边,擦过他们的膝头,几乎要踩到他们的脚趾。突然有人在他们面前停下。

"噢,诺斯来了。"埃莉诺抬头说道。

"诺斯!"尼古拉斯喊道,"诺斯!我们今晚见过了,"他向诺斯伸出手,"在埃莉诺家里。"

"是的。"诺斯热情地说。尼古拉斯使劲捏着他的手指,他感觉到自己的手被放开时,手指才又分开来。这举动情感洋溢，但他很喜欢。他感觉自己也热情满腔。他两眼发着光。他脸上困惑的表情一扫而光。他刚才的冒险结果很不错。那女孩在他的笔记本上写下了自己的名字。"明天六点来找我。"她说。

"晚上好，又见面了，埃莉诺。"他说，握着她的手鞠了一躬，"你看上去青春焕发。你看起来美极了。我喜欢你穿这件衣服。"他说，看着她的印度式斗篷。

"你也是，诺斯。"她说。她抬头看着他，觉得她从没见过他如此英俊、如此活力四射。

"你不去跳舞吗？"她问。音乐正演奏到高潮。

"不去，除非萨莉愿意赏脸。"他说，带着夸张的殷勤向她鞠躬邀请。他怎么了？埃莉诺想。他看起来那么帅气，那么快活。萨莉站起身，她把手伸给了尼古拉斯。

"我和你跳。"她说。他们站了一会儿等着，然后转着圈跳走了。

"真是古怪的一对！"诺斯喊道。他看着他们，脸上挤出一个笑容。"他们都不知道怎么跳舞！"他说。他在埃莉诺旁边刚才尼古拉斯坐过的椅子上坐下。

"他们为什么不结婚?"他问。

"为什么要?"她说。

"噢,每个人都应该结婚。"他说,"我也喜欢他,虽然他有点像个——'暴发户',可以这么说吗?"他说,看着他们有些笨拙地转着圈。

"暴发户?"埃莉诺重复道。

"哦,你说的是他的表链。"她说,看着尼古拉斯的表链上挂着的金海豹,随着他跳舞的动作它上下摇摆着。

"不,他不是暴发户。"她大声说,"他是——"

但诺斯没注意听。他正看着房间远处那头的一对男女。他们正站在壁炉边。两人都很年轻,都没说话,他们似乎被某种强烈的情感控制,就那样定定地站着。他看着他们时,心头突然涌起某种关于他自己、关于他自己的生活的情绪。他为他们,或者说为他自己,另外安排了一幅背景——不是壁炉台和书架,而是咆哮的大瀑布、飞奔的乌云,他们站在峭壁之上,脚下是湍急的奔流……

"婚姻并不适合每个人。"埃莉诺打断了他的思绪。

他吃了一惊。"不,当然不。"他同意。他看着她,她就从未嫁人。为什么不呢？他想知道。为了家庭牺牲，他猜——老祖父没了手指。突然一丝回忆涌入脑海，一个阳台、一支雪茄，还有威廉·沃特尼。她爱过他，难道不是她的悲剧吗？诺斯深情地看着她。此时此刻他感到对所有人的爱。

"终于和你单独在一起了，真幸运，内尔！"他说，把手放在她膝头。

她有些感动，感觉到他的手在膝头让她很高兴。

"亲爱的诺斯！"她喊道。透过她的裙子她能感觉到他的激动，他就像一条被拴在狗链上的狗，神经紧张地全力往前冲着。当他把手放到她膝头的时候，她感觉到了。

"别娶错了人！"她说。

"我吗？"他问，"为什么这么说？"她看到他了吗，他猜想着，他把那女孩带下楼的时候？

"告诉我——"她开始说。既然现在他们单独在一起了，她想问问他，冷静地、理智地问问他有些什么样的计划；但当她开口时，她看到他的脸色变了，显出一种夸张的惊骇。

"米莉!"他喃喃道,"可恶!"

埃莉诺很快回头扫了一眼。她妹妹米莉,身穿装饰繁复、层层叠叠的长裙,倒是适合她的性别和阶层,正向他们走过来。她已经变得又矮又胖。为了遮盖她的体形,她胳膊上搭着带珠饰的薄纱,垂挂下来。她的胳膊非常肥胖,让诺斯想起了芦笋,灰白色的芦笋上粗下细。

"哦,埃莉诺!"她喊道,她还仍然保有残留的一丝妹妹对姐姐如狗一般的忠诚。

"哦,米莉!"埃莉诺说,却不是那么真诚。

"见到你真好,埃莉诺!"米莉说,用老妇人特有的那种咯咯声笑着;可在她的神态中有着某种恭敬,"见到你也是,诺斯!"

她把胖胖的小手伸给他。他注意到戒指深陷在手指上,就像是手上的肉已经把戒指包覆了起来。肉包覆着首饰,令他作呕。

"你又回来了,真是太好了!"她说,缓缓在椅子上坐下。他感觉一切都仿佛被闷住了。是她撒了一张网,将所有东西都罩住了,她让他们全都感觉属于一家人,他不得不思考一下他们之间的共同之处,但这种感觉是不真实的。

"是的,我们住在康妮那里。"她说。他们是来看板球比赛的。

他低垂着头,看着自己的鞋子。

"我还没听你说过你的旅行呢,内尔。"她接着说。它们一个个落下,遮覆了一切;他继续想着,听着她姑姑的一个个小问题如雨滴般湿答答地落下。他仍然处于兴致过高的状态中,因此还能觉得她说的话听起来很悦耳。狼蛛会咬人吗,她正在问他,星星是不是很亮?我明晚将在哪里度过?在他心里提出了另一个问题,他背心口袋里的卡片自己冒了出来,无视目前的环境,甚至抹去了当前的片刻。他们住在康妮那里,她继续说,康妮正等着吉米,吉米要从乌干达回来……他漏掉了几个字,因为他眼前正看到了一座花园、一个房间,接下来他听到的是"腺状肿"——这是个好词,他心想,把这个词从上下文中剥离出来;蜂腰,中间收紧,一个坚硬、闪亮、如金属质感的腹部,用来形容昆虫的外观倒是非常有用——这时一个巨大的身影靠近了,一大块白色背心,黑色衬里,休 · 吉布斯居高临下地站到他们面前。诺斯跳了起来,把自己的椅子让给他坐。

"亲爱的孩子,你不会以为我会坐在那儿吧?"休说,讥笑着诺斯让给他的那把细胳膊细腿儿的椅子。

"你得给我找一把——"他四处张望,两手紧贴在白背心两边,"更真材实料的。"

诺斯拉过来一把填充了软垫的椅子。他小心翼翼地慢慢坐下。

"啾、啾、啾。"他坐下时说道。

诺斯注意到米莉在说:"突、突、突。"

就是这样,三十年的夫妻了,突突突和啾啾啾。听起来就像是畜栏里的牲畜闷声闷气嚼食的声音。突突突、啾啾啾——他们踩踏着牛棚里冒着热气的柔软稻草,他们在荒野沼泽里打滚,繁衍着后代,儿孙满堂,浑浑噩噩,他想着;茫然地听着那愉快的啪哒啪哒的说话声,那声音突然瞄准了他。

"你在考虑什么,诺斯?"他姑父正问着,审视着他。他上上下下打量着,仿佛他是一匹马。

"我们必须得让你定下个日子,"米莉说,"等孩子们都回家后。"

他们在邀请他九月到塔楼去和他们住一段时间,去狩猎幼狐。男人们打猎,女人们——他看着他姑姑,仿佛这会儿就在那把椅子上,她就可能会生出小崽子来——女人们就会分裂成不计其数的小婴儿。这些小婴儿再生出更多婴儿,新生出来的就有了——腺状肿。这个词又出现了,但现在似乎没有什么意义了。他正在下沉,在被他们的重量压着沉下去,他口袋里的名字也渐渐淡去了。什么都无能为力吗?他心想。任何事物都充满了革命,他想。他脑子里出现了战场上的炸药,把沉重的土堆炸飞,泥土被炸得飞起,形成一朵树木形状的云。这些都是瞎掰,他想,战争的瞎掰,瞎掰。萨拉的口头禅"瞎掰"又回来了。还剩下什么呢?佩吉进入了他的视线,她还站在那边,和一个陌生男人说话。你们这些医生,他想,你们这些科学家,为什么不在玻璃杯里倒上一点晶体,一些星星点点的尖锐的东西,然后让他们把它一口吞下?常识、理性,这些星星点点的尖锐的东西。但他们会一口吞下吗?他看着休。

他说着突突突、啾啾啾的时候,脸颊鼓起又瘪下。你会把它一口吞下吗?他无声地问休。

休又转向了他。

"我希望你现在会一直留在英国了,诺斯。"他说,"不过我敢说在那边的生活很不错吧?"

他们的话题就此转向了非洲和工作机会的缺乏。他的愉快慢慢地渗透出来。那卡片也不再散发出一个个场景。湿答答的树叶在落下。一片片落下,遮覆了一切。他喃喃自语,看着他姑姑,除了前额上一块褐斑,她面无血色;头发也黯然失色,除了上面有一块蛋黄般的污迹。总体来看,他觉得她就像一只困乏的梨,柔软,褪了颜色。而休——他的大手放在膝头——就像一块生牛排,被捆得圆圆的。他碰上了埃莉诺的视线,她眼里流露出紧张的情绪。

"是的,他们已经把它毁掉了。"她正说着。

但她声音中的浑厚已经消失了。

"到处都是新建的别墅。"她说。显然她最近才去了多塞特郡。

"路边全是红色小别墅。"她接着说。

"是的,这也让我很吃惊。"他说,振作精神替她解围,"我不在的时候你们是怎么把英国给毁了。"

"不过在我们那儿你不会发现有太多变化,诺斯。"休说,声音里带着自豪。

"没错。不过那是因为我们很幸运,"米莉说,"我们有几处很大的地产。我们非常幸运。"她又说,"除了菲利普斯先生。"她说。她尖声笑了笑。

诺斯一下清醒了过来。她是那个意思,他想。她话中带着的刻薄让她显得真实。不仅她变得真实起来,就连那村庄、大宅子、小屋子、教堂和一圈老树,全都在他面前栩栩如生地出现了。他愿意住在他们那里。

"他是我们的牧师。"休解释说,"有个性,但是个好人。很高,非常高,像个烛台之类的东西。"

"他太太……"米莉说。

这时埃莉诺叹了口气。诺斯看着她,她正昏昏然地睡去了。她脸上是一种呆滞无神、一动不动的表情。一时间她看起来像极了米莉,睡着了让她的相貌显出了整个家族的相似的特征。接着她睁大了眼睛,她努力睁着眼睛,但显然她什么都没看见。

"你必须得过来再熟悉熟悉我们,"休说,"九月的第一个星期怎么样?嗯?"他左右摇晃着,似乎他身体里的慈爱在里面滚来滚去。他就像一头可能马上就要屈膝跪下的老象,可是如果他真的跪下了,他又如何能再次站起来,诺斯心里想着。如果埃莉诺陷入沉睡,打起呼噜,我该怎么做,就这样被留在这儿,坐在这头大象的双膝之间?

他环顾四周,想找个借口离开。

玛吉正走了过来,眼睛看着一旁。他们看到了她。他觉得很想大喊一声:"当心!当心!"因为她已经进入了危险区。那些奇形怪状的形体让它们长长的白色触角飘浮着,为的是能捕获食物,那触角会把她吸过去的。是的,他们看到了她,她没救了。

"玛吉在那儿!"米莉喊着,抬起头来。

"多少年没见过你了!"休说,费劲地想站起身来。

她只得停下来,把她的手放进那只不成形的爪子里。诺斯用尽了身体里残存的最后一丝力气——那是他背心口袋里的那个地址带给他的——站起身来。他要把她带走。

他要把她从家庭生活的污染里拯救出来。

但她没理他。她站在那儿,沉静平和地回应着他们的问候,就好像她配备了应急的全套设备。哦天哪,诺斯心想,她和他们一样糟糕。她呆滞无神,虚伪做作。他们这时候正谈着她的孩子们。

"是的,那就是小宝宝。"她正说着,指着一个正和女伴跳舞的男孩。

"你的女儿呢,玛吉?"米莉问道,四处张望着。

诺斯坐立不安。这就是阴谋,他心想,这就如同蒸汽压路机一般,压平、抹去,滚圆成一模一样,滚成一个个圆球。他倾听着。吉米在乌干达,莉莉在莱斯特郡,我儿子——我女儿……他们在说着。他注意到其实他们并不关心别人的孩子。只关心自己的,自己的财产、自己的血肉,这一切他们会用来自荒野沼泽的利爪全力保卫。他想着,看着米莉的胖胖的小爪子,就连玛吉,她也一样。因为她也在谈论着我儿子、我女儿。如此这般,我们如何能成为文明人?他自问。

埃莉诺打起了呼噜。她打着盹儿睡过去了,真是丢脸又没办法。人在意识不清的时候会有种猥亵的样子,他觉得。她张着嘴,头偏向一旁。

现在轮到他了。寂静已经裂开了。他觉得必须得有人说点什么,添把柴、加把火,否则人类社会就不复存在了。休不复存在,米莉不复存在。他正要动脑筋想说点什么,来填一填这原始巨胃的庞大空间,这时迪利亚,或许是出于女主人总是想搭讪的古怪欲望,也或者是如神助一般受到了人类慈善的激发——到底是哪个,他也说不出来——走过来和他们打招呼。

"拉德比一家人!"她喊着,"拉德比一家人!"

"哪儿?亲爱的拉德比一家!"米莉说着。他们俩慢慢起身,离开了,因为拉德比一家似乎是很少离开诺森伯兰郡的。

"好了,玛吉?"诺斯转头对她说——这时候埃莉诺的嗓子后头发出轻微的咔哒一声。她的头朝前倾斜着。她这会儿睡得很沉,睡梦让她放弃了她的尊贵。她看上去平和、疏离,全然地沉静,这种沉静有时候让睡着的人有着死人般的神情。他们无言地坐了一会儿,只有他们两个,私密的时刻。

"为什么——为什么——为什么——"最后他说,做了个动作,仿佛是正从草地上拔起一块块草皮。

"为什么?"玛吉问,"什么为什么?"

"吉布斯一家。"他咕哝道。他朝他们那边甩了甩头,他们正站在壁炉旁说着话。粗俗、痴肥、不成人形,他们在他看来就像是一部拙劣的模仿作品,一篇改编的滑稽文章,是从里面的人形、里面的热情之火中蔓生的多余无用的东西。

"出什么事了?"他问。她也看着那边,但她什么都没说。一对对跳舞的人慢慢地从他们旁边跳着舞经过。一个女孩停了下来,她无意识地抬手的姿势,有着一种年幼无知的人期待生活的美好的那种认真神情,这神情打动了他。

"为什么——?"他朝那年轻女孩那边伸了伸大拇指,"他们如此可爱的时候——"

她也看着那女孩,女孩正把连衣裙前襟上落下的一朵花别回去。她笑了,没说话。接着她半梦半醒地重复着他的问题,可她的语气却毫无意义:"为什么?"

一时间他有些丧气。他觉得她在拒绝帮助他。而他希望她能帮他。为什么她不能帮他从肩上卸下重担,给他渴望的东西——保证、确信?是因为她和他们一样丑陋畸形?他低头看着她的双手。那是一双有力的手、漂亮的手。他看着那手指微微弯曲,心想,可如果那是关于"我的"孩子们、"我的"财产的问题,那么那就是切开肚腹的一刀,或是咬在柔软喉咙上的一口。我们无法帮助彼此,他想着,我们全都是畸形的。然而,虽然对他而言,要把她从他所归类为的卓越者一类人中移除,确实令人不快,可是她也许是对的,他想,我们这些把别人视作偶像的人,赋予他人——此男或彼女——权利来指引我们的人,只是更增添了这种畸形,辱没了我们自己。

"我要去和他们住一阵子。"他大声说。

"在塔楼?"她问。

"是的,"他说,"为了九月去狩猎幼狐。"

她没在听。她的眼睛看着他。他感觉她在把他和什么别的东西联系在一起。这让他感觉不自在。她看着他,仿佛他不是他,而是别的什么人。他又感到了那种不舒服,就是听到萨莉在电话里描述他时的那种。

"我知道,"他说,脸上的肌肉都绷紧了,"我就像那幅画,一个拿帽子的法国人。"

"拿着帽子?"她问。

"而且正在变胖。"他又说。

"……拿着一顶帽子……谁在拿着帽子?"埃莉诺说,睁开了眼睛。

她迷惑地环顾四周。她最后一点记忆,似乎只是一秒钟之前的事,米莉还在讲着教堂里的蜡烛,从那后,肯定发生了什么事。米莉和休本来在这儿的,现在他们不见了。这里出现了断层——这断层里充满了斜垂着的蜡烛的金色光芒,还有些她说不清的感觉。

她完全清醒了过来。

"你们在说些什么胡话?"她说,"诺斯没有拿着帽子!他也不胖。"她又说,"一点都不胖,一点都不胖。"她重复道,亲切地拍了拍他的膝头。

她感到非常愉快。大多数睡眠都会在人的头脑里留下一些梦境——醒来时还会残留一些片段或人影。但这一觉,这短暂的恍惚——在其中蜡烛斜垂着,变长了——在她心里只留下了一种感觉;只是一种感觉,而不是梦境。

"他没有拿着帽子。"她重复道。

他们俩都笑她。

"你在做梦,埃莉诺。"玛吉说。

"我吗?"她说。在这段谈话中确实有一道深深的鸿沟,这没错。她记不起他们刚才在说些什么了。玛吉在这儿,而米莉和休已经走了。

"只打了个盹儿。"她说,"你准备做些什么,诺斯?有什么计划?"她说,说得有些快。

"我们不能让他再回去了,玛吉。"她说,"不能再回那个可怕的农场了。"

她想要表现得非常务实,一方面是为了证明她没有睡着,一方面是为了保留住心里仍然残留的特别的愉悦感。掩盖起来,不让人察觉到,就能让那感觉长留。她这么以为。

"你已经存够了钱,是吗?"她大声说。

"存够了钱?"他说。他在想,为什么那些睡着了的人醒来后总是想装得非常清醒?"四五千吧。"他随口说道。

"唔,那就够了。"她口气坚决地说,"百分之五,百分之六——"她在脑子里算着账。她转向玛吉求助。"四五千——那是多少,玛吉?足够生活了,对吧?"

"四五千。"玛吉重复道。

"百分之五或六……"埃莉诺说。就算在最好的状态下,她也没法用心算做好加法。可不知为何,她似乎觉得用事实来说话非常重要。她打开手袋,找到了一封信,然后摸出一支短小的铅笔。

"来吧,在这上面算算。"她说。玛吉拿过纸,用铅笔在上面画了几条线,仿佛是在试铅笔。诺斯从她肩头后面看着她。她是要在埃莉诺面前解出这个问题吗——还是她在考虑他的生活、他的需求?不,显然她在画一幅漫画——他看着——画的是一个穿着白色背心的大块头男人的正面。真是胡闹,这令他感觉有点荒唐。

"别犯傻了。"他说。

"那是我哥哥。"她说,朝那个穿白色背心的男人点了点头,"他以前常常带我们去骑大象……"她在背心上加了一个花饰。

"我们都是很明事理的。"埃莉诺说,"如果你想要住在英国,诺斯——如果你想——"

他打断了她。

"我不知道自己想要什么。"他说。

"哦,我明白了!"她说。她大笑起来。愉快的感觉又回到她心里,毫无缘由的欣喜。她觉得他们全都变年轻了,还有未来在等待着他们。一切都还未确定,一切都还是未知,生活在他们眼前免费开放。

"那不是很奇特吗?"她喊道,"不是很古怪吗?这不就是为什么生活是一个永恒的——怎么说来着?——奇迹?……我是说,"她在尽力解释,因为他看起来有些疑惑,"他们说老年是像这样的,可其实不是。是不一样的,非常不同。因此当我还是个孩子,还是个小女孩时,我的生活就是一次永恒的探索。一个奇迹。"她停住了。她又在漫无目的地唠叨了。她觉得在做了梦之后有些头晕。

"佩吉在那儿。"她喊道,很高兴把自己和实实在在的东西联系在了一起,"看她!在看书!"

跳舞开始之后,佩吉被孤零零地留在了书柜旁,她尽量靠近书柜站着。为了掩盖她的孤单,她取下了一本书。书的封面是用绿色皮革装订的,她手里翻着书页时,注意到书上还装饰着镀金的小星星。这倒是很有利,她想着,把书翻了过来,因为如此一来,看起来就好像我在欣赏书的装帧……但我不能站在这儿欣赏书的装帧,她想。她打开了书。它会说出心里所想,她翻开书时这样想到。随意翻开的书总会这样。

"这世界的平庸总是让我惊诧,让我躁动。"[①]她读道。确实如此,非常准确。她继续读下去:"……一切事物的微不足道让我心里充满了厌恶……"她抬起眼睛。他们正踩到了她的脚趾头。"……人类的贫乏将我彻底挫败。"她关上书,放回了书架。

一针见血,她想。

她转了转腕上的手表,偷偷看了看表。时间正在过去。一小时是六十分钟,她心想,两小时就是一百二十分钟。我还必须在这里待多久?现在能走了吗?她看到埃莉诺在

---

① 原文为法语。出自莫泊桑的小说《水上》。

向她招手。她把书放回了书架,朝他们走去。

"过来,佩吉,来和我们说说话。"埃莉诺招手喊着。

"你知道现在几点了吗,埃莉诺?"佩吉边走过来边说。她指了指她的表。"你不觉得该走了吗?"她说。

"我已经忘了时间。"埃莉诺说。

"可你明天会觉得很累的。"佩吉站在她旁边,说。

"真像个医生!"诺斯挖苦她说,"健康!健康!健康!"他喊道,"可健康本身并不是目的。"他说,抬头看着她。

她没理他。

"你打算待到最后吗?"她问埃莉诺,"这要搞一晚上了。"她看着一对对男女迈着舞步,跟着留声机上的音乐旋转着,就像是某种动物在缓慢而强烈的痛苦中死去。

"可我们正玩得高兴呢。"埃莉诺说,"你也玩高兴点。"

她指着她身边的地板。佩吉在她身旁的地板上坐下。停止冥想,停止思考,停止分析,埃莉诺这个意思她明白。享受当前——但可能吗?她想着,坐下时把裙摆在脚边展开。埃莉诺俯身拍了拍她的肩膀。

"我想让你告诉我,"她说,想把她也拉入谈话当中,因为她看上去实在很忧郁,"你是个医生——你知道这些东西——梦意味着什么?"

佩吉笑了起来。又一个埃莉诺问的问题。二加二是不是等于四——还有,宇宙的本质是什么?

"我不是指梦的本身,"埃莉诺接着说,"我指的是感觉——人睡着时产生的感觉。"

"亲爱的内尔,"佩吉说,抬头看了她一眼,"我跟你说过多少次了?医生对人体知之甚少,对头脑更是一无所知。"她又低下了头。

"我总是说他们都是骗子!"诺斯喊道。

"多可惜啊!"埃莉诺说,"我本来希望你能给我解释一下——"她俯下身子。佩吉注意到她脸上起了一层红晕,她有些兴奋,可是有什么好兴奋的?

"解释——什么?"她问。

"哦,没什么。"埃莉诺说。现在我可算让她住了口。佩吉想。

佩吉又看着她。她两眼发亮,两颊潮红,或者只是从印度旅行回来晒黑了?前额有一根小血管冒起。可这会儿有什么好兴奋的?佩吉背靠在墙上。从她在地板上坐着的地方,她能从一个奇特的角度看到人们的脚,脚尖指向这边,指向那边,漆皮的轻便鞋,缎面的舞鞋,丝质长袜和短袜。他们有节奏地、顽强地跳着,跟着狐步舞的曲调。"鸡尾酒和茶如何,他对我说,他对我说——"音乐似乎在一遍遍重复。她头顶上的说话声不断。不连贯的对话,奇特的小片段传到她耳中……在诺福克那儿我兄弟有一艘船……哦,那真是一败涂地,我同意……人们在聚会上都说些无聊的废话。在她旁边玛吉在说话,诺斯在说话,埃莉诺在说话。突然埃莉诺一挥手。

"里尼在那儿!"她说,"里尼,我还没见到他。里尼,我喜欢他……来和我们说说话,里尼。"佩吉的视野里出现了一双便鞋,走过来停在她面前。他在埃莉诺旁边坐下。她刚好能看到他的侧脸,大鼻子,瘦脸。"鸡尾酒和茶如何,他对我说,他对我说。"音乐声机械地响着,一对对男女跳着舞经过。而在她头上那一群坐在椅子上的人在说着话,大笑着。

现在

"我知道你一定会同意我说的话……"埃莉诺正说着。从她半闭的眼睛里,佩吉能看到里尼正朝她转过头来。她看到他的瘦脸,大鼻子;她注意到他的指甲剪得很短。

"那得看你们在说什么了……"他说。

"我们在说什么?"埃莉诺在思考着。佩吉怀疑她已经忘了。

"……在说事情都变好了。"她听到埃莉诺说。

"和你小时候相比?"她觉得这是玛吉的声音。

这时,装饰着一个粉色蝴蝶结的裙摆一角出现了,一个声音打断了他们:"……我不知道是怎么回事,不过我不像以前那么怕热了……"她抬头一看。那长裙上一丝不苟地缝了十五朵粉色蝴蝶结,在那顶上不就是米丽娅姆·帕里什那如圣人、如绵羊般的小脑袋吗?

"我的意思是说,我们自己改变了。"埃莉诺说,"我们更快乐了——我们更自由了——"

她说的"快乐""自由"是什么意思?佩吉心里想着,又靠到了墙上。

"比如说里尼和玛吉。"她听到埃莉诺说。接着埃莉诺停了停,然后继续说,"你记得吗,里尼,空袭的那晚?我第一次见到尼古拉斯的那次……我们坐在地窖里?……下楼时我心里想着,这是一桩幸福婚姻——"她又停了停。"我对自己说,"她接着讲,佩吉看到她的手放在了里尼的膝头,"要是我年轻时认识里尼……"她停下了。她是说她会爱上他吗?佩吉想着。音乐声再次打断了她的思绪……他对我说,他对我说……

"哦,从不……"她听到埃莉诺说,"不会,从来不会……"埃莉诺是在说她从没恋爱过,从来没想要嫁人?佩吉想知道。他们大笑起来。

"为什么不,你看起来就像十八岁少女!"她听到诺斯说。

"我感觉也像!"埃莉诺喊道。但你明天早上就会变成个废人了,佩吉想着,看着她。她脸上潮红,额头上青筋暴起。

"我感觉……"她停下了。她把手放到头边,"感觉我就像在另一个世界!那么愉快!"她喊着。

"说胡话呢,埃莉诺,胡说。"里尼说。

我就知道他会那么说,佩吉想着,心里有种古怪的满足感。她可以看到他的侧脸,他就坐在她姑姑膝头的另一侧。法国人都很讲逻辑、通情达理,她想。不过,她又想,既然埃莉诺喜欢,何不任由她飘飘然呢?

"胡说?你这是什么意思?"埃莉诺问。她身子前倾,举着手,仿佛是想让他说话。

"总是说什么另一个世界,"他说,"为什么不是这个世界?"

"可我指的就是这个世界!"她说,"我是说,在这个世界里快乐,和身边的人们快乐生活。"她挥舞着手,仿佛要拥抱身边这些形形色色的同伴,年轻的、年老的、跳舞的、谈天的,衣服上有粉色蝴蝶结的米丽娅姆,包着穆斯林头巾的印度人。佩吉又后靠到墙上。在这个世界里快乐,她想着,和身边的人们快乐生活!

音乐声停了。往留声机里放唱片的小伙子已经走开了。一对对舞伴分开来,开始往门外挤。他们大概是要去吃东西,他们鱼贯而出,进到后院里,坐到熏黑的硬木椅子上。一直在她脑子里挖着槽沟的音乐声已经停止了。一阵暂歇——一片宁静。她听到远处伦敦夜晚的声响,汽车喇叭声,河面上的汽笛声。远处的声音,暗示着他们所说的另外的世界,那是身处黑暗中心、在夜深时仍辛苦劳累的人们所在的世界,与这个世界毫无关系,却令她不断重复着埃莉诺说的话,在这个世界里快乐,和身边的人们快乐生活。可在一个充满了不幸的世界上,一个人如何才能"快乐"?她问着自己。在每个街角每块公告牌上都写着死亡;或者更糟——暴政、暴行、折磨、文明的倒塌、自由的终结。我们在这儿,她想,只是在一片树叶下避难而已,而这片树叶很快就会被摧毁。而埃莉诺说这世界会变得更加美好,只是因为这成千上万的人当中有两个人"幸福"。她的眼睛紧盯着地板,那儿现在已经空了,仅留下一小片从某个裙摆上撕下来的细棉布。为什么我会注意到一切东西?她想。她动了动身子。为什么我必须要思考?她不想去思考。她希望有像火车车厢里的窗帘那样的东西,能拉下来遮住光线,盖住头脑。就像赶夜车的人拉下来的那种蓝色窗帘,她想着。思想令人受折磨,为什么不能停止思想,随风漂泊,梦想时日?但这世界的不幸,她想,迫使我去思考。或者那只是一种姿态?难道她没发现她对待自己的态度和一个指着自己滴血的心的人的态度一致吗?对那人而言,这世界的不幸就是不幸,而事实上,她想,我并不喜欢我的同类。她又看到洒满红光的人行道,电影院门口拥挤的民众的脸,冷漠、逆来顺受的脸,用廉价的愉悦麻醉自己的人们的脸,他们甚至没用勇气做自己,却不得不盛装打扮、模仿、假扮他人。在这里,在这房间里,她想着,眼睛紧盯着一对舞伴……但我不会去思考,她重复道;她会强迫自己的头脑变得空白,静静地躺下,宽容地接受来临的一切。

她倾听着。头上传来无意义的片段。"海格特区的公寓有浴室。"他们在说着。"……你母亲……迪格比……是的,克罗斯比还活着——"家长里短,飞短流长,他们乐在其中。可我怎么才能乐在其中呢?她问自己。她太累了,眼睛周围的皮肤感觉很紧绷,头上紧箍着一个铁环,她努力想要想象自己离开了这里,去到了昏暗的乡间。可她做不到,他们在大笑着。他们的笑声激怒了她,她睁开了眼睛。

是里尼在笑。他手里拿了一张纸,正仰着头,张大着嘴。

从那大嘴里发出了"哈!哈!哈!"就是那笑声,她心想。那就是人们开心时发出的声音。

她看着他。他的肌肉开始不由自主地抽动。她也忍不住大笑起来。她伸出手,里尼把那张纸递给了她。纸是折起来的,他们在玩什么游戏。每个人都画了同一幅画上的某个部分。顶上是一个女人的头,像是亚历山德拉王后,满头的小卷发;然后是鸟的脖子,老虎的身子,大象的短粗腿,穿着儿童短裤。

"是我画的——我画的!"里尼说,指着象腿,从象腿上牵出一条长长的丝带。她笑啊笑啊笑,完全忍不住。

"就是这张脸曾发动了千艘战舰!"[1]诺斯说,指着那个怪物身体的另一个部位。他们全都又笑了起来。她停下了笑,她的嘴唇放松了下来。但她的笑声已经在她身上产生了某种奇怪的影响。她感到放松,感到了膨胀。她感到,更确切地说,是她看到了不是一个地方,而是一种存在的

---

[1] 出自英国剧作家克里斯托弗·马洛的《浮士德博士的悲剧》,这句形容的是古希腊美女海伦。

状态，在其中有真实的笑声，真实的欢乐，而这个破碎的世界变得完整，完整而且自由。可是她该怎么说出来呢？

"听着……"她开口说。她想要表述某种她感觉非常重要的东西，关于一个人们在其中完整、自由的世界……但他们在笑着，而她很认真。"听着……"她又开口了。

埃莉诺停下了笑。

"佩吉想说点什么。"她说。其他人也停止了说话，但他们停的时机不对。当时机到来，她却无话可说，而又不得不说。

"听着，"她说，"你们都在这儿，谈论着诺斯——"他惊讶地抬头看她。这并不是她本打算说的话，但既然已经开了头，她就必须得说下去。他们都张着嘴看着她，就像鸟儿般张着嘴。"……他该怎么生活，该在哪儿生活，"她接着说，"……可是说这些有什么用，有什么意义呢？"

她看着她哥哥。一种敌意攫住了她。他还笑着，但当她看着他的时候，他的笑容被抚平了。

"有什么用呢？"她面对他说，"你会结婚，会生孩子。接下来呢？会挣钱。写点小书赚点钱……"

她已经搞砸了。她本打算说些不针对个人的话,可她现在说的都是私事。事已如此,她也只得继续挣扎下去。

"你会写一本小书,再写一本小书,"她狠狠地说,"而没有了生活……不一般的,不同的生活。"

她停下了。想象的画面还在那儿,但她没能将其把握住。她只摘取了她本打算说的其中极小一个碎片,而且她把她哥哥惹恼了。然而那东西还悬在她眼前,她看到了却没说出来的东西。她猛地往后一倒,靠在墙上,她感到自己摆脱了某种压迫,她的心怦怦跳着,额头上青筋爆出。她没说出来,但她已经努力过了。现在她可以休息了,她可以想象自己已经离开,到了乡间,在他们的嘲笑的阴影下,那阴影却无力伤害到她。她的眼睛半闭着,她似乎在阳台上,在夜晚,一只猫头鹰忽上忽下地飞过,忽上忽下,它白色的翅膀在昏暗的树篱那边显现,她听到乡间的人们在路上唱歌,还有车轮辘辘的声音。

渐渐地,眼前的模糊变得清晰,她看到对面书架的轮廓,地板上的那一小片细棉布,两只巨大的脚停在她眼前,鞋子很紧,大脚趾的关节都显露了出来。

一时间没人动,也没人说话。佩吉一动不动地坐着。她不想动,也不想说话。她想休息,想靠着,想做梦。她觉得非常疲惫。接着更多脚停在她面前,还有一条黑裙的裙边。

"你们不下来吃晚餐吗?"一个声音轻声咯咯笑着说。她抬起头来。是她姑姑米莉,她丈夫站在她身边。

"晚餐在楼下。"休说,"晚餐在楼下。"他们走开了。

"他们长得真富态啊!"是诺斯的声音,在嘲笑着他们。

"啊,他们对人很好……"埃莉诺反对说。佩吉注意到大家庭的感觉又来了。

接着她靠着当作避风港的膝盖动了动。

"我们得走了。"埃莉诺说。等等,等等,佩吉想哀求她。自己有些话想问她,还想继续刚才的感情爆发,既然没人攻击自己,也没人笑话自己。但没用,她的膝盖已经伸直了,红色斗篷也伸展开来,埃莉诺已经站起身了。她正在找她的手袋或是手帕,她正在椅子靠垫里摸索着。和平日里一样,她又有什么东西找不着了。

"对不起,我是个老糊涂了。"她道歉说。她晃了晃一个靠垫,硬币滚落到地板上。一枚六便士立着滚过了地毯,碰到地板上一双银色鞋子上,翻平了躺着。

"在那儿!"埃莉诺喊道,"在那儿!……那是吉蒂!是吗?"她喊着。

佩吉抬起头来。一个上了年纪的漂亮女人,卷曲的白发,头发里有什么在发光,她正站在门口环顾四周,仿佛她才刚刚进来,正在寻找女主人,而女主人不在。那枚六便士就刚好滚到了她脚边。

"吉蒂!"埃莉诺又喊道,她伸着手朝吉蒂走去。他们全都站起身来。佩吉也站了起来。是的,结束了,她感觉全毁了。有些东西撞了个正着,碎裂了。她感到一种孤寂。接着你得拾起碎片,再做出一个新的东西,一个不同的东西,她想,然后穿过房间,加入那个外国人,那个她称之为布朗的人,他的真实姓名是尼古拉斯·波姆加罗夫斯基。

"那位夫人是谁?"尼古拉斯问她,"她走进这房间的样子仿佛整个世界都属于她。"

"那是吉蒂·拉斯瓦德。"佩吉说。因为吉蒂站在门口,他们也没法出门。

"恐怕我来得实在是太晚了。"他们听到她清晰、命令式的声音在说,"我先去看芭蕾舞去了。"

那是吉蒂,是吗?诺斯心想,看着她。她是那种身体强健、略显男性化的老夫人,令他有些避之不及。他想他记得,她是某个总督的夫人,是印度总督吗?她站在那儿,他仿佛能看到她在主持着总督府的事务。"坐这儿。坐这儿。你,年轻人,我希望你有经常锻炼身体?"他知道这一类人。她的鼻子又短又直,蓝眼睛分得很开。要是在80年代,她一定看起来英气十足,他想着;穿着紧身骑装,戴一顶小帽,上面插一根雄鸡羽毛;也许和一位副官有一段风流韵事,然后安顿下来,变得独断专行,逢人便讲她过去的事迹。他倾听着。

"啊,他可远远比不上尼金斯基!"她正说着。

她就会说这种话,他想。他打量着书架上的书。他拿出一本,上下颠倒地拿着。一本小书,接着另一本小书——脑海里又想起佩吉的讥讽。这些话虽然表面平淡,却深深刺痛了他。她如此激烈地攻击了他,仿佛对他充满了轻视;她当时的样子仿佛突然就要放声大哭。他翻开了那本小书。

拉丁语，是吗？他选了半句话，任它在脑子里游荡。那几个字躺在那里，美丽迷人，却毫无意义，却以某种规律排列着——长夜漫漫无尽头[①]。他记得他的导师说过，把句子最后的长词划出来。这些字飘浮在那儿，当它们正要显现其意义，门口突然出现了一阵骚动。老帕特里克已经慢慢走了过来，殷勤地把手臂伸给了总督的遗孀，他们正庄重地走下楼梯，仿佛在进行一种奇特的古老典礼。其他人开始跟上了他们。年轻一代跟随着年老一代，诺斯心想着，把书放回书架，也跟了上去。只是他注意到他们也不是那么年轻了，佩吉——佩吉的头上有了白头发——她有三十七、三十八岁了吧？

"玩得高兴吗，佩吉？"他们落在了后面，他说。他对她有种隐隐约约的敌意。她对他似乎很尖刻、失望，对所有人都感到不满，尤其是对他。

"你先走，帕特里克。"他们听到拉斯瓦德夫人亲切的声音大声说着，"这些楼梯不大适合……"她顿了顿，

[①] 原文为拉丁文。"nox est perpetuauna dormienda."

移动着很可能患了风湿的腿,"……那些老年人,他们……"她又停了停,因为她又在下另一级楼梯,"一直跪在湿草地上杀鼻涕虫。"

诺斯看着佩吉,笑了起来。他没料到吉蒂到最后说了那么一句话,可那些总督的遗孀们,他觉得她们大多有花园,大都在杀鼻涕虫。佩吉也笑了。但他感到和她在一起不大舒服。她攻击了他,可他们正站在那里,肩并肩。

"你见过老威廉·沃特尼吗?"她对他说。

"没有!"他喊道,"他还活着?那个长着胡须的白色老海象?"

"是的,他就是那样。"她说。门口站着一个穿白色背心的老人。

"老假海龟。"他说。他们不得不找回儿时常说的话,儿时的回忆,来消除他们之间的距离,他们之间的敌意。

"你还记得……"他说。

"吵架的那晚?"她说,"那晚我用一根绳子爬出了窗户。"

"然后我们在罗马营地野餐。"他说。

"要不是那个可恶的小坏蛋告发了我们,我们永远都不会被人发现。"她说着,下了一级楼梯。

"红眼睛的小畜生。"诺斯说。

他们被阻住停下了,肩并肩站着,等着别人先动起来。他们想不出别的话题可说。他记起过去他常常在储藏苹果的阁楼里给她念他写的诗,还有他们在玫瑰花丛旁走来走去时他也念诗给她听。而此时他们对彼此都无话可说。

"佩里。"他说,又下了一级楼梯。他突然记起了那个看到他们在那天早晨回家,然后告发了他们的红眼睛男孩的名字。

"阿尔弗雷德。"她补充说。

她仍然了解他的某些事情,他想,在内心深处他们仍然有着某些共同之处。这就是为什么,他想,为什么她在别人面前说的那些话,说什么"写些小书",会深深伤害他。那是他们的过去在责骂他的现在。他瞥了她一眼。

可恶的女人们,他想,她们那么硬心肠,缺乏想象力。诅咒她们那好打听的小脑瓜子。她们受到的所谓的"教育"都是些什么?只是让她们变得爱挑剔、吹毛求疵。老埃莉诺，就算是唠唠叨叨、腿脚蹒跚，也随时能比得上十来个佩吉。她既非此，亦非彼，他瞥了她一眼，想着，既不时尚也不过时。

她感觉到他在看她，所以看向了一旁。他在挑她身上的刺，她知道。是她的手？她的裙子？不，是因为她责难了他，她想。是的，她走下了又一级楼梯，现在我要被反击了；现在我因为说了他要写些"小书"，要被报复了。她想着，要得到回答，需要十到十五分钟，而且会是个离题万里，却非常令人讨厌的回答，非常令人讨厌，她想。男人的虚荣心不可估量。她等待着。他又看了她一眼。现在他又在比较我和那个女孩了——我看到他和她说话了，她想，他又看到那张可爱坚毅的脸。他会把自己和一个红唇的女孩拴在一起，变成一个苦力。他必须这样，而我不行，她想。不，我总是有一种负罪感。我会为此付出代价，会付出代价的，我一直这么对自己说，就算在罗马营地里时也是如此，她想。她将会无子无女，而他会生出小吉布斯，更多的小吉布斯，她想着，从一间律师办公室看了进去，除非她在年底离开他，去另找一个男人……她注意到律师的名字叫奥德里奇。但我不会再注意那些了,我会学会自己享受生活,她突然想着。她把手放到他胳膊上。

"今晚遇到什么有趣的人了吗?"她说。

他猜她已经看到了他和那个女孩在一起。

"有一个女孩。"他简短地说。

"我看到了。"她说。

她看向了一旁。

"我觉得她很可爱。"她说,仔细打量着楼梯间墙上挂着的一幅变了色的画,画上是一只长嘴鸟。

"要我带她来见见你吗?"他问。

这么说他在乎她的意见,是吗?她的手还放在他胳膊上,她感觉到袖子下面有什么紧张发硬的东西,碰触到他的身体,让她回想到人和人之间的亲密和距离,如果一个人想要帮助另一个受伤的人,其实他们之间是相互依赖的,这感觉让她心里生产一股激烈的情感,她几乎忍不住要大声呼喊。诺斯!诺斯!诺斯!但我不能再犯傻了,她心里想。

"随便哪天晚上六点之后都可以。"她大声说,小心地又下了一级楼梯。这时他们已经到了最下面。

餐厅门后传来了巨大的喧闹声。她把手从他胳膊上伸了回来。门猛地开了。

"勺子!勺子!勺子!"迪利亚大声喊着,夸张地挥舞着手臂,仿佛还在对着里面的人做演讲。她看到了侄儿侄女。"做做好事,诺斯,去拿勺子!"她喊着,朝他们俩伸着手臂。

"为总督的遗孀拿勺子!"诺斯喊着,学着她的说话方式,模仿着她夸张的动作。

"在厨房里,地下室!"迪利亚喊着,朝着厨房楼梯挥着手臂。"来,佩吉,来。"她说,抓着佩吉的手,"我们都坐下准备用餐。"她冲进了他们晚餐的房间。里面满是人。人们坐在地板上、椅子上、办公室的凳子上。长办公桌、小打字桌,都被利用了起来。桌上散乱地摆着花,装饰着花。康乃馨、玫瑰、雏菊,被乱七八糟地扔在那儿。"坐在地板上,哪儿都可以。"迪利亚命令说,混乱地挥着手。

"勺子马上就来。"她对拉斯瓦德夫人说。夫人正从一个杯子里喝汤。

"可我不想要勺子。"吉蒂说。她倾斜着杯子,喝着汤。

"不,你不用,"迪利亚说,"但别人需要。"

诺斯拿来了一堆勺子,她从他手上拿走了。

"谁要勺子,谁不要?"她说,在她面前挥舞着勺子。有人要,有人不要,她这么想。

她这一类人,她觉得,不需要勺子;而其他人——那些英国人——需要。她这辈子都在这样区分着人们。

"要勺子吗?勺子?"她说,略有些满足地看着挤满人的房间。她注意到各色各样的人都聚在了这里。这一直以来都是她的目标,把人们混杂在一起,废除英国人生活中的荒唐传统。今晚她做到了,她想。这里有贵族,也有平民;有衣着光鲜的人,也有粗衣素服的人;有人从杯子里喝汤,也有人等着别人送来勺子,也不顾汤正在变冷。

"我要一把勺子。"她丈夫说,抬头看着她。

她皱起了鼻子。成千上万次了,他再次让她的梦想破灭。她本想嫁给一个狂热的叛逆者,却嫁给了一个最尊敬国王、最尊崇帝权的乡绅,而且也部分地是因为这个原因——因为他到了现在,也还是一个非常杰出的男人形象。"给你姑父一把勺子。"她干巴巴地说,把一堆勺子都给了诺斯。然后她在吉蒂旁边坐下,吉蒂正大口吞着汤,就像个参加学校宴会的孩子。她放下空杯子,放在乱花当中。

"可怜的花。"她说,拿起一支摆在桌布上的康乃馨,咬在嘴里。"它们会死的,迪利亚——它们需要水。"

"如今玫瑰都很便宜,"迪利亚说,"牛津街上的小推车两便士一束。"她说。她拿起一支红玫瑰,伸到灯光下,玫瑰看起来发着光,花瓣半透明的,上面的脉络清晰可见。

"英国真是个富饶的国家!"她说,放下了玫瑰。她拿起杯子。

"我总是这么对你说的,"帕特里克说,擦着嘴,"全世界唯一一个文明国家。"他又说。

"我本来以为我们差不多要搞砸了。"吉蒂说,"倒不是说今晚看起来像是在考文特花园吃晚餐。"她说。

"啊,这倒没说错。"他叹了口气,继续着他自己的思绪,"很抱歉这么说,可和你比起来,我们就是野蛮人。"

"他要把都柏林城堡再夺回来才会开心。"迪利亚嘲笑他说。

"你不喜欢享受自由吗?"吉蒂说,看着这个古怪的老人,他的脸总是让她想起一颗长着毛刺的醋栗。可他的身材倒是非常宏伟。

"在我看来,我们的新自由比我们的旧奴隶制要糟糕得多。"帕特里克说,拿着牙签鼓捣着。

又是政治,金钱和政治,诺斯想。他正拿着最后几把勺子,四处走动着,无意中听到他们说的话。

"你不是想说所有那些努力都是白费气力吧,帕特里克?"吉蒂说。

"自己到爱尔兰来看看吧,夫人。"他冷冷地说。

"要下结论为时尚早——还早着呢。"迪利亚说。

她丈夫的视线投向了她身后,他忧伤无辜的眼神就像一只再也无法去打猎的老猎犬。只是这双眼睛再也无法久久地紧盯着东西。"那个拿着勺子的家伙是谁?"他说,视线停在了诺斯身上。诺斯正站在他们身后,等着。

"诺斯,"迪利亚说,"来坐到我们这儿来,诺斯。"

"晚上好,先生。"帕特里克说。他们已经见过了,但他忘了。

"什么,莫里斯的儿子?"吉蒂说,突然转过身来。

她友善地握了握他的手。他坐下来,吞了一口汤。

"他刚从非洲回来。他在那儿经营一座农场。"迪利亚说。

"这个古老的国家给你什么样的感觉?"帕特里克说,亲切地朝他侧过身去。

"到处是人。"他说,环顾着房间,"而且你们都在谈论金钱和政治。"他补充说。这是他常备的几句话。他已经说过二十遍了。

"你在非洲?"拉斯瓦德夫人说,"为什么放弃了你的农场?"她问道。她盯着他的眼睛,说话的方式在他意料之中,非常居高临下,令他讨厌。关你什么事,老太太?他心想。

"我差不多受够了。"他大声说。

"我愿意付出一切代价去当一个农民!"她喊道。这可有些不合时宜吧,诺斯想。她的眼睛也是,她该戴一副夹鼻眼镜,但她没有。

"可在我年轻时,"她说,有些凶狠——她的手又短又粗,皮肤粗糙,他记得她做花园里的活儿,"这是不允许的。"

"不,"帕特里克说,"我认为,"他接着说,拿叉子敲着桌子,"要是一切能恢复原样,我们会非常非常高兴的。战争给我们带来了什么,嗯?拿我来说,我是被毁了。"他忧郁而忍耐地左右摇着头。

"听你这么说很遗憾,"吉蒂说,"但就我而言,旧时代非常糟糕、邪恶、残酷……"她的眼睛激动得变成了蓝色。

那个副官呢,还有上面插着雄鸡羽毛的帽子?诺斯心想。

"你不同意吗,迪利亚?"吉蒂对她说。

可迪利亚正越过了她,用她那种有些夸张的爱尔兰歌咏腔调,和隔壁桌子的人说着话。我难道不记得这个房间了吗,吉蒂想着,开会、辩论。那是关于什么事?武力……

"亲爱的吉蒂,"帕特里克打断了她的思绪,他的大手拍着她的手,"那正是我的观点的另一个例子。现在这些女士们有了选举权,"他对着诺斯说,"她们过得更好了吗?"

吉蒂一时间样子非常暴躁,接着她笑了。

"我们不会争吵的,老朋友。"她说,轻轻拍了拍他的手。

"爱尔兰人的问题也是一样。"他接着说。诺斯看出来他又要循着老路,回到他那些老生常谈的圈子上去了,就像一匹气喘吁吁的老马。"他们会很高兴重新加入帝国的,我敢打包票。我出生的家庭,"他对诺斯说,"已经效忠国王和祖国,长达三百——"

"英国移民。"迪利亚有些突然地说,又开始喝汤。他们单独在一起时就是吵着这些事,诺斯想。

"我们在这个国家已经定居了三百年。"老帕特里克继续说,踏上了他的老路——他一只手放在诺斯的胳膊上,"对我这样一个老家伙,一个老古董而言——"

"胡扯,帕特里克。"迪利亚插嘴道,"我从没见你这么年轻过。就像五十岁一样,对吧,诺斯?"

帕特里克摇了摇头。

"我连七十岁都不像呢。"他简单地说,"……可对于我这样一个老家伙来讲,"他接着说,拍了拍诺斯的胳膊,"有着这样许多美好的感觉,"他有些含糊地朝墙上钉着的一张标语点了点头,"——还有美好的事物,"他指的也许是那些鲜花,但他说话时他的头不自觉地猛晃着,"这些家伙向彼此开火到底是想要什么?我从不加入什么社团,我也不签署什么像这些——"他指着标语,"你叫这些什么?声明。我就去朋友那儿,迈克,或者是帕特——他们都是我的好朋友,我们——"

他俯下身捏了捏脚。

"老天,这鞋子!"他抱怨道。

"很紧,是吧?"吉蒂说,"脱掉吧。"

为什么把这个可怜的老小孩带到这里来,诺斯想着,还被塞进这双紧巴巴的鞋子里?很显然他是在和他的狗说话。他抬起眼睛,想要回到刚才他一直在说着的话题上去,此时他的眼中有一种眼神,就像是一个猎人看到宽广的绿色池塘上划着半圆飞起的鸟儿。但鸟儿们在射程之外。他记不起他说到那儿了。"……我们围着桌子坐,"他说,"讨论着各种事情。"他的眼神变得温和、空洞,仿佛引擎被断了电,他的大脑在无声地滑行。

"英国人也会讨论事情。"诺斯敷衍地说。帕特里克点点头,茫然地看着一群年轻人。但他对别人说的话其实并不感兴趣。他的头脑再也跟不上他的心跳。他的身体依然漂亮匀称,是他的头脑衰老了。他会把同一件事翻来覆去地讲,说完后,他就会剔着牙齿,坐着盯着眼前。这会儿他就这么坐着,手指间松松地拿着一朵花,他没有看着花,他的思想在滑行——迪利亚打断了他的思绪。

"诺斯得去和他的朋友说说话了。"她说。她就像许许多多的为妻者一样,明白丈夫开始惹人烦了。诺斯想着,站起身来。

"不用等别人介绍,"迪利亚说,挥了挥手,"想做什么就做什么,随意些。"她丈夫也附和着,拿花敲打着桌子。

诺斯很高兴有机会走掉,可他现在能去哪儿呢?他环顾房间,又一次感到自己是个外来者。所有这些人都认识彼此。他们叫着彼此的教名或昵称——他正站在一小群年轻男女的外围。他继续站在外圈,听着,感觉到他们每个人都已经是某个小团体的一员。他想听听他们在说些什么,但又不想把自己牵扯进去。他倾听着。他们正在争论着,政治和金钱,他心想,金钱和政治。这几个字又派上用场了。但他听不懂他们已经是热火朝天的争论。他想,我从没感觉过自己这么孤独。人越多越觉得孤独,这句老话说得没错;在群山里、森林中,令人感觉被包容;在人群中,却令人感觉被排斥。他转过身,假装在看一份地产的详情,地处贝克思希尔,看上去很吸引人,不知为何帕特里克把它称作"声明"。"所有卧室都配有自来水。"他读着。他无意中听到谈话的片段。有牛津的,有哈罗的,他继续听着,辨认出在学校里、大学里学会的那些说话的小花招。在他听来,他们仍然还在开着那些私下里的小玩笑,关于琼斯在跳远比赛中险胜,还有老狐狸——或者是校长的别的名字。听到这些年轻人谈论政治,就像是听到私立学校里的小男孩们说话。"我说得对……你错了。"他想着,在他们这个年纪,他已经去过了战壕,已经见过了杀人。可那算是良好的教育吗?他把重心从一只脚移到另一只。他想着,在他们这个年纪,他已经独自待在一个农场里,管理一群绵羊,最近的白人都在六十英里之外。可那算是良好的教育吗?不管怎么说,听着他们的争论,看着他们的动作，听到他们说的粗话，他觉得他们全都是同一个类型。公立学校和大学，他回头打量着他们。可那些清洁工、管道工、缝纫女工、装卸工，他们又在哪儿呢？他想着，在心里列出了S开头的各种职业的名单。迪利亚对她的胡乱交友那么得意，他想着，扫了一眼那些人，那里却只有贵族先生们和公爵夫人们，还有哪些词是以D开头的？他心里想着，再次细看着那张海报——妓女和懒汉？

他转过身。一个面带稚气的和善男孩正看着他，他鼻子上满是雀斑，穿着平常的便装。要是他不当心的话，他就会也被拉进去的。再没什么比加入社团，比签署帕特里克所说的"声明"更容易的了。但他不相信加入社团、签署声明之类的。他回转身，又回到那个吸引人的住宅，四分之三英亩的花园，卧室里都配有自来水。他想，人们聚在租来的大厅里，假装在读书。有一个人站在讲台上。先是一个握着打气泵把手的动作，接着一个拧湿衣服的动作，然后那个声音，古怪地从那个小身影上分离出来，被扬声器夸张地放大，在大厅里回响轰鸣：公正！自由！于是，一时间，他们膝盖紧贴膝盖，如楔子般挤得紧紧的，一道声波,一阵令人激动的震颤,在皮肤上掠过;到了次日早上——他的眼光再次扫过房屋中介的海报,心想,却没有一点意义,这些想法和词语连一只麻雀都养不活。他们说的公正和自由是什么?他问,所有这些每年挣两三百英镑的善良的年轻人。他觉得有什么不对,在言语和现实之间,有一道鸿沟,有一种错位。如果他们想要改造世界,他想,为什么不从这里开始,从他们的中心开始?他抬起脚,正撞上了一个穿白色背心的老人。

"嗨!"他说,伸出了手。

是他叔叔爱德华。他看起来就像一只身体已经被吃空了的昆虫,只剩下了翅膀、空壳。

"很高兴见到你回来,诺斯。"爱德华说,热情地握着他的手。

"非常高兴。"他重复道。他有些腼腆。他非常瘦,他的脸看起来就像是被各种精细工具雕琢过,就像是在寒夜里被留在户外,整个被冻结了。他仰着头的样子就像是一匹马在咬马嚼子,而他是一匹老马了,蓝眼睛的马,他的马嚼子再也不会令他烦躁。他的举动出于习惯,而非感觉。这些年来他都在做些什么？诺斯想知道。他们站在那儿，打量着彼此。在编辑索福克勒斯的书？如果有一天索福克勒斯已经被编完了，那会怎样？到那时他们又该怎么办，这些被吃空了的只剩下空壳的老人？

"你长结实了。"爱德华说，上下打量着他，"你长结实了。"他重复道。

他的态度中有种微妙的敬意。作为学者的爱德华，在向作为士兵的诺斯致敬。是的，但他们发现要说起话来并不容易。诺斯觉得他的风度中似乎有一种烙印，他终究在这片尘嚣之外还保存了某些东西。

"我们坐下好吗？"爱德华说，好像希望能和他认真地谈些有趣的事。他们四处寻找一个安静的地方。他不曾浪费时间和那些老赤毛猎犬说话，不曾浪费时间举枪射击。诺斯想着，环顾四周，想在房间里找个安静的地方可以坐下来谈话。可只有在埃莉诺那边的角落里，有两个空着的办公室凳子。

她看到了他们，大声喊着。"哦，爱德华在那儿！我想问问……"她开口说。

和校长的面谈竟然被这个冲动、愚蠢的老妇人打搅了,真是种解脱。她伸着手帕。

"我打了个结。"她说。没错,她手帕上有个结。

"我为什么打了个结?"她抬头问道。

"打结是一种值得称赞的好习惯。"爱德华恭敬、简短地说,略有些僵硬地在她身旁的椅子上坐下,"但同时,明智的做法是……"他停下了。这就是我喜欢他的地方,诺斯在另一把椅子上坐下,心想,他总是留半句话不讲完。

"是为了提醒我——"埃莉诺说,手伸到厚厚的白发上。接着她停下了。诺斯偷偷看了一眼爱德华,心想,是什么让他看起来如此平静,如雕像一般,当他带着令人钦佩的平和等着他姐姐记起来为什么自己在手帕上打了个结。在他身上有一种不可更改的东西,他留了半句话不讲完。诺斯觉得他从未让他自己去担心政治和金钱。在他身上有一种封存起来的清楚明了的东西。诗歌和过去,是吗?正当诺斯盯着他的时候,爱德华对他姐姐笑了笑。

"是什么,内尔?"他说。

那是一个平静的笑容,一个隐忍的笑容。

诺斯插了话,因为埃莉诺还在久久思索着打结的原因。"我在好望角遇上了一个极其仰慕你的人,爱德华叔叔。"他说。他突然想起了名字——"阿巴斯诺特。"他说。

"R. K.?"爱德华说。他把手伸到头边,笑了笑。这句恭维令他高兴。他自负、敏感——诺斯偷偷看了他一眼,又添上了另外一个印象——已经定了型。如上了一层光亮的釉面一般,就像那些处在权威地位的人。因为他现在是——是什么?诺斯记不清了,教授?校长?总之是一个对自己有成见的人,因此他无法再保持放松。不过,阿巴斯诺特,R.K.,曾经满怀感情地说过,他对爱德华的感激比对任何人都多。

"他说他对你的感激比对任何人都多。"他大声说。

爱德华对这句恭维没有任何反应,但他很高兴。把手放在头边是他的习惯动作,诺斯记得。埃莉诺叫他"小黑鬼",她还嘲笑他,她喜欢像莫里斯那样的失败者。她坐在那儿,手里拿着手帕,嘲讽地偷偷笑着,她想起了过去的事。

"你有什么打算?"爱德华说,"你该好好放个假。"

在他的态度中有些令人受宠若惊的东西。诺斯觉得,就像是一位校长在欢迎一个获得荣誉的学生回到母校。但他是真诚的,他不会说假话,诺斯想,这也就有些令人担心。他们都没说话。

"迪利亚今晚在这儿召集了很多优秀的人,不是吗?"爱德华对埃莉诺说。他们坐在那儿,看着那些不同的人群。他清澈的蓝眼睛和蔼地打量着这幅场景,眼睛里却有着讥讽。诺斯心想,他在想些什么呢。他觉得在那面具后面有些别的东西。这东西让他与这团混沌格格不入。是过去?是诗歌?他看着爱德华线条分明的侧脸,想着。他的侧脸比自己记忆中的更好看一些。

"我想要重温一下我的古典文学,"他突然说,"倒不是说我对这方面有多熟悉。"因为害怕校长,他又可笑地加了一句。

爱德华似乎没有在听。他正看着眼前这奇特的一片混乱,他扶了扶眼镜,又任它落下。他抬着下巴,脑袋搁在椅背上。人群、喧闹、刀叉碰撞声,都让谈话成了多余。诺斯又偷偷看了他一眼。过去和诗歌,他心想,这些才是我想谈论的东西。他想大声把它说出来。但爱德华太独特太有条理，太过黑白分明、条理清晰，他的头歪着放在椅背上，要问他问题太不容易。

这会儿他正谈着非洲，而诺斯想谈谈过去和诗歌。他想着，那些东西——过去和诗歌——就在那里，被锁在那个漂亮脑袋里，这个脑袋就像一个希腊男孩的头，只是已经头发花白。为什么不把它撬开？为什么不能与人分享？他出了什么问题？诺斯想着，回答着常见的英国聪明人关于非洲和国家状况的问题。为什么他不能随意一些？为什么他不能拉开那块遮羞布？为什么把那些东西全都锁起来，雪藏起来？诺斯觉得因为他是一个教士，一个喜欢装神弄鬼的人；诺斯能感觉到他的冷淡，这个美丽词句的守护人。

爱德华和他说起话来。

"我们得定个日子，"他说，"今年秋天。"他是认真的。

"是的，"诺斯大声说，"我很高兴能……在秋天……"他看到眼前一座房子，爬山虎成荫的房间、缓缓走着的管家、玻璃酒瓶，还有人递上一盒上好的雪茄。

陌生的年轻人端着托盘,给他们送来了各种食物。

"你真是太好了!"埃莉诺说,端起一杯酒。他自己拿了一杯,装的是某种黄色液体。他猜是一种冰汽酒。小气泡不断升起到表面、破裂,他看着气泡升起、破裂。

"那个漂亮女孩是谁?"爱德华侧着脑袋说,"在那边,站在角落里,在和年轻人说话?"

他非常和蔼、温文尔雅。

"他们很可爱,不是吗?"埃莉诺说,"我正在想呢。……每个人看起来都那么年轻。那是玛吉的女儿……那个和吉蒂说话的是谁?"

"那是米德尔顿。"爱德华说,"什么,你不记得他了?你以前一定见过他的。"

他们聊着天,愉快自在地享受着时光。纺织工和小保姆,诺斯想着,在完成一天的工作后舒适地晒着太阳。埃莉诺和爱德华在他们各自的小圈子里,收获着硕果,宽容而自信。

他看着黄色液体里的气泡升起。他觉得对他们而言无可厚非,他们有过风光的时日,而对他不行,对他们这一代不一样。对他而言,生活塑造在喷嘴上(他正看着气泡升起),在弹簧上,在奔涌的喷泉之上;那是另一种生活,别样的生活。没有会堂和让声音回荡的话筒,不是跟随在领袖后面,群集在一起踏步行军,一群群、一队队、一帮帮,锦衣华服。不,从内心开始,让魔鬼显出原形,他想着,看着一个额头俊美、下颌无力的年轻人。没有黑衬衫、绿衬衫、红衬衫——总是在公众的眼光下摆着姿势;那些全是瞎掰。为什么不击倒障碍,让一切变得简单?一个如一整块果冻的世界,巨大的一块,他想,将会变成一个如布丁的世界,一个如白色床单的世界。为了保留诺斯·帕吉特——玛吉嘲笑的这个男人,拿着帽子的法国人——的象征和符号,同时要伸展开去,在人类的意识当中击起一阵崭新的涟漪,那就要成为气泡和水流,水流和气泡,我自己要和这世界合在一起,他举起了酒杯。无须具名,他想,看着那清澈的黄色液体。但我意味着什么,他思考着——在我看来,仪式不可信,宗教已死;我不适合,就像那人所说,不能适合任何地方?他停顿了。手中拿着酒杯,脑中出现了一句话。他想要再造出别的句子。可是如何能够,他想——他看着埃莉诺,她手里拿着一块丝帕坐在那儿——除非我知道在我的生活中,在别人的生活中,什么是实实在在,什么是真实。

"朗科恩的儿子。"埃莉诺突然说,"我公寓门房的儿子。"她解释说。她已经打开了手帕上的结。

"你公寓门房的儿子。"爱德华重复道。他的眼睛就像是冬日里太阳休憩的一片原野,诺斯想着,抬头看着——冬天的太阳,没了热量,却还有一些暗淡的美丽。

"他们叫他看门人。"她说。

"我讨厌那个词!"爱德华说,略有些颤抖,"门房是体面的说法,不是吗?"

"我也是这么说的,"埃莉诺说,"我公寓门房的儿子……对了,他想,他们想让他上大学。所以我就说,如果我能见到你,我就会请你——"

"当然了,当然。"爱德华和善地说。

没关系的,诺斯心想,那不过就是人正常说话声音的音量。当然了,当然,他重复道。

"他想上大学,是吗?"爱德华继续说,"他通过了哪些考试,嗯?"

他通过了哪些考试,嗯?诺斯重复道。他重复了这句话,但具有批评的意味,仿佛他是演员兼评论家,他倾听并且评论。他打量着那稀薄的黄色液体,里面的气泡上升的速度变慢了,一个接着一个。埃莉诺不知道他通过了哪些考试。我在想些什么呢?诺斯问自己。他感到自己仿佛在丛林当中,在黑暗中心,披荆斩棘走向光明,可他手上只有破碎的句子、孤零零的字词,他就要用这些冲破人类的身体、意志和声音构成的荆棘丛林,它们压在他身上,将他捆绑,让他目不能视……他倾听着。

"那好,叫他来见见我吧。"爱德华轻快地说。

"这样的话会不会太麻烦你了,爱德华。"埃莉诺反对说。

"我就是干这个的。"爱德华说。

这个口吻也很恰当,诺斯想。没有包覆着硬硬的甲壳——"盛装"和"甲壳"在他脑子里碰撞,组成了一个毫无意义的新词。我的意思是,他又喝了一口冰汽酒,心想,在底下有泉眼,有甜蜜的坚果。这果实、这泉眼在我们所有人心里都有,爱德华、埃莉诺,所以又何须在表面上饰以盛装?他抬起头来。

一个高大的男人停在他面前。他俯身殷勤地向埃莉诺伸出手去。他不得不弯着腰,因为他的白色背心裹住了一个巨大的圆球。"唉,"他说话的声音柔美甜蜜,和他的大块头实在不相称,"我已经非常满足了。可我明早十点还有个会。"他们在邀请他坐下来聊聊天。他站在他们面前,两只小脚蹦蹦跳跳的。

"别去了!"埃莉诺说,笑着看着他,那笑容就像过去她年轻时对着弟弟的朋友们一样,诺斯想着。那为什么她没有嫁给他们中间的哪一个呢,他想知道。为什么我们要隐藏所有那些重要的事情?他问自己。

"让我的主管们就那么等着吗?要是我有那么重要就好了!"这老朋友说着,突然脚跟点地一转身,就像一只经过训练的大象一样灵活。

"他参加希腊戏剧表演已经是很久以前的事了吧?"爱德华说,"……穿着一件罗马长袍。"他咧嘴笑着加了一句,视线跟着那位铁路巨头圆滚滚的身体敏捷地穿过人群——因为他是个阅历极为丰富的人——走到了门口。

"那是奇普菲尔德,铁路大亨。"他向诺斯解释道,"非常卓越非凡的人。"他接着说,"是一个铁路搬运工的儿子。"他每说一句都停顿一下。"全靠自己一手创业……讨人喜欢的房子……装修精美……大概有两三百亩……有他自己的猎场……请我指导他的阅读……收藏早期绘画大师的作品。"

"收藏早期绘画大师的作品。"诺斯重复道。这些简短灵巧的小句子似乎搭建起了一座宝塔,寥寥几笔却非常精准,其中贯穿了一股奇特的嘲讽的气息,却又带着几抹喜爱。

"赝品,肯定是。"埃莉诺大笑起来。

"唔,那个我们就不用深究了。"爱德华咯咯笑道。接着他们沉默了。宝塔渐渐飘远。奇普菲尔德从门口消失了。

"这酒很好喝。"埃莉诺在他头顶说道。诺斯可以看到她的杯子放在膝上,正在他头的高度。一片薄薄的绿叶漂在表面上。"这个不会醉人吧?"她举起杯子说。

诺斯又拿起了杯子。我上次看着杯子的时候在想着什么?他问自己。他的额头里有东西堵住了,就像是两条思路撞在了一起,阻住了其他思绪通过。他的头脑是一片空白。他把那液体在杯中左右晃动。他正身在一片黑暗森林当中。

"那么,诺斯……"听到自己的名字让他一惊。是爱德华在说话。他急急地说着,"……你想要重温你的古典文学,是吗?"爱德华接着说,"我很高兴听到你么说。那些老家伙们懂得不少,可年轻一代,"他停了停,"……似乎不想要那些东西。"

"真是愚蠢!"埃莉诺说,"那天我在读一本书……你翻译的那本。是哪本呢?"她停下了。她总是记不住这些名字。"讲的是那个女孩她……"

"《安提戈涅》?"爱德华问。

"对!《安提戈涅》!"她喊道,"我心里想,就和你说的一样,爱德华——多么准确,多么美好……"

她停下了,仿佛不敢再继续说了。

爱德华点点头。他没说话。突然他猛地仰起头,说了一句希腊语。

诺斯抬起头来。"翻译一下。"他说。

爱德华摇了摇头,"是语言本身。"他说。

接着他闭了嘴。行不通,诺斯想。他不能说他想说的东西,他害怕。他们全都害怕,怕被嘲笑,怕暴露自己。那名男子也害怕,诺斯想着,看着那个额头俊美、下颌无力的年轻男子,那名男子正在十分有力地打着手势。我们都害怕彼此,他想,怕什么呢?怕被批评,怕被嘲笑,怕与我们想法不同的人……爱德华怕我因为我是个农民(他又看到自己的圆脸、高颧骨和褐色的小眼睛)。我怕他因为他的智慧。诺斯看着那个饱满的前额,发际线已经开始退后了。把我们分开的就是这个,是害怕,他想。

他动了动身子。他想站起来和那人说说话。迪利亚说过:"不用等别人介绍。"可要和一个不认识的人讲话并不容易,还要说:"在我额头当中那个结是什么?把它解开。"因为他已经受够了一个人独自思考。独自思考在他的额头当中打了许多个结,独自思考繁衍出各种画面,愚蠢的画面。那人正要离开。他必须得主动。然而他迟疑着。他感到被排斥又被吸引,被吸引又被排斥。他开始站起身来，可他还没完全站直，有人用叉子重重敲了一下桌子。

一个高大的男人坐在角落里一张桌子旁，正拿叉子敲着桌子。他身子前倾，仿佛想要引起别人的注意，他好像是要发表演说。那是佩吉称之为布朗的那个人，别人叫他尼古拉斯，诺斯不知道他的真名。他可能有些醉了。

"女士们先生们！"他说，"女士们先生们！"他更大声地重复道。

"什么，演讲？"爱德华疑惑地说。他半转着椅子，抬起了眼镜。他的眼镜挂在一根黑丝带上，仿佛是定制的外国货。

人们正拿着盘子和杯子跑来跑去。他们被地板上的靠垫给绊得跌跌撞撞。一个女孩一头朝前冲了过去。

"受伤了吗？"一个年轻男子说，伸手扶住她。

没有，她没受伤。可这么一打岔，演讲吸引住的注意力又被转移了。谈话的嗡嗡声又响了起来，就像苍蝇嗡嗡地聚在白糖上面。尼古拉斯又坐下了。他显然沉浸在了对戒指上的红宝石的冥想之中，或者是对散乱的鲜花，柔软的白花，暗淡半透明的鲜花，盛开着露出了金色花蕊的深红色的花,还有落了花瓣、躺在用过的刀叉中间的花,桌上廉价的平底杯。他突然回过神来。

"女士们先生们!"他开口了。他再次用叉子敲着桌子。一阵短暂的安静。罗丝正慢慢穿过房间。

"要发表演讲吗?"她问,"继续吧,我喜欢听演讲。"她站在他旁边,手拢在耳边,像个军人一样。谈话的嗡嗡声又再次响起。

"安静!"她喊道。她拿起一把餐刀,敲着桌子。

"安静!安静!"她又敲着。

马丁走了过来。

"罗丝在吵吵什么?"他问。

"我在要大家安静!"她说,朝他的脸挥舞着餐刀,"这位先生想要发表演讲!"

但尼古拉斯已经坐了下来,开始泰然自若地看着他的戒指。

"她难道不是一模一样吗,"马丁把手放在罗丝肩上,转头对埃莉诺说,仿佛在确认他说的话,"和骑着帕吉特家族骏马的老帕吉特叔叔一模一样?"

"是的,我很自豪!"罗丝说,朝他的脸挥舞着餐刀,"我为我的家庭自豪,为我的祖国自豪,为……"

"你的性别?"他打断了她。

"是的,"她郑重宣称,"你呢?"她接着说,拍了拍他的肩膀,"为你自己自豪吗?"

"别吵架,孩子们,别吵!"埃莉诺大声说,把她的椅子拉近了一点,"他们总是吵架,"她说,"总是那样……总是那样……"

"她是个可怕的小暴脾气。"马丁说,他在地板上蹲下,抬头看着罗丝,"她头发朝后梳得光光的……"

"……穿着粉色连衣裙。"罗丝说。她突然坐下,手上直直地拿着餐刀,"粉色连衣裙、粉色连衣裙。"她重复道,仿佛这些话令她想起了什么。

"继续你的演讲吧,尼古拉斯。"埃莉诺对他说。他摇了摇头。

"我们还是谈谈粉色连衣裙吧。"他笑着说。

"……在阿伯康排屋的客厅里,我们还小的时候,"罗丝说,"你记得吗?"她看着马丁,马丁点了点头。

"在阿伯康排屋的客厅里……"迪利亚说。她正拿着一大罐冰汽酒,从一张桌子走到另一张桌子。她在他们面前停下。"阿伯康排屋!"她喊着,往一个杯子里斟酒。她猛一仰头,一时间看起来令人惊异的年轻、漂亮、叛逆。

"那就是地狱!"她喊着,"是地狱!"她重复道。

"行了,迪利亚……"马丁反对说。他伸出杯子,等着她斟酒。

"那里是地狱。"她说,她的爱尔兰风度不见了,她说起话来非常简洁。她倒着酒。

"你知道吗,"她看着埃莉诺说,"我去帕丁顿的时候,我总是对车夫说:'绕开那里,走另一条路!'"

"够了……"马丁制止了她,他的杯子满了,"我也讨厌那里……"他说。

这时吉蒂·拉斯瓦德走了过来。她把酒杯伸在面前,仿佛那是个华而不实的饰物。

"马丁又在讨厌什么了?"她面向他说。

一位殷勤的先生推过来一把镀金的小椅子,她坐下了。

"他总是什么都讨厌。"她说,伸出杯子等着斟酒。

"你和我们一起吃饭的那天晚上,又在讨厌些什么呢,马丁?"她问他,"我还记得你把我搞得很生气……"

她对着他笑。他已经长得像天使一般可爱,粉粉的、鼓鼓的,头发往后梳着,像个侍者。

"讨厌?我从不讨厌任何人。"他说。

"我心充满爱,我心充满善意。"他大笑起来,朝她挥了挥杯子。

"胡说,"吉蒂说,"你年轻时讨厌所有东西!"她挥着手,"我的房子……我的朋友……"她轻叹了口气,停下了。她又看见了他们——男人们鱼贯而入,女人们手指轻轻提着裙摆。她现在一个人住,在北部。

"……我敢说我现在过得更好,"她又说,半是自言自语,"只有一个男孩子帮我砍木头。"

一时间没人说话。

"现在让他继续他的演讲吧。"埃莉诺说。

"是的,继续你的演讲!"罗丝说。她再次用餐刀敲着桌子,而尼古拉斯再次准备起身。

"他要演讲?"吉蒂转向爱德华说。爱德华已经把椅子拉到她旁边坐着。

"如今唯一能把演讲当作艺术的地方……"爱德华说。接着他停了停,把椅子拉得更近了些,扶了扶眼镜。"……是在教堂。"他补充道。

这就是为什么我没有嫁给你。吉蒂心想。这声音,这傲慢的声音,带回了那段记忆!半倒着的树,雨正在落下,大学生们在叫喊,钟声在敲响,她和她母亲……

尼古拉斯已经站了起来。他深吸了一口气,衬衫前面鼓胀了起来。他一只手摩挲着表链,一只手伸着,摆出一个演讲的姿势。

"女士们先生们!"他又开始了,"谨代表所有享受今晚时光的人……"

"大声点!大声点!"站在窗户边的年轻人们喊着。

("他是个外国人?"吉蒂低声问埃莉诺。)

"……谨代表所有享受今晚时光的人们,"他更大声地重复道,"感谢我们的男主人和女主人……"

"噢,别感谢我!"迪利亚举着空罐子匆匆从他们旁边擦身而过。

演讲再次瓦解了。他一定是个外国人,吉蒂心想,因为他完全没有自我意识。他站在那儿,举着酒杯笑着。

"继续,继续,"她敦促他,"别管他们。"她兴致正高,想要听一场演讲。在聚会上演讲是一件好事。能给他们带来一点刺激,给他们一个完美结束。她用杯子敲着桌子。

"你真是太好了,"迪利亚说,想从他身边挤出一条路,但他手已经抓住了她的胳膊,"但别感谢我。"

"可是迪利亚,"他规劝地说,仍然抓着她,"这不是你想要的,却是我们想要的。而且非常合适,"他继续说,挥舞着手,"当我们的心中充满了感激……"

现在他说到正题了,吉蒂想。我敢说他还是有点像一个演讲家。大多数外国人都是。

"……当我们的心中充满了感激。"他重复道,伸着一个手指。

"为什么?"一个声音突然说。

尼古拉斯又停下了。

("那个黑黑的人是谁?"吉蒂小声问埃莉诺,"我一晚上都在猜。"

现在

"里尼。"埃莉诺低声说。"里尼。"她重复道。)

"为什么?"尼古拉斯说,"那正是我要告诉你们的……"他停下来,深吸了一口气,他的背心再次鼓胀了起来。他的眼睛发着光,他的身上似乎隐藏着丰厚的仁慈。这时一个脑袋从桌边冒了出来,一只手一扫,抓起一把花瓣,一个声音喊道:

"红色的罗丝,带刺的罗丝,勇敢的罗丝,黄褐色的罗丝!"花瓣被撒了下来,像一把扇子一样,落在了正坐在椅子边上的矮胖老妇人身上。她惊诧地抬头看时,花瓣已经落到她身上,落在她身体上突出的地方,她拍了拍,将它们扫落。"谢谢你!谢谢你!"她喊道。接着她拿起一枝花,开始使劲在桌边拍打起来。"我想听演讲!"她说,看着尼古拉斯。

"不,不,"他说,"现在不是演讲的好时候。"他又坐下了。

"那我们喝酒吧。"马丁说。他举起了杯。"骑着帕吉特家族骏马的帕吉特!"他说,"我向她敬酒!"他砰的一声把杯子放到桌上。

"哦,如果你是为健康祝酒的话,"吉蒂说,"我也喝一口。罗丝,祝你健康。罗丝是个好人。"她说,举起了杯。"但罗丝错了,"她接着说,"武力总是错的——你同意吗,爱德华?"她拍了拍他的膝盖。我已经忘了战争,她半是自言自语地咕哝道。"不过,"她大声说,"罗丝有坚持自己信仰的勇气。罗丝为此进了监狱。我敬她一杯!"她喝了酒。

"也敬你,吉蒂。"罗丝说,向她鞠躬。

"她打碎了他的窗户,"马丁嘲笑她说,"然后她又帮助他打碎了别人的窗户。你的奖章在哪儿,罗丝?"

"在壁炉台上的一个纸盒里,"罗丝说,"到这个时候了你是不会惹火我的,老兄。"

"我希望你刚才让尼古拉斯完成了他的演讲。"埃莉诺说。

从头顶的天花板上,传来另一首舞曲的前奏,听起来闷闷的、很遥远。年轻人们匆匆喝光杯子里剩下的酒,起身开始往楼上走。很快楼上的地板上就传来了沉重的、有节奏的脚步声。

现在

"又一曲舞开始了?"埃莉诺说。是一首华尔兹。"我们年轻时,"她看着吉蒂说,"我们常常跳舞……"那曲调似乎跟上了她说的话,而且不断重复——在我年轻时常常跳舞——我常常跳舞……

"我那时候真是讨厌跳舞!"吉蒂说,看着她的手指,又短又痛。"现在多好啊,"她说,"再也不年轻了!再也不用去在意别人是怎么想的!现在能想怎么活就怎么活,"她接着说,"……反正已经七十岁了。"

她停下了。她扬起了眉毛,似乎想起了什么。"真可惜,人不能再活一次。"她说。但她没说完。

"我们到底还能不能听演讲了,先生——"她看着尼古拉斯说,她不知道他的名字。他正坐着,慈祥地看着眼前,手在花瓣堆里划动着。

"有什么用呢?"他说,"没人想听。"他们听着楼上的踏步声,听着音乐声不断重复,埃莉诺觉得听起来像是:"当我年轻时我常常跳舞,当我年轻时男人们都爱我……"

"我想要听演讲!"吉蒂用那种命令式的口吻说道。

没错,她想要什么东西——能带来一点刺激,带来一个结束的东西——她也不知道是什么东西。但不是过去——不是回忆。是现在,是将来,这就是她想要的东西。

"佩吉在那儿!"埃莉诺说,四处环顾。她正坐在一张桌子边上,在吃一个火腿三明治。

"过来,佩吉!"她大声喊,"来和我们说说话!"

"来为年轻一代代言,佩吉!"拉斯瓦德夫人说,握了握她的手。

"可我不是年轻一代,"佩吉说,"而且我已经发言了。"她说,"在楼上时我像个傻瓜一样。"她说,在埃莉诺脚边的地板上坐下。

"那诺斯……"埃莉诺说,低头看着诺斯头发分开的地方,诺斯正坐在她身边的地板上。

"是的,诺斯,"佩吉说,从她姑姑的膝头上方看向了他,"诺斯说我们只会谈论金钱和政治。"她又说,"你告诉我们该怎么做。"他吃了一惊。他被音乐声和说话声搞得头昏脑闷,已经开始打瞌睡了。我们该怎么做?他醒了过来,问自己。我们该怎么做?

他猛地坐了起来。他看到佩吉的脸正看着他。她此时正在笑着,脸上洋溢着快乐,让他想起了画上祖母的脸。但他看着她,感觉就像刚才在楼上看到她的脸——深红色,皱皱巴巴——就像是马上就要放声大哭。真实的是她的脸,而不是她说的话。但他回想起的只是她说的话——要活得不一样——不一样。他沉默了。这需要勇气,他心想,要说真话需要勇气。她正听着。老人们已经开始闲聊起他们自己的事了。

"……那是个不错的小房子,"吉蒂正在说,"以前是个老疯婆子住在那儿……你得来和我住一住,内尔。到春天……"

佩吉从火腿三明治上方看着他。

"你说的话没错,"他脱口而出,"……非常正确。"是她的言下之意非常正确,他纠正了自己的话;是她的感觉,而不是她说的话。此时他感觉到了她的感觉,不是关于他,而是关于其他人,关于另一个世界,一个崭新的世界……

老姑姑们、叔叔们正在他头顶上闲聊着。

"我在牛津时非常喜欢的那个男人叫什么名字?"拉斯瓦德夫人正在说。他能看到她银色的身影朝爱德华侧着。

"你在牛津喜欢的人?"爱德华说,"我以为你在牛津从没喜欢过任何人……"他们大笑起来。

佩吉正在等着,她在看着他。他又看到杯子里的气泡在升起,他又感到额头上打结的地方的紧压感。他希望有什么人,无限智慧、善良,能为他着想,对他负责。但那个发际线退后的年轻人已经不见了。

"……过不同的生活……不一样。"他重复道。这些是她说过的话,这些话不能完全契合他想表达的意思,他却不得不用它们。现在我也把自己当成傻瓜了,他想,一阵不舒服的感觉掠过他的脊背,就像一把刀将它切开了,他斜靠在墙上。

"是的,是罗伯森!"拉斯瓦德夫人喊道。她那喇叭般的声音在他头上响起。

"人真能忘事啊!"她接着说,"当然了——罗伯森。就是他的名字。还有我以前喜欢的那个女孩——内莉?那个女孩想当个医生。"

"她死了,我想。"爱德华说。

"死了,是吗——死了——"拉斯瓦德夫人说。她好一会儿没作声。"唔,我希望你能演讲。"她转而看着诺斯说。

他缩了缩身子。我再也不要演讲了,他想。他手里还拿着杯子,杯子还装着半满的浅黄色液体。气泡已经不再升起了。酒液清澈平静。平静而孤独,他心想,寂静而孤独……这是如今头脑能保持自由的唯一条件。

寂静而孤独,他重复道,寂静而孤独。他的眼睛半闭着。他感到疲倦,感到头晕;人们在说着话,说着。他想要把自己抽离,让自己变得普通,想象自己躺在一片蓝色平原上一块广袤的空间里,地平线的边缘是绵绵的群山。他伸直了腿。那里有绵羊正在吃草,缓缓地咬断了草叶,迈出一条僵硬的腿,接着是另一条腿。还有喋喋不休地说话声——喋喋不休。他听不懂它们在说些什么。他半睁着的眼睛看到拿着花的手——瘦削的手,漂亮的手;可那些手不属于任何人。那些手拿着的是花吗?还是山脉?蓝色的山脉、紫色的阴影?花瓣落了下来。粉色、黄色、白色的花瓣落下,紫色的阴影。它们落下,落下,遮覆了一切,他喃喃自语。还有一个酒杯的底座,一个餐盘的边缘,一碗水。那些手不断地摘下一朵又一朵花,一朵白玫瑰、一朵黄玫瑰、一朵花瓣上有紫色凹纹的玫瑰花。它们挂在那儿,<u>重重叠叠、五颜六色</u>,从碗边上垂了下来。花瓣落下。它们躺在那儿,紫色的、黄色的,河上的轻舟、小船。他在一艘船上、在一片花瓣上,漂流、浮动,沿着一条河漂进了寂静、漂进了孤独……这是最痛苦的折磨,那些话回到他脑海,就像有声音在说出这些话,说人类会制造痛苦……

"醒醒,诺斯……我们想听你演讲!"一个声音打断了他的思绪。吉蒂红通通的漂亮脸蛋在他头顶上看着他。

"玛吉!"他喊道,打起了精神。是她坐在那儿,正把花儿放进水里。"是的,该轮到玛吉发言了。"尼古拉斯说,把手放到她膝头。

"演讲,演讲!"里尼鼓动她。

但她摇了摇头。她大笑起来,浑身发颤。她大笑着,仰着头,仿佛是被身外的某种和悦的情绪掌控,让她前仰后合,就像一棵树被风吹得东摇西摆,诺斯想着。不要偶像,

不要偶像,不要偶像。她的笑声鸣响,仿佛那树上挂满了不计其数的铃铛,他也大笑起来。

笑声停歇了。楼上的地板传来踏步、跳舞的声音。河面上响起了汽笛声。远处一辆货车冲过街头。有一阵声音的急响和震颤,似乎有什么东西被释放,就好像一天的生活即将开始,这就是迎接伦敦的黎明的合唱、呼喊、嗵啾和骚动。

吉蒂转向了尼古拉斯。

"你的演讲本来打算讲什么,先生……恐怕我还不知道你的名字?"她说。

"……被打断了的那个?"

"我的演讲?"他笑了起来,"本来会成为一个奇迹!"他说,"一个杰作!可是总是被打断,演讲又怎么能进行下去呢?我开始说,让我们致谢。迪利亚就说,别感谢我。我又开始说,让我们感谢某某人……然后里尼就说,为了什么?我又开始说,看——埃莉诺睡着了。"(他指着她。)"所以说有什么用呢?"

"哦,但一定有什么用的——"吉蒂说。

她仍然想要某种东西——某种终结、某种刺激——是什么她不知道。有些晚了,她得离开了。

"告诉我,私底下说说,你本来打算说些什么,先生——"她问他。

"我打算说些什么?我打算说——"他停下来,伸直了手臂,十指相碰。

"首先我打算感谢我们的男女主人。然后我打算感谢这座房子——"他抬起手朝着房间里挥了一圈,屋里挂着房屋中介的海报,"这房子为恋爱的人们、创作的人们、善心的男女们遮风避雨。最后——"他拿起酒杯,"我打算感谢人类。人类,"他把酒杯举到唇边,接着说,"正处于婴儿期,祝愿它成长成熟!女士们先生们!"他喊着,挺起身子,背心鼓胀起来,"我举杯祝愿!"

他砰的一声把酒杯放在桌上。杯子碎了。

"那是今晚碎掉的第十三个酒杯了!"迪利亚说,走了过来,在他们面前停下,"但别在意,别在意。这些酒杯不值几个钱。"

"什么不值几个钱?"埃莉诺咕哝道。她半睁开眼睛。可她在哪儿？在哪个房间？是这不计其数的房间中的哪一个？总是有房间，总是有人。总是从最早最早的时候开始……她合上手，握住手上的硬币，她心中再次充溢着愉悦。这愉悦是因为敏锐的感觉又回来了（她醒了过来），而那实实在在的东西——她看到一只被墨水腐蚀的海象——已经消失了？她睁大了眼睛。她在这儿，活生生的，在这房间里，与活人在一起。她看到所有的脑袋围成一圈。刚开始她分不清谁是谁，接着她认出了他们。那是罗丝，那是马丁，那是莫里斯。他头顶上几乎没什么头发了，脸上有种奇怪的苍白。

她环顾四周，发现所有人脸上都有一种奇怪的苍白。电灯散发着亮光，桌布看上去更白了。诺斯的脑袋——他正坐在她脚边的地板上——罩着一圈白光。他的衬衣前襟有些褶皱。

他坐在爱德华脚边的地板上，双手抱膝。他不停地动着，抬头看着爱德华，似乎在请求着什么。

"爱德华叔叔，"她听到他说，"告诉我……"

他就像一个要大人讲故事的小孩。

"告诉我,"他重复道,又动了动,"你是个学者,现在给我讲讲古典文学。埃斯库洛斯,索福克勒斯,品达。"

爱德华俯身看着他。

"还有合唱。"诺斯又是一动。她朝他们侧过身去。"合唱——"诺斯重复道。

"亲爱的孩子,"她看到爱德华慈祥地笑着看着他,听到他说,"别问我。我从来不是这方面的专家。不是,要是我按自己想法来的话——"他停了停,手按在额头上,"我本该是……"一阵大笑淹没了他说的话。她听不清最后几个字。他说的什么——他想成为什么?她已经错过了他说的话。

必须有另一种生活,她再次陷坐在椅子里,恼火地想着。不是在梦里,而是此时此刻,就在这房间里,和活生生的人在一起。她感觉自己仿佛立在峭壁之上,头发被吹得朝后飘飞,她正要伸手抓住从她身边逃脱的什么东西。必须要有另外一种生活,此时此刻,她重复道。这生活太短暂、太破碎。我们一无所知,甚至不了解我们自己。她想,我们才刚刚开始了解,一切的一切。她的手在膝头合拢,就像罗丝把手拢在耳边。她合拢着双手,她感到自己想要围住此时此刻,把它留住,用过去、现在、将来把它充满,越来越满,直到它发出亮光、完整、明亮,带着深刻的理解。

"爱德华。"她开口说,想要引起他的注意。但他没听到,他正在告诉诺斯某件大学旧事。没用的,她想,分开了两只手。它必须要下降,必须要下落。然后呢?她想。对她而言,这也将是无尽的黑夜、无尽的黑暗。她看着面前,仿佛看到眼前打开一条长长的黑暗隧道。一想到黑暗,她感到有些迷惑;事实上天已经渐渐亮了。窗帘已经发白。

房间里一阵骚动。

爱德华转向了她。

"他们是谁?"他指着门口,问她。

她望了过去,门口站着两个孩子。迪利亚手扶着他们的肩膀,仿佛在鼓励他们。她把他们领到桌边,让他们吃点东西。他们看上去手足无措。

埃莉诺看了看他们的手、他们的衣服,还有耳朵的形状。"我敢说那是看门人的孩子。"她说。是的,迪利亚正在为他们切蛋糕,如果是她朋友的孩子的话,她切下的蛋糕块不会有那么大。孩子们拿着蛋糕,古怪地紧盯着他们,好像很凶狠似的。也许他们不过是害怕,因为她把他们从地下室带了上来,带到了客厅。

"吃吧!"迪利亚说,轻轻拍了拍他们。

他们开始慢慢地吃起来,严肃地注视着周围。

"嗨,孩子们!"马丁喊道,朝他们招招手。他们严肃地盯着他。

"你们没名字吗?"他说。他们继续无声地吃着。他开始在口袋里摸索起来。

"说话!"他说,"说话呀!"

"年轻一代,"佩吉说,"不打算说话。"

他们的目光转到了她身上,他们继续吃着。"明天没课吗?"她说。他们摇了摇头。

"好哇!"马丁说。他手里拿着硬币,两根指头捏着。"现在——唱一首歌得六便士!"他说。

"对呀,你们在学校里没学点什么吗?"佩吉说。

他们盯着她,仍然没说话。他们已经停止吃东西了。他们成了一小群人的中心。他们的眼光扫过这群大人,然

后他们俩都推了推对方,大声唱着:

> Etho passo tanno hai,
>
> Fai donk to tu do,
>
> Mai to, kai to, lai to see
>
> Toh dom to tuh do —

听起来就是那样。没有一个字听得清。扭曲的声音忽高忽低,仿佛在跟随着曲调。他们停下了。

他们背着手站着。接着突然,他们开始唱起了第二段:

> Fanno to par, etto to mar,
>
> Timin tudo, tido,
>
> Foll to gar in, mitno to par,
>
> Eido, teido, meido —

他们第二段比第一段唱得更激烈。节奏似乎也摇摆起来,不知所云的字词挤撞在一起,几乎成了一种尖叫。大人们不知该笑还是该哭。他们的声音那么刺耳,腔调如此可怖。

他们大声喊着:

Chree to gay ei,

Geeray didax ...

接着他们停下了,似乎正在一段旋律当中。他们站在那儿,咧嘴笑着,无声地看着地板。没人知道该说什么。他们发出的噪音中有些可怕的东西,尖利、刺耳,毫无意义。老帕特里克缓缓走了过来。

"啊,非常好,非常好。谢谢你们,亲爱的孩子们。"他和蔼地说,鼓捣着牙签。孩子们咧嘴笑着看他。接着他们突然动身离开了。他们从马丁身边侧身而过时,他把硬币塞进了他们手里。然后他们向门口冲去。

"可他们唱的到底是什么?"休·吉布斯说,"我得承认,我一个字都没听懂。"他的双手贴在白色背心两侧。

"我觉得是考克尼口音。"帕特里克说,"学校里就是这么教他们的,你知道。"

"可那是……"埃莉诺开口说。她停下了。是什么?他们站在那里时,显得那么庄严,可他们发出的是那么可怕的噪音。他们的脸蛋和声音之间的反差是如此惊人,完全无法找到一个词来形容整个情形。"美丽?"她对着玛吉,质询地问。

"非常特别。"玛吉说。

可埃莉诺觉得他们想的大概不是同一样东西。

她收好了手套、手袋和两三个铜板,站起身来。房间里洒满了古怪的暗淡的光。所有东西似乎都从沉睡中醒来,脱掉了伪装,开始披上日常生活的清醒。整间房子正在准备好作为一个房屋中介的办公室投入使用。桌子变成了办公桌,桌腿变成了办公桌腿,不过桌上仍然散落着盘子、杯子、玫瑰花、百合和康乃馨。

"该走了。"她说,穿过了房间。迪利亚已经走到了窗前。她猛地拉开了窗帘。

"啊,黎明!"她戏剧性地喊道。

广场对面房屋的轮廓已经显现了出来。窗帘还都关着,他们似乎还在清晨的灰蒙蒙中熟睡着。

"黎明!"尼古拉斯说,站起身来,伸了伸懒腰。他也走到窗前,里尼跟着他。

"现在该结束了。"他说,和尼古拉斯一起站在窗前,"黎明——新的一天——"

他指着树木、屋顶、天空。

"不,"尼古拉斯说,合上了窗帘,"你错了,不会有什么结束——没有结束!"他喊着,伸出胳膊,"因为没有人演讲。"

"可黎明已经来临。"里尼说,指着天空。

这是真的,太阳已经升起。烟囱之间的天空看起来特别蓝。

"我要上床睡觉了。"尼古拉斯停了一会儿说。他转身离开了。

"萨拉在哪儿?"他说,环顾四周。她正在一个角落里,蜷着身子,头靠在桌上,熟睡着。

"把你妹妹叫醒,玛戈达莱娜。"他对玛吉说。玛吉看着她,接着从桌上拿玛一枝花朝她扔了过去。她半睁开眼睛。"该走了。"玛吉碰了碰她的肩膀,说。"到时间了?"她叹了口气。她打了个哈欠,伸了伸懒腰。她紧盯着尼古拉斯,似乎要把他拉回她的视线。接着她笑了起来。

"尼古拉斯!"她喊着。

"萨拉!"他答道。他们笑着看着对方。他扶着她站起来。她不稳地靠着她姐姐,揉了揉眼睛。

"多奇怪啊,"她喃喃道,环顾四周,"……多奇怪……"

污迹斑斑的盘子、空酒杯、花瓣、面包屑。在各种光线的混杂中,它们看起来平淡无奇却又不真实,苍白无色却又灿烂光明。在窗户那边,聚着一群人,是年老的兄弟姐妹们。

"看,玛吉,"她对着她姐姐小声说,"看!"她指着站在窗口的帕吉特一家人。

站在窗口的这群人,男人们穿着黑白的晚礼服,女人们穿着深红色、金色、银色长裙,一时间仿佛石刻一般,显露出一种雕塑般的气质。他们的礼服垂坠着,硬挺的褶皱如雕像一般。接着他们动起来了,他们变了姿态,开始说起话来。

"要我送你回家吗,内尔?"吉蒂·拉斯瓦德说,"我有车在等着。"

埃莉诺没有回答。她正看着广场对面还拉着窗帘的房子。窗户上洒满了点点金光。一切看起来都非常干净、清新、纯洁。鸽子在树梢上蹿动着。

"我有车……"吉蒂又说。

"听……"埃莉诺说,抬起了手。楼上的留声机里正放着"天佑吾王",可她指的是鸽子,鸽子正在咕咕叫着。

"那是斑尾林鸽,是吗?"吉蒂说。她歪着头听着。鸽子咕咕,快来吃谷,鸽子咕咕……它们在叫着。

"斑尾林鸽?"爱德华说,手放在耳边。

"在树顶上。"吉蒂说。那蓝绿色的鸟儿们正在树枝上蹿动着,啄着,咕咕叫着。

莫里斯掸了掸背心上的面包渣。

"这时候我们这些老古董还没上床!"他说,"我很久没见过日出了,自从……自从……"

"啊,我们年轻的时候,"老帕特里克说,拍了拍他的肩膀,"熬个夜眼睛都不眨一下的!我还记得去考文特花园去给某位女士买玫瑰……"

迪利亚笑了,仿佛联想起了某段罗曼史,她自己的或是别人的。

"我……"埃莉诺开口说。她又停下了。她看到了一个空奶罐,看到落叶飘零。那时已经是秋天。现在是夏天。天空是浅蓝色的,屋顶在蓝天下被染成了紫色,烟囱是纯砖红色。所有东西都笼罩着一种优雅的平静和简单。

"所有的地铁都停了,还有所有的公共汽车。"她望着四周说,"我们该怎么回家呢?"

"我们可以走路,"罗丝说,"走路对我们没坏处。"

"特别是美好的夏日清晨。"马丁说。

一阵微风吹过广场。一片宁静中,只听见树枝微微抬起、落下,发出窸窸窣窣的声响,在空中荡起一道绿光的波纹。

门突然打开了。一对对男女涌了进来,他们衣服凌乱、快乐洋溢,四处寻找他们的斗篷和帽子,相互说着晚安。

"你们能来太好了!"迪利亚伸着胳膊对他们喊着。

"谢谢——谢谢你们过来!"她喊着。

"看看玛吉的花!"她说,接过了玛吉递给她的一束五颜六色的花。

"你把它们布置得真美啊!"她说。"看,埃莉诺!"她对她姐姐说。

但埃莉诺正背对着她们。她正看着一辆缓缓绕过广场的出租车。车在离他们有两户远的一座房子前停下了。

"多可爱啊!"迪利亚举着花说。

埃莉诺吃了一惊。

"玫瑰花?是的……"她说。但她正看着出租车。一个年轻人下了车,付了车费。接着一个穿花呢旅行装的女孩跟着他下了车。他把钥匙插进了门锁。"瞧。"埃莉诺喃喃道。他打开了门,他们在门口站了一会儿。"瞧!"她又说。他们进了门,门砰的一声关上了。

她回转过身来。"现在怎样?"她说,看着莫里斯。莫里斯正从一个酒杯里喝完最后几滴酒。"现在怎样?"她问,朝他伸出了双臂。

太阳已经升起,屋顶上的天空笼罩在一片非凡的美丽、简单和平静之中。